CW01082406

ROMAIN ROLLAND

Stefan Zweig est né à Vienne en 1881. Il s'est essayé aux genres littéraires les plus divers — poésie, théâtre, biographies romancées, critique littéraire — et même à la traduction. Ses nouvelles l'ont rendu célèbre dans le monde entier. Citons *La Confusion des sentiments, Amok, Le Joueur d'échecs, Vingt-Quatre Heures de la vie d'une femme, Destruction d'un cœur, Amerigo, Le Monde d'hier, Clarissa, Wondrak, La Pitié dangereuse*. Profondément marqué par la montée et les victoires du nazisme, Stefan Zweig a émigré au Brésil avec sa seconde épouse. Le couple s'est donné la mort à Pétropolis, le 23 février 1942.

STEFAN ZWEIG

Romain Rolland

TRADUIT DE L'ALLEMAND PAR ODETTE RICHEZ

ÉDITIONS PITTORESQUES 1929

Édition révisée et préfacée par Serge Niémetz

BELFOND

Titre original :

ROMAIN ROLLAND : DER MANN UND DAS WERK

publié par Rütten & Loening, Francfort, 1921.

Préface

En consacrant au plus important de ses trois « maîtres » cette biographie véritablement hagiographique, Stefan Zweig, comme souvent les biographes, nous en apprend autant sur lui-même que sur Romain Rolland, et d'abord sur son besoin constitutionnel d'admirer des personnalités exemplaires, de les prendre pour guides et de les servir.

Dans cette œuvre « née de la gratitude et baptisée par l'amour » (lettre à Romain Rolland du 12 mars 1918), il entend faire partager au grand public l'expérience fondatrice qu'a été pour lui sa rencontre avec celui en qui il voit « le plus grand événement moral de notre époque ». Il insiste sur l'unité de l'homme et de l'œuvre, d'une pensée et d'un rêve qui, alors qu'ils semblent devoir succomber aux forces du mal liguées contre un héros presque seul, finiront par triompher dans l'action, servis par une volonté inflexible.

Ils se sont connus avant la Grande Guerre. C'est, semble-t-il, dès 1907 que Zweig a lu dans les *Cahiers de la Quinzaine* la première partie de *Jean-Christophe, L'Aube*. Le rôle qu'il attribua ensuite, dans cette découverte, à un hasard heureux et intelligent, ainsi que les difficultés qu'il raconta avoir dû surmonter pour entrer en relation avec un Rolland à ce point au-dessus de la « foire sur la place » que personne ne sait où le trouver, font partie des éléments de dramatisation propres à magnifier leur rencontre, de même qu'il idéalise dans ses *Souvenirs* celle de Verhaeren, son premier maître. Le musicologue, dramaturge et romancier français n'était pas si difficile à joindre : il suffisait de lui écrire aux bons soins des *Cahiers*. Ce qui est sûr, c'est que le jeune Zweig – il n'a pas trente ans – a été conquis par l'œuvre, puis plus encore par l'homme.

En lisant *Jean-Christophe*, Zweig a été spécialement sensible au fait que le pacifisme de Rolland et son souci de la compréhension entre les peuples se fondent sur l'aspiration à un renouveau de l'Europe né d'une synthèse franco-allemande, d'une fusion entre les deux cultures qui jouent un rôle prépondérant dans la vision qu'a l'Autrichien de l'avenir du continent et, au-delà, de l'humanité. Mais des affinités comme l'amour de la musique et celui de l'Italie – indissociables – ont aussi leur importance. Zweig écrit, Rolland répond. Nous sont parvenues cinq cent vingt lettres de Zweig à Rolland – la première du 19 février 1910 – et deux cent soixante-dix-sept de Rolland à Zweig – la première du 1er mai 1910. Rolland y écrivait : « Je ne suis pas surpris que nous sympathisions. Vous êtes un Européen. Je le suis aussi de cœur. Les temps ne sont pas loin où l'Europe même […] ne nous suffira plus. Alors, nous ferons rentrer dans le chœur poétique les pensées des autres races pour rétablir la synthèse harmonieuse de l'âme humaine. » Parmi ce qui les séparera plus tard, le fait que l'Europe ne suffisait plus à Rolland tandis que

Zweig en portait le deuil de façon indépassable devait jouer un grand rôle.

Mais en 1911, ce sont de véritables relations de maître à disciple, voire de maître à serviteur, qui s'instituent. « Nous sommes en Allemagne maintenant un cercle (encore restreint) des hommes qui vous aiment bien [...]. Le public allemand ne sait encore rien (ou peu) de votre œuvre, mais nous nous chargerons de faire l'intermédiaire », écrit Zweig le 12 février. Ce « nous » s'appelle Stefan Zweig, qui utilisera au bénéfice de Rolland tout son réseau d'amitiés, tous les leviers dont il dispose déjà, dans la presse et l'édition de langue allemande. Passant quelques jours à Paris avant de s'embarquer pour les États-Unis, il rend une première visite à Rolland. Le récit qu'il en donnera dans *Le Monde d'hier* mêle les souvenirs de 1911 et ceux des années suivantes – il revoit Rolland lors de chacun de ses séjours à Paris – pour brosser le portrait d'un lumineux prophète du désert dont le corps d'ascète ne se meut que par l'effet d'une âme de feu et d'airain et qui, dans le silence de sa réclusion monacale, est en communion avec ce que l'histoire et le monde actuel offrent de meilleur, de plus beau, de plus héroïque.

Le 22 décembre 1912, le *Berliner Tageblatt* publie une lettre ouverte de Zweig à Rolland, à l'occasion de la publication du dixième et dernier tome de *Jean-Christophe*, que s'apprête à fêter non plus une toute petite troupe de disciples fervents, mais « toute la jeunesse sérieuse de France », celle des « petites revues idéalistes », celle qui se voue à une vie spirituelle cachée dont témoignent les premières œuvres d'un Charles-Louis Philippe, d'un Jules Romains, d'un André Suarès, d'un Paul Claudel, en dépit de la France officielle et de la littérature établie des Bernstein,

Croisset, Bataille – façade et clinquant –, cette France des « arrivés » avec son hypocrisie morale, sa presse corrompue, cette France bruyante qui se tait sur une œuvre capitale, édifiée solitairement contre les puissances et les idées dominantes chauvines, œuvre qui, en dépit du rythme précipité de la vie moderne, exige que le lecteur prenne le temps de la rumination, œuvre à laquelle il convient d'autant plus de faire écho en Allemagne que les efforts de Rolland pour présenter aux Français l'Allemagne et sa culture dans un esprit de réconciliation sont plus à même de rapprocher les deux jeunesses que toute la diplomatie, tous les banquets et toutes les associations. Zweig salue dans l'achèvement de *Jean-Christophe* un « événement éthique plus encore que littéraire » et proclame sa fierté de voir l'Allemagne en avance sur la France dans la découverte de Romain Rolland comme elle l'a été auparavant dans celle de Gobineau, de Maeterlinck, de Verhaeren (en grande partie grâce à lui, ce qu'il ne dit pas) et même de Verlaine (dont il a déjà magnifiquement servi l'œuvre, ce qu'il ne dit pas non plus). D'autant que *Jean-Christophe* est aussi un livre « allemand », dans la tradition du *Wilhelm Meister* de Goethe, autant que « français », dans la tradition d'une « coupe à travers toute la société contemporaine » inaugurée par Balzac, Zola (*Romain Rolland*, in *Gesammelte Werke in Einzelbänden*, Fischer, 1987, pp. 11-19). Par les soins de Zweig, le début de la traduction allemande de *Jean-Christophe* doit paraître au printemps suivant. Rolland sait gré à Zweig de ce qu'il fait pour lui, mais garde une certaine distance. Après un déjeuner pris en commun, au printemps 1913, il note dans son *Journal* : « Ce qui me tient surtout à cœur, ce qui me paraît notre devoir essentiel, c'est de fonder moralement, intellectuellement l'unité européenne. Mieux que Zweig et R. M. Rilke, Bazalgette et Verhaeren me comprennent. »

C'est probablement Rilke qui a fait germer dans l'esprit de Zweig le rêve quelque peu nébuleux d'une sorte d'internationale des esprits libres voués à l'art, « guilde » ou « ordre presque monastique » des poètes qui « ne convoitaient rien de la vie extérieure, ni l'assentiment des masses, ni les distinctions honorifiques, ni les dignités, ni le profit », ainsi qu'il l'écrit dans *Le Monde d'hier* (Belfond, 1993, p. 178). Rolland voit au-delà de l'art, et semble déjà douter que Zweig puisse lui être un appui dans ce qu'il conçoit comme une lutte plutôt que comme la rencontre, transcendant les frontières et les époques, d'esprits en affinité élective. Sans doute faut-il faire aussi la part, dans les sentiments mêlés de Rolland à l'égard de Zweig, de l'ambiguïté de sa position vis-à-vis des Juifs, telle qu'elle apparaît dans *Jean-Christophe*. Rolland, dont la première femme, fille du grand linguiste Bréal, était juive, dreyfusard engagé, compte parmi ses amis autant d'antisémites, comme les frères Tharaud ou Alphonse de Châteaubriant, que de Juifs, et il est indiscutablement marqué par l'antisémitisme « naïf et de bonne compagnie » qui infestait l'air du temps. Le 23 avril 1914, Zweig présente à Rolland sa future épouse, Friderike. Rolland note dans son *Journal* que Friderike vient de lui consacrer un « aimable article », mais qu'il a trouvé Zweig « bien fatigant et terriblement juif ». « Je ne dois pas le critiquer, ajoute-t-il ; il a été bon pour moi. » Est-il « bien fatigant » parce que son insistance dans le dévouement enthousiaste, qui suscitait parfois la méfiance, est perçue comme « juive », ou « terriblement juif » parce qu'il est fatigant ?

Zweig, quant à lui, a fait don sans réserve de son amitié ; il voit en Rolland un des êtres qui joueront un rôle déterminant dans son existence, et se « fatigue » pour lui sans compter sa peine. En 1914 paraît enfin, traduit par Erna et Otto Grautoff, le premier gros volume en allemand de *Jean-Christophe*, qui regroupe les quatre premiers tomes de l'édition française. Le 20 mars, Zweig salue cette publication dans un article de la *Neue Freie Presse* de Vienne, « Romain Rolland et la gloire » (« Romain Rolland und der Ruhm » in *Romain Rolland*, Fischer, *op. cit.,* pp. 23-35). Il y célèbre « le retour chez lui » si longtemps attendu de Jean-Christophe, « héros allemand », et « l'exploit moral » d'énergie et d'audace que représente « une grande œuvre édifiée contre la résistance de tout un monde ». L'auteur si longtemps solitaire, qui n'avait naguère qu'un petit groupe de disciples ardents dispersés dans tous les pays, doit maintenant faire face aux plus redoutables séductions, celles de la gloire. On peut lui faire confiance sur ce point, écrit Zweig. L'été 1914 devait lui donner raison.

Le 3 août 1914, Rolland note dans son *Journal* : « Je suis accablé. Je voudrais être mort. Il est horrible de vivre au milieu de cette humanité démente et d'assister, impuissant, à la faillite de la civilisation. Cette guerre européenne est la plus grande catastrophe de l'histoire depuis des siècles, la ruine de nos espoirs les plus sains en la fraternité humaine. » Il connaît quelques semaines d'incertitude et d'abattement. Revenant en 1931 sur cette période dans un texte qui devait servir d'introduction à un volume rassemblant *Au-dessus de la mêlée* (1915) et *Les*

Précurseurs (1923) et intitulé « L'Esprit libre » (texte qui parut finalement dans le recueil *Quinze ans de combat* sous le titre significatif « Adieu au passé »), Rolland analyse avec une remarquable acuité « la tragédie de l'homme qui a fait *Au-dessus de la mêlée* » :

J'étais alors en Suisse. Je sortais d'un long rêve, qui m'enivrait. Les mains de l'amour, où s'appuyaient mes yeux, m'avaient caché les nuages s'amassant en ces juin et juillet du merveilleux été [...]. Quand s'écartèrent les doigts de la bien-aimée, c'était la nuit du monde.

Il me fallut du temps pour trouver mon chemin dans ces ténèbres. Et je ne pensais guère à y guider les autres. Ce n'était point mon rôle. Qu'étais-je ? Un poète musicien, que visitaient parfois des pressentiments de l'avenir : – dès avant mes vingt ans, j'avais entendu venir la grande catastrophe du monde d'Occident [...]. Mais je n'avais jamais touché à la politique. Si mon fils Jean-Christophe, le moi de mes trente ans, avait fait de mon nom, sans que je l'eusse voulu, un point de ralliement, un feu sur la montagne qui brûle, et non pas sans fumées, – si une jeunesse française avait cherché en moi un frère aîné qui lui fût, dans une certaine mesure, un guide moral et un compagnon [...] – pour l'action sociale je m'en remettais à de plus qualifiés : ces tribuns socialistes, dont plusieurs m'étaient amis et qu'alors j'estimais ; – ces libres intellectuels [...] qui, aux heures de tourmentes, avaient mené l'assaut contre les lourdes masses de la réaction menaçante, – ces maîtres des Universités, mes collègues respectés, dont j'avais eu l'occasion de connaître de près [...] l'intelligence lucide, les méthodes critiques, le culte de la vérité, et à qui je prêtais l'indépendance d'esprit, la raison impavide [...].

Dans la nuit tâtonnant, j'attendais, j'attendais que leur voix s'élevât, qu'elle me dît : – « par ici !... »

Rien ne vint [...].

Tous avaient abdiqué, et Jaurès était tué.

Solitude complète.

Devant le gouffre qui s'ouvre, que faire, que choisir ?

Il n'était pas un de nous qui eût, aux premiers jours d'août, résolu la confusion meurtrière entre les deux idéaux : patrie, humanité. Nous n'en voulions sacrifier aucun. Nous nous leurrions de la chimère qu'ils pouvaient être harmonisés. Nous – [...] je dis les hommes d'action, dont j'ai connu beaucoup, et de ceux qui ont joué des premiers rôles dans l'État. Et ce Jaurès lui-même, qui, jusqu'au dernier jour, ne s'était point décidé entre l'idéal romain de la nation armée et les peuples soulevés qui se donnent la main.

La tragédie, cependant, n'est pas dans l'irrésolution elle-même, mais dans le sentiment d'une culpabilité. Ayant, avec un Péguy, diffusé dans la jeune génération l'esprit idéaliste d'abnégation et de sacrifice, Rolland se reproche d'avoir précipité dans la mort cette « jeunesse héroïque du monde » à laquelle il devait bientôt adresser son premier appel pacifiste dans le *Journal de Genève* du 15 septembre 1914 : « Cette génération héroïque de 1914, c'étaient nos jeunes frères, nos disciples, nos enfants. Nous les avions formés. Mais nous n'avions pas eu le temps de leur apprendre le chemin. Et nous ne le pouvions pas. Car ce chemin, avouons-le !, nous ne le connaissions pas. Nous étions restés indécis, jusqu'à la dernière heure, à la croisée des routes » (Introduction à *L'Esprit libre*).

Bientôt, cependant, Rolland définit sa position, éminemment dangereuse et courageuse, « au-dessus de la mêlée », dont Zweig rend compte de façon assez détaillée dans les pages qui suivent. J'ai raconté ailleurs en détail dans quels abîmes de désarroi, aux confins de la folie, la guerre précipita Zweig (*Stefan Zweig, le voyageur et ses mondes*, Belfond, 1996). Qu'il suffise ici de rappeler que Rolland, qui aux yeux de Zweig eut d'emblée le visage d'un prophète clamant dans le désert, argumentant, encourageant, consolant, incitant à l'action, permit à Zweig de reprendre pied, soutint sa bonne volonté vacillante, fit de lui « le premier des amis germaniques gagné à [ses] idées » et, vers la fin du conflit, le détourna probablement de la tentation du suicide. « Lui [Rolland] et F[riderike] pourraient peut-être me sauver de moi-même », note Zweig dans son *Journal* dès le 22 novembre 1914. Mais lorsque Zweig, à son arrivée en Suisse, en novembre 1917, lui rend visite à Villeneuve, Rolland manifeste l'ambivalence durable de ses sentiments. Zweig s'est visiblement efforcé de se mettre, dans ses propos, au diapason des attentes de son maître. Celui-ci notera peu après :

La première impression de sa physionomie, au nez allongé, est d'une finesse sémitique qui met en garde la sympathie, et sa parole, un peu lourde, tenace et monotone (en français), n'est pas attrayante. Mais à mesure qu'on parle avec lui, on reconnaît la droiture et la noblesse de sa

*nature [...]. Il vise à garder dans cette guerre son
âme intacte, son indépendance morale absolue
vis-à-vis de l'énorme machine officielle qui nous
enserre tous ; et bien que dans des circonstances
moins favorables que les miennes, il y a réussi.
Il pousse son scrupule d'indépendance jusqu'à
l'extrême.*

Le problème est que Zweig et Rolland interprètent
de façons bien différentes ce « scrupule d'indépendance ». « Avec certains esprits d'élite, note Zweig
dans son propre *Journal* le 22 novembre, je n'ai plus
jamais de différend. Apparemment, quand on a atteint
une certaine hauteur morale, tous perçoivent la même
évidence. Il suffit de l'atteindre. » L'indépendance
individualiste, associée au rêve d'une communauté
unanime des esprits supérieurs, apparaît sinon comme
une fin en soi, du moins comme un refuge idéal, à
l'écart de toute « mêlée », pour Zweig, qui se reconnaît essentiellement conciliateur, inapte aux choix
pratiques tranchés, et qui jamais ne peut se détermi-
ner au combat. D'emblée, il s'est heurté à Zurich,
note-t-il dans son *Journal*, à « l'hostilité perfide et
acharnée » de « gens dangereux » qui, craint-il déjà,
lui rendra le séjour « intenable ». « Vrai, il faut que
j'apprenne à me dominer et à ne pas me fier à des
gens dont on sait qu'ils ne font pas partie de votre
monde. » Ces gens, les « maniaques », les « maxima-
listes », les « furieux », ce sont les militants radicaux
et révolutionnaires. « Leur régler leur compte est un
devoir. » Mais Zweig pratique plutôt l'esquive. Bientôt, il se retire du milieu resserré des exilés où, discussions théoriques et animosités personnelles se
mêlant et fermentant dangereusement, on s'attaque,
on se déchire, on se soupçonne, on s'accuse. La pre-

mière de sa pièce *Jérémie* ayant eu lieu le 27 février 1918, il quitte Zurich en mars pour s'installer à Rüschlikon, d'où il peut contempler le lac de très haut. Désormais, sa prédilection pour les positions dominantes et les vues dégagées s'affirmera dans le choix de ses résidences, de Salzbourg à Petrópolis en passant par Bath. C'est à Rüschlikon qu'il traduit *Aux peuples assassinés*, s'attaque à la traduction de *Clérambault*, achève en une semaine celle de *Le temps viendra*, révise celle de *Colas Breugnon*, et commence sa biographie de Rolland ; c'est à cette époque aussi que se fixe définitivement en lui l'image héroïque et souveraine du maître, image dont il ne pourra plus se déprendre, mais qui déjà paraît bien décalée.

Pour Rolland, s'extraire d'une mêlée insensée a été un détour indispensable, un moyen de discerner pour lui-même et d'ouvrir à autrui les perspectives d'un combat qui ait un sens. Après quelques mois de découragement relatif en 1915, il s'est engagé de nouveau. Du renoncement à l'idée de patrie, puis de la condamnation de tous les gouvernements, jugés responsables du désastre, il en est venu au rejet du système social existant. En novembre 1916, dans *Aux peuples assassinés*, il flétrissait les grands capitalistes et leur «régime antisocial, qui est la plaie du temps». Et il invitait tous les peuples à déclarer la guerre à la guerre et à se dresser contre leurs oppresseurs. D'emblée, il voit dans la révolution russe le signal d'une telle insurrection des peuples, et Lénine, rentrant dans son pays pour y préparer Octobre, l'invite à l'accompagner dans son wagon plombé.

Zweig n'a pas pu ou voulu percevoir la radicalisation de Rolland. Et, lorsqu'il publie une *Profession de foi en faveur du défaitisme* où il compte Rolland au nombre des «défaitistes» – tous les adversaires de la guerre, «ennemis de la victoire et amis du renoncement» –, celui-ci manifeste aussitôt son désaccord, dans une lettre du 14 juillet 1918 où il marque la profonde différence de leurs tempéraments :

Je ne puis vous suivre dans votre revendication du «Défaitisme». Non, je ne verrai jamais en cette injure un titre d'honneur et je la repousse, quant à moi, de toutes mes forces. Le «défaitisme» [...] semble se résigner à la passivité. Mieux vaudrait encore être actif que passif dans le mal ! Je ne suis pas un «non-résistant» bouddhiste ou tolstoïen. Je ne me résigne nullement à être vaincu. Et je ne le conseillerai jamais aux autres. [...] Je dis à la force qui nous écrase : «Vous ne vaincrez pas l'esprit. Mais l'esprit vous vaincra.»

«La paix n'apporta point de repos à l'esprit, devait écrire Rolland. [...] Les plus rudes combats restaient à livrer [...]. Il était évident que ce monde ne pouvait vivre qu'au prix de nouvelles guerres, ou de révolutions qui renversassent tout l'édifice social : car la preuve était faite que le système social actuel [...] était incapable de fonder aucune paix saine et durable» (*Quinze ans de combat*, Rieder, 1935, p. IX). Non sans hésitations, proche parfois du désespoir, ce pacifiste opposé en principe à toute violence déclare la guerre à cette paix, choisit la lutte à mort contre la société bourgeoise porteuse de barbarie et passe dans le camp de la révolution socialiste, tout en conservant l'illusion de pouvoir préserver sa liberté d'esprit «au-dessus de la mêlée», tout en s'engageant aussi sur la voie d'un certain cynisme «réaliste».

Préconisant « la collaboration active et permanente de toutes les races de l'humanité » (*ibid.*, p. XXXI), ce « douteur d'Occident » qui voit « dans les plus puissantes doctrines sociales ou religieuses non pas des dogmes, mais de vigoureuses hypothèses qui frayent la route à la marche des hommes » considère le gandhisme comme une autre *expérimentation* susceptible d'arracher « le monde humain à la catastrophe » et, aussitôt après avoir terminé son livre sur Gandhi, rend hommage à Lénine qui vient de mourir (*ibid.*, p. XXXVI). L'Inde, en ces années-là, l'occupe autant que l'URSS, et à son *Mahatma Gandhi* succèdent une *Vie de Ramakrishna* (1929), une *Vie de Vivekananda* (1930) et un *Essai sur la mystique et l'action de l'Inde vivante* (1930). Et il cultive la singularité de sa pensée en s'affirmant toujours disciple de Spinoza (*L'Éclair de Spinoza* paraîtra en 1931) : « ni rire, ni pleurer, comprendre ». Avec Spinoza, il considère que la « véritable paix de l'âme » vient de « la connaissance de soi-même et de Dieu et des choses », mais que cette connaissance n'est pas accessible au regard froid de la seule intelligence. « Il faut y apporter la passion de son cœur et l'ardeur de ses sens. » Et il aspire à « étreindre l'être ». Pensée solitaire, pensée solidaire.

Sous la devise « Avec tous les opprimés contre tous les oppresseurs », il cherche longtemps à maintenir son « indépendance révolutionnaire ». En octobre 1927, il écrit :

> *L'esprit vraiment révolutionnaire, comme je l'entends, est celui qui n'admet jamais que se figent les formes de la vie, et, sous ces formes, que s'arrête le courant. L'esprit vraiment révolutionnaire est celui qui ne tolère aucun mensonge social... Il*

*est incessamment en guerre avec tous les préjugés,
qu'incessamment reconstruit la société humaine,
sur les ruines de ceux qu'elle a détruits... Il est
armé aussi bien contre les préjugés nouveaux de
la Révolution prolétarienne que contre les préjugés anciens de la démocratie bourgeoise. Rien
n'est, pour lui, intangible. Car, à ses yeux, chaque
forme sociale et politique ne marque qu'une heure
du cadran... L'art issu de lui a pour fonction même
de maintenir contre tous la liberté. L'entière
vérité... Sur ce chemin de vérité, nous nous trouvons souvent le compagnon des révolutionnaires
prolétariens. Mais libre compagnon. Non enrôlé...
Et ne travaillant pas pour la domination d'une
classe, mais travaillant pour tous les hommes.
Nous ne supportons pas qu'une classe d'hommes
soit oppressive ou opprimée...*

(*Ibid.*, p. XXXVII.)

Dix ans plus tard, il juge ces paroles « abstraitement
justes », c'est-à-dire erronées. « Le tort des furieux
dans la mêlée [...] était d'insister exclusivement sur
la violence (transitoire) de cette mêlée, et de donner
à croire que la dictature du prolétariat était le but,
quand [elle] n'était que l'étape fatale et sévère. [...]
Mais ce fut là ma principale erreur et ma déception la
plus cuisante, en ces années, d'avoir surévalué ces
"esprits libres", ces "individualistes" dont le plus
grand nombre [...] s'éclipsèrent devant les risques et
se replièrent derrière l'ordre social existant [...].
L'esprit fut libre, dans sa niche » (*ibid.*, p. XXXVIII).
À présent, il célèbre « la forte et sage politique sta-
linienne », à laquelle il s'est rallié dès 1927, et à
l'égard de laquelle il n'a plus, depuis, formulé de cri-

tiques publiques. «Depuis ce temps, écrit-il, je n'ai plus cessé d'être *le compagnon de route* de la République soviétique, et de combattre à ses côtés» (*ibid.*, p. XLVI). Et il s'en prend à ceux qui, intéressés, ne veulent considérer en lui que «l'auteur de *Au-dessus de la mêlée* […] sans vouloir voir que, depuis quinze ans, je suis dans la mêlée, aux premiers rangs, quand il s'agit, non de la guerre infâme entre les peuples qui sont frères, mais de la guerre sacrée, au nom de ces peuples, contre une société maudite et meurtrière, faite d'exploiteurs et d'asservisseurs» (*ibid.*, p. XLVII).

Rolland est de ces hommes qui ont un cap. Ce cap, il peut l'infléchir en fonction des expériences, du cours, des tempêtes et des mirages de l'histoire. Il peut tirer des bordées, tantôt du côté d'un humanisme idéaliste pour s'opposer au matérialisme borné de Barbusse, tantôt du côté de la nécessaire discipline dans l'action pour la défense de la paix et de l'URSS, citadelle assiégée, et dans la lutte contre le fascisme – bientôt contre le nazisme. Mais il n'est jamais durablement désemparé, et trouve en lui l'énergie et la détermination nécessaires quand il juge qu'il faut redresser la barre.

Dans la paix douteuse des années vingt, Zweig, lui, n'est pas seulement partagé entre ses velléités d'action et son aspiration au repos, mais déchiré entre sa soumission au destin et sa volonté de liquidation des anciennes formes de vie, entre sa révolte contre le monde tel qu'il est et sa peur du changement. Le plus souvent, il bascule d'un extrême à l'autre quand il ne peut s'abstenir de définir sa position, multiplie à l'égard de Rolland les assurances verbales, mais se dérobe à toute action. «Je ne crois pas pouvoir être plus qu'un spectateur, peut-être conseillant de temps en temps un peu, écrivait-il à Rolland le 21 octobre 1918, mais je ne comprends plus ce qui se passe maintenant. » Revenant en 1935 sur la position prise par Zweig en 1922 dans la polémique qu'avait engagée Barbusse contre le « rollandisme » accusé de servir de paravent à une gauche morale égoïste et narcissique, retranchée dans sa tour d'ivoire, Rolland écrit qu'alors « Zweig ajoute à une foi [...] en la liberté de son esprit, qui lui est plus essentielle que la liberté d'un groupe ou du monde, une note de défaitisme découragé, qui n'a aucun espoir que le principe pour lequel il lutte trouve jamais sa réalisation dans le monde visible » (*ibid.*, p. XXIV).

« Que faire ? Que faire ? » demande Zweig. Rolland répond, autorité morale indiscutée dont Zweig souhaiterait par-dessus tout obtenir confiance et reconnaissance. Il aiguillonne son disciple, se rappelle à lui comme une mauvaise conscience extérieure, se dresse périodiquement devant lui en statue du Commandeur. Zweig s'en tient à des généralités très abstraites, esquive, explique que ce n'est pas le moment d'agir, pas ainsi, pas avec ces gens-là, mais avec d'autres qui ne veulent pas, que lui-même n'a pas l'autorité nécessaire... Il se sent « forcé de se retenir » ou déplore les insuffisances d'une réalité qui dément ses rêves d'une régénération morale universelle, indolore, pacifique et instantanée. Rolland s'irrite de la passivité et de la pusillanimité de Zweig. Dans les premières années, le fossé politique qui se creuse entre eux n'affecte que peu leurs rapports, car l'un et l'autre maintiennent de fidèles relations d'amitié avec des gens d'opinions très diverses.

Et, dans son amitié pour Rolland, Zweig se montre d'une fidélité, d'une constance et d'un dévouement sans faille, au point que c'est à lui que Rolland doit l'essentiel de sa fortune littéraire en Allemagne, où cette biographie, dont la première édition parut en novembre 1920, se vendit au total à dix-huit mille exemplaires : c'est par des dizaines d'articles que les plus grands noms de la critique allemande, dans tous les journaux et revues de quelque importance, célébrèrent l'œuvre de Zweig et son modèle. En France, malgré son grand prix de l'Académie, son prix Nobel, puis son statut international de grand intellectuel, Rolland est loin de connaître le même renom.

Au cours des années vingt, Zweig sert de représentant officiel et d'agent à Rolland : il lui trouve des traducteurs et vérifie leur travail quand il ne traduit pas lui-même, négocie la parution en feuilleton dans la *Neue Freie Presse* de *L'Âme enchantée*, second grand cycle romanesque (1922-1934), qui pourtant le déçoit. Il prend soin des représentations théâtrales des œuvres de Rolland, et celui-ci exige que ce droit de contrôle soit mentionné dans la convention mise au point par la Société des auteurs dramatiques qui règle les relations avec les théâtres allemands. L'accueil fait aux pièces de Rolland en Allemagne permet à Zweig de ramener celui-ci à son *Théâtre de la Révolution*, abandonné depuis des années. Le 14 août 1924, Rolland, qui a terminé *Le Jeu de l'Amour et de la Mort*, envoie la pièce à Zweig, avec le manuscrit de la préface pour sa collection d'autographes. Le texte lui est dédié en ces termes : « À l'esprit fidèle qui a le patriotisme de l'Europe et la religion de l'amitié, à Stefan Zweig, je dédie affectueusement ce drame, *qui lui doit d'être écrit.* » Et dans sa préface, Rolland célèbre en Zweig « le bon Européen […] qui m'a été depuis quinze ans le plus fidèle ami et le meilleur conseil, n'a cessé de me rappeler, comme un de mes premiers devoirs d'écrivain, ma tâche de carrier qui taille la montagne saignante de la Révolution. Je viens donc de remettre le pic dans le rocher, et voici le premier bloc que j'en ai, ce printemps, détaché. J'y inscris le nom de Zweig. *Sans lui, le bloc eût continué de dormir sous la terre*».

Ils se revoient régulièrement. En 1922 à Paris, en 1923 à Salzbourg, où Rolland passe une douzaine de jours au Kapuzinerberg. Au lendemain de ce séjour, Zweig lui écrit, le 12 août : «Je crois avoir le don de pouvoir servir (notre "dienen").» Et c'est sans se mettre en avant qu'il continue à «servir» avec une affection efficace qui conserve toujours la même intensité. En mai 1924, il organise le séjour de Rolland à Vienne pour les festivités marquant le soixantième anniversaire de Richard Strauss et l'emmène chez Freud – les deux hommes souhaitent se connaître depuis longtemps. En juin 1925, Zweig, qui a de nouveau tout organisé, rejoint Rolland et sa sœur Madeleine à Leipzig, à l'occasion du festival Haendel, puis les accompagne à Weimar pour visiter la maison de Goethe et les archives Nietzsche. Le 10 juin, Rolland note dans son *Journal* : «[Zweig] est uniquement, parfaitement un homme de lettres. Je ne le lui reproche pas. La littérature est pour lui une religion ; et il la pratique avec vertu. – Mais que ce bon ami est donc d'une patrie étrangère à la mienne !» En novembre, Zweig s'arrête brièvement à Villeneuve. «On est toujours pris pour [Rolland] d'un amour renouvelé», écrit-il à Friderike.

L'année 1926, celle des soixante ans de Rolland, est essentiellement marquée par la publication à Zurich du livre jubilaire, le *Liber amicorum* conçu par Zweig, Duhamel et Gorki. « Ce livre contiendra une somme d'admiration, de foi et de gratitude qu'aucun vivant n'a pu amasser », écrivait Zweig à Rolland le 23 octobre 1925. Le volume, magnifiquement édité, rassemble les hommages de la plupart des célébrités du monde international de la culture : Einstein et Freud, Croce et Gorki, Tagore et Gandhi, Shaw et Wells, Schweitzer et Richard Strauss, Bahr et Schnitzler, Martin du Gard et Hesse... Zweig intervient également pour que le sommaire du numéro spécial que la revue *Europe* souhaite consacrer à Rolland s'ouvre à d'autres collaborateurs, « humanistes », alors que seuls étaient prévus des « révolutionnaires ». Mais Zweig célèbre aussi son maître par la parole, d'abord comme orateur lors de la soirée solennelle donnée en son honneur à Zurich, puis en lui consacrant des conférences d'un bout à l'autre de l'Allemagne.

Il exalte le héros exemplaire dont l'existence est un chef-d'œuvre. Rolland a été une « étoile d'espérance », un phare, un port, une patrie, un petit point de lumière dans l'abîme du temps de guerre, quand « il régnait une grande obscurité autour de nous et en nous » (*Romain Rolland, op. cit.*, pp. 397-399). Il est un éveilleur et un libérateur. « Le fait qu'il fût libre nous libéra tous. Le fait qu'il fût agissant nous donna la parole. Le fait qu'il fût sans peur nous enhardit. Et le fait qu'il fît don de lui-même à tous nous unit tous » (*ibid*). Il n'y a pas de « rollandisme », de dogme, mais une exigence qui anime et renforce les autres, tire d'eux ce qu'ils ont de meilleur, leur dit : « Lève-toi et marche ! » et « Deviens ce que tu es ! » (*ibid.*, pp. 369-388). Plus que l'œuvre, les livres, Zweig célèbre la vie comme source de foi, d'espérance et de « reconstruction interne » après la guerre, quand Rolland répond à l'aspiration en l'homme d'un ordre supérieur dans la confusion des choses et des idées. Plus qu'un artiste, Rolland est un génie moral, d'autant plus éclatant qu'on l'approche de plus près, et une pierre de touche. Penser à lui, à son jugement souverain qui discerne tout et à sa bonté qui pardonne tout, écarte du mal et de la faiblesse. «La conscience parlante de l'Europe est aussi notre conscience.»

Le mois de mars 1927 les voit de nouveau réunis à Vienne, où l'on célèbre le centenaire de la mort de Beethoven. Par l'intermédiaire de Zweig, plusieurs journaux autrichiens ont demandé à Rolland des articles, et les organisateurs des festivités l'ont invité. Tandis que les deux amis assistent aux cérémonies, la *Neue Freie Presse* publie l'hommage de Rolland à Beethoven. À Paris, en revanche, Rolland a été tenu à l'écart de toutes les manifestations commémoratives.

Au cours de ces années, Zweig s'est dévoué sans compter à son maître, et Rolland a tout lieu de remercier son «cher ambassadeur dans tout le monde germanique». Pourtant, la «conscience parlante de l'Europe» se lasse. Séjournant à Montreux en décembre 1928, Zweig a l'impression que, comme dans leur correspondance récente, son ami se montre «un peu plus froid que d'habitude». «J'ai le sentiment que quelqu'un ou quelque chose l'a monté contre moi, écrit-il à Friderike. Or c'est un des rares points où j'aie la conscience tout à fait tranquille» (*L'Amour inquiet*, p. 265). De fait, bien que les échanges épistolaires restent intenses, plusieurs années s'écouleront avant qu'ils se revoient.

La montée des périls que l'un et l'autre discernent dès la fin des années vingt durcit Rolland tandis qu'elle plonge Zweig dans un complet désarroi.

« Mieux cette stupide frénésie des hitlériens (qui séduit les meilleurs idéalistes) que ce gros ronflement de Fafner » de la France assoupie sur son or, écrit-il à Rolland le 20 mai 1931. Et le 1er février 1932 : « Quel bonheur que la Russie existe ! Sans elle, la réaction triompherait déjà ouvertement. » Rolland ne lui demande plus grand-chose, et c'est par la presse que l'Autrichien est informé de la préparation du « congrès de tous les partis contre le fascisme », dont son maître est un des principaux organisateurs, et qui se tiendra en août 1932 à Amsterdam. Le 4 février 1933, quelques jours après l'accession de Hitler à la chancellerie, Zweig écrit dans une longue lettre à Rolland : « Nous serons sous peu le [même] cercle étroit [que] pendant la guerre. Eh bien, j'ai presque envie que le combat commence […]. Au fond j'étais très las de la politique ; j'étais prêt à abandonner toute occupation pour mon travail ; mais dès qu'elle devient de nouveau dangereuse, elle me tente de nouveau. » Et il annonce à Rolland qu'il lui rendra visite en mars. « J'ai grand besoin, écrit-il, de causer avec vous : vous avez la vue plus large et (comme toujours) plus d'énergie que les autres. » Et, le 26 : « Maintenant, on verra comme en 1914 qui a du caractère et du courage. » Le lendemain, le Reichstag brûle et, « comme en 1914 », Zweig manifeste la plus extrême irrésolution dans tous les domaines. Le 9 mars, il est à Villeneuve chez Rolland, et celui-ci note dans son *Journal* : « L'ami Stefan s'embourgeoise, au petit trot – même, en ces derniers temps, au galop. Il est sans doute très monté contre les hitlériens, qui menacent d'une Saint-Barthélemy tout Israël, mais je ne suis pas très sûr qu'ils ne lui en imposent déjà, par leurs succès éclatants et par leur art de la mise en scène. Et il est beaucoup plus monté contre les communistes qu'il serait tout prêt d'accuser de tous les méfaits. […] Dans tout ce qu'il dit à présent – (et ma présence pourtant le retient) – je sens que Zweig est en train de passer à l'autre camp. Il n'a point élevé de protestations contre les crimes d'Allemagne – même contre ceux qui touchaient à ses confrères intellectuels. » En avril : « Depuis quelques mois, Stefan Zweig m'écrit des lettres qui me peinent. Il y cherche les nobles justifications de ne pas agir, à l'heure critique, où l'action est un devoir inévitable… "To be or not to be" – mon amitié ne me permet pas d'en dire davantage. » Et le 25 septembre :

Stefan Zweig est pour une quinzaine à Montreux […] et nous nous voyons deux ou trois fois. Rencontres pénibles, malgré la vieille amitié. Il est trop clair que nos chemins se sont séparés. L'impression qu'il me fait est inquiétante. Il ménage étrangement le fascisme hitlérien qui, cependant, ne le ménagera pas ! […] Il se garde bien d'écrire un mot pour la défense du judaïsme, du socialisme, du libéralisme opprimés. J'ai le sentiment que, Juif de race et compromis par un européanisme verbal, il a le regret, qu'il n'avoue pas, de ne pouvoir s'enrôler dans la Révolution (à reculons) du troisième Reich. Il est terriblement faible et accessible aux effluves environnants. Que de fois, je l'ai vu vaciller, flotter d'un sens à l'autre en cherchant à se persuader qu'il reste le même ! […] Il est difficile de parler. On s'est aimés et on respecte le passé commun d'épreuves ensemble. Et tandis que nous causons, sans nous regarder, sur la prairie du parc Byron, sous l'ombre des vieux châtaigniers, nous entendons s'écrouler les pans de muraille de l'hôtel Byron qu'on démolit – crouler le passé...

À la fin de l'année, Zweig se met en retrait à Londres. En 1934, il quitte Salzbourg pour l'Angleterre. Son silence et ses hésitations l'ont mis mal avec tout le monde, lui valent des critiques de ses amis les plus proches, et ses démêlés avec les cercles d'exilés que suscite sa position devenue intenable font qu'il se sent traqué. Il se réfugie dans son travail et dans la pérennité de l'art. Au nom d'un pacifisme absolu et d'un humanisme atemporel, il calque son attitude sur celle qu'il aurait voulu avoir en 1914, «au-dessus de la mêlée», ou à tout le moins en dehors d'elle. L'amitié subsiste, la correspondance reste intense, Zweig continue à manifester à Rolland une admiration sans réserve, mais il tend à voir dans son évolution une trahison de l'humanisme tel que le conçoivent les vrais disciples. Le 26 septembre 1934, il écrit à Schickelé : «En fait, nous lui sommes plus fidèles qu'il ne l'est lui-même.»

Le fossé se creuse entre eux, et le rôle de Zweig dans la célébration du soixante-dixième anniversaire de Rolland sera bien moindre que celui qu'il avait joué dix ans plus tôt avec le *Liber amicorum*. En 1935, il écrit aux amis et admirateurs de Rolland en vue de l'organisation d'une grande cérémonie à Paris, et de la publication d'un nouveau livre d'hommages. Il ne recueille guère d'écho. Il semble bien que les jeunes disciples, comme J.-R. Bloch ou Guéhenno, fassent la sourde oreille parce qu'ils ne souhaitent pas accorder un trop grand rôle à Zweig dans une manifestation qu'ils conçoivent tout autrement que lui. *Europe*, où il souhaitait publier un article, ne lui offre que trop peu de place. Le 20 septembre 1935, après sa brève halte à Zurich, en revenant de Salzbourg, il se rend à Villeneuve – ce sera sa dernière rencontre avec son «maître». Il écrit à Friderike : «La visite à Rolland, décevante, hélas, il a l'air vieilli et fatigué […]. Madeleine [Rolland] désirerait, comme moi, que Rolland soit montré sous tous ses aspects [et non d'un point de vue essentiellement politique…]. Dans ces conditions, je n'ai guère envie de continuer […]. L'ambiance était complètement démolie, je ressentais une profonde pitié. […] Quel dommage, quel dommage ! » (*L'Amour inquiet*, p. 341).

Il publie un «Hommage à Romain Rolland» dans le numéro de mars de *Commune*, aux côtés de Gorki, Dimitrov et Benes, «Reconnaissance à Romain Rolland» dans *Lu* du 7 février, puis dans le *Pester Lloyd* de Budapest, un article dans la revue brésilienne *Homenagem* en septembre, un autre dans la revue mexicaine *Universidad* en avril. À la question : «Quel est celui de mes contemporains qui a exercé sur moi la plus grande influence morale et transformé ma vie de la façon la plus profonde ? » il répond dans *Lu* : «C'est Rolland, le plus libre des penseurs de notre époque […]. Je ne rougis pas d'avoir été pendant des années un de ceux qui, pour juger leurs actes, invoquaient son nom comme s'il eût été le miroir de leur conscience ; je suis fier d'être de ceux qui se demandaient après avoir écrit ou dit de telles choses : "Qu'en pensera Rolland ?" et qui, dans leurs heures d'incertitude, trouvaient conseil et soutien auprès du plus affable, du plus sûr de tous les amis. »

Plus encore que dans les textes de 1926, dont il reprend pour l'essentiel la substance comme si le temps s'était arrêté, il célèbre en Rolland l'«un contre tous», prophète de l'indépendance de l'esprit. «Ce n'est pas au nom d'un groupe, d'un parti […] mais

30

seulement comme un de ses innombrables amis reconnaissants que je voudrais aujourd'hui saluer l'homme qui a donné à notre génération l'exemple décisif d'indépendance humaine et de liberté spirituelle, écrit-il. [...] Je ne l'ai jamais vu dans la dépendance d'un parti, d'un slogan, d'un système [...].» Et ses fidèles, insiste-t-il, sont ceux qui s'en tiennent «résolument à l'indépendance, à l'absence de parti, à l'éternel "au-dessus de la mêlée"».

Mais, tandis que Zweig s'isole et se tourne nostalgiquement vers les premières années de leur amitié, Rolland, naguère méconnu, connaît le succès et se voit très entouré de nouveaux amis. Bientôt, le Front populaire fera de lui une véritable institution. Son *Théâtre de la Révolution*, présenté sur scène et à la radio avec le soutien du gouvernement, connaîtra enfin un écho international. Hollywood s'y intéressera, Reinhardt engagera des pourparlers avec des producteurs, mais c'est vers Zweig que Rolland se tournera, encore et toujours, pour lui demander des conseils pratiques. Mais bientôt aussi, avec l'éclatement de la guerre d'Espagne, Rolland, de plus en plus lié aux staliniens, taira toute critique malgré les réserves qu'il consignera dans son *Journal* et ses interventions personnelles auprès de Staline, qui perdront toute efficacité après la mort de Gorki. Il en viendra à approuver les procès de Moscou. «Je me sens [...] entouré de l'amitié de millions d'hommes de tous pays, et je la leur rends, écrit-il à Zweig le 17 juillet 1936. [...] Le mot de Faust se réalise : – la liberté se conquiert, chaque jour, sur les champs de bataille de la terre.»

Zweig souffre de voir son ami se compromettre, mais se croit tenu de s'excuser auprès de lui, et de l'assurer qu'en dépit de tout ils restent dans le même

31

camp. Le 10 septembre 1937, il lui écrit : « Je désire pour le futur des Soviets tout ce qu'on peut désirer [...] et d'autre part, je comprends qu'on [veut] écraser la Russie et le bolchevisme, *seulement* pour écraser après le socialisme, le libéralisme, la démocratie ; si seulement Staline ne nous rendait pas la tâche si difficile par ses fusillades en masse. »

À la même époque, des facteurs « humains, trop humains » contribuent aussi à saper leur amitié. Guilbeaux, aigri, malade – il mourra en 1938 –, est passé très vite de l'antistalinisme à l'extrême droite ; il vient de publier un livre, *La Fin des soviets* (Edgard Malfère, 1937), où, examinant l'évolution de Rolland vers le communisme, il met en cause l'influence exercée sur son ancien ami par sa nouvelle femme, Maria Koudachova, épousée en 1935. Guilbeaux accuse à mots couverts Maria Koudachova d'être un agent d'influence soviétique, parle d'un « mariage d'État » arrangé par Moscou et invoque le témoignage de Zweig. Zweig ne dément pas publiquement les propos que lui prête Guilbeaux, et sa réponse aux questions pressantes de Rolland ne convainc pas celui-ci : il n'est pas impossible, de fait, qu'il se soit laissé aller à des commérages. Toujours est-il que Rolland restera persuadé que son ami n'était pas innocent dans cette affaire.

Comme la plupart des amis des Zweig, Rolland prend aussi le parti de Friderike dans les dissensions du couple, puis dans son divorce. En janvier 1938, il note dans son *Journal* : « Visite de Mme Zweig, accompagnée de sa fille cadette. Femme bonne, sympathique, courageuse, d'un beau calme souriant et affectueux. [...] Stefan est installé à Londres (et c'est sa femme qui lui a fait son installation). Pour le moment il voyage au Portugal – probablement pour profiter de son dernier volume sur Magellan et de l'accueil qu'il lui ouvrira auprès du président Salazar... [...] Pour ne rien dire de désobligeant contre ce vieil ami, je le comparerais à Léonard de Vinci, qui avait besoin du climat des tyrans intelligents pour abriter sa liberté. » Et le 28 avril, il écrit à Zweig :

Je viens de recevoir de votre femme une lettre désespérée. Elle me dit que vous voulez l'obliger à consentir avant dimanche *à un divorce sinon vous feriez annuler votre mariage. D'après cette lettre, je crois comprendre que vous allez devenir citoyen anglais. L'annulation ou le divorce avant que vous preniez la nationalité anglaise la prive de la possibilité de recevoir aussi cette [nationalité],* qui serait pour elle le salut.

Je n'ai ni le droit ni le désir de m'immiscer dans vos affaires intimes. Mais, par affection pour vous deux, je vous supplie 1° de ne pas précipiter les choses *; 2° de faire en sorte que votre femme puisse devenir aussi citoyenne anglaise et de ne divorcer qu'*après cela.

Zweig n'ayant tenu aucun compte de cette supplique, Rolland en éprouvera un vif mécontentement, mais pressera néanmoins de façon répétée H. G. Wells de faire tout son possible pour hâter la naturalisation de Zweig.

Enfin, de façon très injuste, Rolland reproche à Zweig de lui avoir dissimulé des sources documentaires qui lui auraient été précieuses pour son grand *Beethoven* en sept volumes. En fait, Zweig avait répondu à toutes les questions de Rolland, lui avait conseillé de se mettre en rapport, à Zurich, avec le Dr Max Hunger, spécialiste de Beethoven, qui pourrait lui montrer personnellement la collection Bodmer, mais Rolland semble n'avoir pas suivi ce conseil et avoir attendu de Zweig qu'il devance ses demandes, habitué qu'il était à trouver son ami tout à son service, comme il le sera encore dans la préparation du *Robespierre*, vieux projet auquel Zweig a ramené Rolland avec insistance. Le livre paraît en 1939.

Mais bientôt, Zweig ne pourra plus rendre aucun service. Se considérant comme un paria balayé d'un pays à l'autre, il fuit la guerre pour les États-Unis, puis pour le Brésil. En avril 1940, il s'est envolé une dernière fois d'Angleterre pour Paris avant de quitter l'Europe. Mais il ne fera pas le voyage de Vézelay, où Rolland est installé depuis la fin de 1938, car cela exigerait d'interminables tracasseries administratives. Quant à Rolland, en raison des mesures qui ont frappé les communistes après le Pacte germano-soviétique, il lui est interdit, en tant que compagnon de route, de franchir les limites de son département de résidence, ses possibilités d'expression sont restreintes par la censure, et le Pacte, sur lequel il refuse de s'exprimer après avoir démissionné de l'Association des amis de l'Union soviétique, semble lui avoir porté un coup très rude. De Paris, Zweig lui téléphone. Ce sera le dernier contact entre eux. Se rappellent-ils alors, l'un et l'autre, ce que le maître écrivait au disciple le 24 juin 1938? «J'espère que vous vous établirez définitivement en Angleterre. [...] Vous trouverez bien dans la grande île britannique un noble asile. [...] Avec tous leurs défauts, nos vieux pays démocratiques sont notre terre nourricière. Nous ne pouvons nous en passer. Je ne vous vois pas installé au Brésil.

Il est trop tard dans votre vie pour y prendre racines profondes. Et sans racines on devient une ombre.»

Quand Zweig se suicide à Petrópolis, le 22 février 1942, pour Rolland, il devient enfin Stefan. «C'était le dernier malheur que j'eusse prévu, écrit Rolland, le 25 février, à Andrée Jouve. Il paraissait si robuste, si assuré de l'existence, et sachant la garer de tous les dangers. Il est allé au bout du monde pour la mettre à l'abri… et là, la mort l'attendait… Pauvre Stefan!» Et le 16 mai, écrivant à Alfred Wolfenstein, il cherche à comprendre : «La disparition de Stefan m'a navré. Il a dû succomber à un moment de découragement. Déjà pendant l'autre guerre, il y eut des jours où il nous causa des soucis. Il était trop loin de ses amis. Il avait besoin de communier avec eux.»

Rolland mourut quelques mois après la Libération, après avoir consacré les dernières années de sa retraite à une biographie de son ami Péguy. Il relisait les Évangiles. Il avait renoué avec Claudel, qui échoua à le convertir. Il avait publié en 1942 un passionnant essai d'analyse autobiographique, *Le Voyage intérieur*, que Zweig l'avait constamment encouragé à écrire.

Serge NIÉMETZ.
Mai 2000

Ce livre n'a pas pour unique objet de décrire une œuvre européenne, mais avant tout de rendre témoignage à l'homme qui fut pour moi, et pour beaucoup d'autres, le plus grand événement moral de notre époque. Les Vies des hommes illustres *de Romain Rolland nous montrent que la grandeur d'un artiste dépend de son humanité et de l'influence qu'il exerça sur le progrès moral. Ce livre, conçu dans le même esprit, a été dicté par un sentiment de reconnaissance pour avoir connu, au milieu de notre siècle égaré, le miracle d'une existence toute de pureté.*

En pensant à cette action solitaire, je dédie ce livre au petit nombre de ceux qui, à l'heure de l'épreuve par le feu, sont demeurés fidèles à Romain Rolland et à l'Europe, notre patrie sacrée.

Stefan ZWEIG.

Lorsque nous étudions une biographie, qui se développe sur plusieurs plans différents, nous nous trouvons obligés, afin de rendre certains événements tangibles et compréhensibles, de mettre de côté les détails qui se perdent avec le temps, et de rapprocher tout ce qui peut constituer une suite logique ; ainsi l'ensemble se composera de parties dont on pourra juger, en les parcourant avec réflexion, et tirer profit.

GOETHE, *Poésie et Vérité.*

BIOGRAPHIE

Les flots du cœur ne rejailliraient pas en aussi belle écume, et ne deviendraient pas esprit, si le vieux rocher muet du Destin ne leur faisait obstacle.

HÖLDERLIN.

UNE VIE… : UNE ŒUVRE D'ART

Les cinquante premières années de la vie que nous allons raconter s'écoulent à l'ombre d'un labeur indiciblement noble et solitaire ; celles qui viennent ensuite ne sont qu'une discussion passionnée avec l'Europe, au milieu du monde en flammes. Aucun artiste contemporain n'a agi plus à l'écart, plus inconnu, moins récompensé que Romain Rolland jusque peu avant 1914, et depuis lors aucun, assurément, n'a été plus combattu ; au fond, l'idée de son existence n'apparaît clairement qu'au moment où tout se ligue contre elle pour l'anéantir.

Mais c'est là justement une tendance du Destin que de pétrir en des formes tragiques la vie des grands hommes. Il essaie le meilleur de ses forces sur les plus robustes, dresse en face de leurs projets l'absurdité des contingences, influe sur leur destinée par de mystérieuses allégories, leur barre la route, afin de les rendre forts où il faut qu'ils le soient. Il joue avec eux, mais d'un jeu sublime, car toute chose vécue est un gain. Les derniers venus parmi les puissants de ce monde, Wagner, Nietzsche, Dostoïevski, Strindberg, ont tous reçu du Destin cette existence tragique d'où naquirent leurs chefs-d'œuvre.

La vie de Romain Rolland n'échappe pas à cette loi ; héroïque, elle l'est doublement, car tout le sens de son développement ne se révèle que tard, alors qu'on peut la contempler presque dans son entier.

Nous voici en présence d'une œuvre qui s'est formée lentement en dépit de grands dangers, et qui, achevée tard, s'est dévoilée tard aussi. Dressée comme une statue, elle a pour fondement le terrain solide de la science, pour socle la sombre pierre de taille d'années solitaires ; coulée du pur métal de l'expérience humaine, elle a été durcie par sept fois au feu de l'épreuve. Mais c'est précisément grâce à ces bases solides, grâce au poids de sa force morale, que cette œuvre peut demeurer inébranlable dans la tempête qui bouleverse l'Europe ; et tandis que les autres statues vers lesquelles nous levions les yeux s'ébranlent avec la terre qui chancelle, et tombent, elle reste seule debout « au-dessus de la mêlée », au-dessus du tumulte des opinions, comme un signe pour toutes les âmes libres, un signe consolateur au milieu de l'agitation bruyante de ce siècle.

L'ENFANCE

Romain Rolland naquit le 29 janvier de l'an de guerre 1866, l'année de Sadowa. De même que Claude Tillier, l'auteur de *Mon oncle Benjamin*, il vit le jour à Clamecy, insignifiante et très ancienne petite ville de Bourgogne, devenue tranquille avec les années, doucement vivante dans l'aisance et la gaieté. La famille Rolland y est considérée et appartient à la vieille bourgeoisie. En sa qualité de notaire, le père de Rolland y occupe une situation en vue. Depuis qu'elle a perdu tragiquement une fillette qu'elle regrette toujours, la mère, pieuse et grave, s'est vouée tout entière à l'éducation de ses deux autres enfants, un garçon délicat et sa jeune sœur. La vie quotidienne s'enveloppe d'une atmosphère d'intellectualité bourgeoise, paisible et raisonnable ; et pourtant les parents portent en eux tout le passé de la France avec ses antiques tendances toujours ennemies. Du côté paternel, les ancêtres de Rolland sont des combattants de la Convention, des fanatiques qui cimentèrent la Révolution de leur sang ; du côté maternel, Rolland hérite un esprit janséniste, l'esprit investigateur de Port-Royal ; des deux côtés, c'est donc la même foi en un idéal opposé. Ce vieil antagonisme entre l'amour des croyances et les idées de liberté, entre la Religion et la Révolution, qui dure en France depuis des siècles, portera plus tard ses fruits dans l'œuvre de l'artiste.

Dans *Antoinette*, Rolland fait allusion à sa première enfance assombrie par la défaite de 1870 : c'est une existence tranquille dans une ville tranquille. Il habite une vieille maison au bord d'un canal endormi ; mais ce n'est pas de ce monde étroit que lui viennent ses premiers ravissements d'enfant extrêmement passionné malgré sa constitution délicate. Un souffle puissant venu du passé insaisissable, des lointains inconnus, le soulève et se révèle à lui de bonne heure : la Musique, ce langage par excellence, le premier grand message de l'âme. Sa mère met ses soins et toute son âme d'artiste à lui enseigner le piano, et déjà, par-dessus les frontières des nations, le monde infini du sentiment se construit en harmonies ; car tandis que l'écolier pénètre, curieux et séduit, dans le domaine clairement intelligible des classiques français, la musique allemande fait vibrer sa jeune âme. Il a raconté lui-même, d'une façon charmante, comment ce message lui parvint : *Il y avait chez moi de vieux cahiers de musique allemande. Allemande ? Savais-je ce que ce mot voulait dire ? Dans mon pays, jamais on n'avait vu, je crois, un homme de ce pays... J'ouvrais les vieux cahiers, je les épelais au piano, en bégayant... Ces filets de vie, ces ruisseaux qui baignaient mon être, s'y infiltraient, semblaient y disparaître, comme l'eau de pluie que la bonne terre a bue... Amours, douleurs, désirs, caprices de Beethoven et de Mozart, vous êtes devenus ma chair, vous êtes miens, vous êtes moi... Ils étaient maîtres de moi... Mais quel bien ils m'ont fait ! Enfant, lorsque j'étais malade et que je craignais de mourir, ... telle*

phrase de Mozart veillait à mon chevet, comme une
amie aimée... Plus tard, dans les crises de néant que
je traversai adolescent, telle mélodie de Beethoven,
que je sais, a rallumé en moi le feu de la vie éter-
nelle... Et toujours, à quelque moment que ce soit,
lorsque mon cœur est las et mon esprit desséché, mon
piano est près de moi, je me baigne dans la musique [1].

Cette communion avec le langage sans paroles de
l'humanité entière commence très tôt chez l'enfant
qui, grâce à ce sentiment compréhensif, échappe aux
entraves de sa cité, de sa province, de sa nation, de
son époque. La musique est sa première prière qu'il
adresse, chaque jour sous des formes nouvelles, aux
puissances sacrées de la vie ; et aujourd'hui encore,
après un demi-siècle, rares sont les semaines et les
jours où il ne s'entretient pas avec la musique de
Beethoven.

Et l'autre saint de son enfance, Shakespeare, vient,
lui aussi, de l'étranger ; par ce premier amour, l'enfant se trouve déjà emporté sans qu'il s'en doute bien
au-delà des nations. Il a découvert dans la vieille
bibliothèque, parmi le bric-à-brac des combles, une
édition des œuvres de Shakespeare que son grand-
père, étudiant à Paris, avait achetée au temps où
Hugo était jeune et où l'on s'engouait de Shakespeare, et qui, depuis lors, dormait dans la poussière.
Un volume de gravures jaunies, intitulé *Galerie des
femmes de Shakespeare*, réveille la curiosité de l'enfant par d'aimables visages étrangers et les noms
enchanteurs de Perdita, Imogène, Miranda ; mais
bientôt il va à la découverte de son âme en lisant les
drames eux-mêmes et s'aventure, perdu à jamais,
dans le fourré des événements et des personnages. Il

1. Romain Rolland, *Souvenir d'enfance*, écrit en 1910, édité en 1928.

passe des heures assis dans le silence du grenier solitaire où retentit seulement de temps en temps le coup de sabot d'un cheval dans l'étable au-dessous, ou le cliquetis d'une chaîne de bateau sur le canal devant la fenêtre ; oubliant tout, s'oubliant lui-même, il est assis dans un grand fauteuil avec le livre bien-aimé qui, comme celui de Prospero, met à son service tous les esprits de l'univers. Il a placé en cercle devant lui des chaises avec des auditeurs invisibles ; elles défendent comme un rempart son monde spirituel contre le monde des réalités.

Ainsi que toute vie héroïque, celle-ci débute par de grands rêves. Le premier enthousiasme de Rolland s'allume au contact d'hommes extraordinaires : Beethoven et Shakespeare ; et le jeune homme, puis l'homme d'âge mûr conserveront ce regard passionné que l'enfant levait déjà vers ce qui est grand. Quiconque a respiré de telles gloires peut difficilement se borner à un étroit horizon. Aussi l'école de la petite ville n'a-t-elle bientôt plus rien à apprendre à ce jeune garçon avide de savoir. Les parents, ne pouvant se résoudre à laisser leur cher enfant partir seul pour la grande ville, préfèrent renoncer héroïquement à leur existence paisible. Le père abandonne sa charge de notaire, indépendante et lucrative, qui faisait de lui le centre de la petite ville, pour devenir l'un des nombreux employés d'une banque parisienne ; ils sacrifient tout : la vieille maison si familière, leur existence patriarcale, afin de pouvoir accompagner leur fils à Paris pendant ses années d'études et au début de sa carrière. Toute une famille a les yeux fixés sur lui et il apprend ainsi de bonne heure ce que d'autres ne comprennent qu'à l'âge d'homme : la responsabilité.

LES ANNÉES D'ÉCOLE

L'enfant est trop jeune encore pour comprendre la magie de Paris ; rêveur, il se sent étranger, presque hostile, à cette réalité tapageuse et brutale. À partir de ce moment et pendant de longues années, il éprouvera une sorte d'horreur, un mystérieux frisson en constatant à quel point les grandes villes manquent d'intelligence et d'âme, le soupçon irraisonné que tout n'y est pas absolument véritable et de bon aloi. Ses parents l'envoient au lycée Louis-le-Grand, établissement d'ancienne renommée au cœur de Paris ; beaucoup, parmi les Français les meilleurs et les plus célèbres, ont été de ces petits garçons qu'on voit quand midi sonne s'élancer hors de cette grande ruche de science en bourdonnant comme un essaim d'abeilles. Rolland y fait connaissance avec la culture classique nationale française, afin de devenir « un bon perroquet cornélien », mais les véritables événements de sa vie se passent en dehors de cette poésie logique ou de cette logique poétique ; depuis longtemps la poésie vivante et la musique nourrissent ses enthousiasmes. Mais c'est sur les bancs de l'école qu'il a trouvé son premier camarade.

Étrange caprice du hasard ! Il a fallu également vingt ans de silence avant que le nom de cet ami parvienne à la gloire. Et tous deux, les plus grands écrivains de la France actuelle, qui franchirent côte à côte le seuil du lycée, conquièrent presque en même temps, au bout de vingt ans, un vaste public européen. Ce compagnon, c'est Paul Claudel, le poète de *L'Annonce faite à Marie*. Ce quart de siècle, en modifiant profondément leur esprit et leurs croyances, a orienté leurs idées et leurs œuvres dans un sens bien différent. La destinée conduit l'un dans la mystique cathédrale du passé catholique, et l'autre, par-delà la France, à la rencontre d'une Europe libre. Mais autrefois, ils faisaient ensemble chaque jour le chemin pour se rendre en classe et, s'excitant l'un l'autre en des conversations interminables, ils se communiquaient leur enthousiasme juvénile et leurs lectures précoces. Richard Wagner, qui commençait alors à exercer un pouvoir magique sur la jeunesse française, était à leurs yeux une étoile de première grandeur ; et pourtant, si Rolland a été influencé par l'universalité de ce génie créateur, il ne l'a jamais été par le côté poétique et artistique de son œuvre.

Les années d'école furent rapides et sans beaucoup de joie. Pour le garçon, le passage a été trop soudain du romantisme de sa ville natale à la réalité crue, à la vie trépidante de Paris. Pour le moment, sa nature sensible n'enregistre que la rudesse de ce qui le repousse : l'indifférence du milieu et ce rythme endiablé, tourbillonnant, qui emporte tout. Pour lui, l'adolescence fut une crise pénible, presque tragique, dont on voit s'allumer le reflet dans maint épisode de la vie du jeune Jean-Christophe. Il aurait besoin de sympathie, de chaleur, d'élan, et sa libératrice « dans la grisaille d'heures innombrables », *« Du holde Kunst in wie viel grauen Stunden*[1] », c'est encore « la divine Musique ». Ses moments heureux – comme il les a bien décrits dans *Antoinette* ! – sont les rares heures du dimanche qu'il passe dans les concerts populaires où la vague éternelle de la musique soulève son cœur frémissant. Mais Shakespeare non plus n'a rien perdu de sa puissance depuis que, dans le frisson et l'extase, Rolland a vu ses drames sur la scène ; au contraire, l'adolescent lui donne toute son âme : *Il me surprit à l'improviste et je me laissai emporter par ce souffle puissant ; en même temps, l'esprit de la musique m'inondait comme une plaine ; Beethoven et Berlioz encore plus que Wagner. J'eus à en pâtir. Pendant un ou deux ans, je demeurai noyé, pour ainsi dire, sous ces flots envahissants, pareil à un terrain qui absorberait l'eau jusqu'à en périr. Deux fois je fus refusé aux examens d'admission à l'École normale grâce à la compagnie jalouse de Shakespeare et de la musique, qui me possédaient.*

Il découvre plus tard un troisième maître, qui libérera ses croyances, Spinoza, qu'il lut à l'école un soir de solitude, et dont la douce lumière spirituelle éclairera désormais son âme. Ce sont toujours les plus grands hommes de l'humanité qui lui servent de modèles et de compagnons.

Au sortir du lycée, avant de choisir sa voie, Rolland hésite entre ses goûts personnels et le devoir. Son vœu le plus ardent serait de devenir un artiste dans le genre de Wagner, à la fois musicien et poète, créateur du drame lyrique musical. Déjà il a esquissé quelques thèmes mélodiques pour lesquels, parallèlement à Wagner, il empruntera des sujets au cycle des légendes françaises ; c'est ainsi que plus tard,

---

1. *An die Musik*, lied de Schubert sur un poème de Schober *(S.N.)*.

renonçant à la musique, il revêtira le *Mystère de Saint Louis* d'une prose vibrante.

Mais ses parents combattent ce désir prématuré ; ils exigent une activité pratique et lui proposent l'École polytechnique. Enfin, tenant également compte des goûts et du devoir, on choisit l'étude de la philosophie. En 1886, après un brillant concours, Rolland est admis à l'École normale supérieure qui, par son esprit particulier et la forme traditionnelle de ses institutions, marquera d'une empreinte définitive la pensée et la destinée du jeune homme.

À L'ÉCOLE NORMALE

L'enfance de Rolland s'est écoulée au milieu des champs et des libres prairies du pays bourguignon, son adolescence entre les murs d'un lycée et dans les rues bruyantes de Paris ; durant ses dernières années d'études, il est plus enfermé encore, toujours dans des locaux sans air, à l'internat de l'École normale. Pour éviter toute distraction, les élèves y sont séparés du monde, isolés loin de la vie réelle afin qu'ils comprennent mieux les faits historiques. De même qu'au séminaire si magnifiquement décrit par Renan dans ses *Souvenirs d'enfance et de jeunesse* on forme de jeunes théologiens, et à Saint-Cyr de futurs officiers, on forme ici un état-major de l'esprit, les normaliens, maîtres futurs des futures générations. Un esprit traditionnel et une méthode éprouvée s'y transmettent, grâce à une règle féconde ; les meilleurs élèves sont destinés à remplir à cette même place les fonctions de maîtres. C'est une dure école, qui exige une application soutenue, parce qu'elle a pour objet de discipliner les intelligences ; mais justement, en cherchant à atteindre à l'universalité de la culture, elle met de la liberté dans l'ordre et évite la spécialisation méthodique pratiquée en Allemagne avec tant de danger. Ce n'est pas un effet du hasard si les esprits les plus synthétiques de France, Renan, Jaurès, Michelet, Monod et Rolland, sont sortis précisément de l'École normale.

Bien que Rolland s'éprenne alors avec passion de la philosophie (il étudie d'arrache-pied les présocratiques et Spinoza), il choisit pourtant, pendant la seconde année, l'histoire et la géographie comme branches principales. Elles lui offrent la plus grande liberté intellectuelle possible, tandis que dans la section philosophique on doit se rallier à l'idéalisme officiel de l'école, et dans la section littéraire à la rhétorique de Cicéron. Ce choix sera heureux et décisif pour l'art de Rolland. Il apprend pour la première fois à considérer l'histoire du monde comme un flux et un reflux éternels d'époques ; en histoire, hier, aujourd'hui et demain forment une seule et vivante entité ; il y pensera plus tard en écrivant ses drames. Il apprend à juger d'un coup d'œil d'ensemble et en tenant compte de la perspective ; c'est à ces dures années qu'il doit de posséder une faculté éminente, et qui lui est propre, celle de rendre la vie aux faits historiques, et d'autre part, comme biologiste du temps et de son organisme, de considérer le présent du point de vue de la civilisation. Rolland construit sur une base solide faite de science précise et méthodique dans tous les domaines ; à cet égard, aucun écrivain de notre époque ne l'égale ni ne l'approche même de loin ; et il est possible aussi que son incomparable capacité de travail, que son zèle endiablé aient été acquis pendant ces années de claustration.

La vie de Rolland abonde en rencontres qui ont un sens mystique ; ici encore, à l'École normale, il trouve un ami ; et cet ami, c'est de nouveau un des maîtres futurs de la pensée française qui, comme Claudel et Rolland, n'atteignit la pleine lumière de la gloire qu'après un quart de siècle. Il faudrait avoir l'esprit bien étroit pour penser que c'est simple hasard si Paul Claudel, André Suarès et Charles Péguy, les trois grands représentants de l'idéalisme, cette nouvelle croyance poétique en France, ont été justement, pendant les années décisives de leurs études, les camarades de Romain Rolland, et s'ils s'imposèrent à leur pays presque à la même heure après une longue période d'obscurité. Par leurs conversations, par leur foi mystérieuse et ardente, ils avaient créé depuis longtemps une atmosphère qui ne pouvait se dégager tout de suite des brumes du siècle ; sans qu'aucun de ces amis, que le sort devait pousser dans des directions si différentes, ait aperçu distinctement le but, ils s'encourageaient mutuellement à nourrir ce grand amour de l'univers qu'ils portaient en eux comme une passion violente, avec un sérieux inébranlable. Ils se sentaient tous appelés à rendre à leur nation, par leur parole et leur œuvre, la foi qu'elle avait perdue ; ils y sacrifieraient leur vie, ils renonceraient au succès et aux profits matériels. Et ces quatre compagnons, Rolland, Suarès, Claudel et Péguy, ont tenu parole, chacun dans une orientation différente de l'esprit.

Rolland est attiré vers Suarès comme il l'était déjà au lycée vers Claudel, par leur amour commun de la musique, surtout de celle de Wagner, puis à cause de leur passion pour Shakespeare. *Cette passion*, écrit-il une fois, *fut le premier lien de notre longue amitié. Suarès était alors encore tout à fait l'homme de la Renaissance qu'il est redevenu aujourd'hui après avoir passé par les nombreuses phases de sa riche maturité ! Il en avait l'âme, les passions tumultueuses, et même, avec ses longs cheveux noirs, son visage pâle et ses yeux ardents, il ressemblait à un Italien peint par Carpaccio ou Ghirlandaio. Dans un devoir d'école, il entonna un hymne à la louange de César Borgia. Shakespeare était son Dieu comme il était le mien et souvent nous combattîmes côte à côte pour « Will » contre nos professeurs.*

Mais cette passion pour le grand Anglais est bientôt submergée par « l'invasion scythe », c'est-à-dire par un amour enthousiaste pour Tolstoï auquel Rolland restera fidèle pendant toute son existence. Le naturalisme par trop « fait divers » de Zola et de Maupassant répugnait à ces jeunes idéalistes, fanatiques pour lesquels la vie ne pouvait être qu'une étreinte héroïque ; ils virent enfin surgir derrière la littérature d'amusement et de jouissance égoïste (comme celle de Flaubert et d'Anatole France) un homme qui confessa sa vie entière puis l'abandonna pour chercher Dieu. Toutes leurs sympathies allèrent à lui. *L'amour de Tolstoï nous réunit presque tous. Chacun l'aimait sans doute pour des raisons différentes : car chacun s'y retrouvait soi-même ; et pour tous, c'était une porte qui s'ouvrait sur l'immense univers, une révélation de la vie* [1]. Comme toujours depuis sa plus tendre enfance, l'attention de Rolland est attirée par des valeurs exceptionnelles, par un homme héroïque, le plus humain des artistes.

Pendant ces années de labeur à l'École normale, le jeune étudiant ne se lasse pas d'accumuler livres et articles ; ses maîtres, Brunetière et surtout Gabriel Monod, ont déjà reconnu combien il est doué pour les reconstitutions historiques. Ce qui le captive le plus, c'est la synthèse intellectuelle d'une époque, cette

1. Romain Rolland, *Vie de Tolstoï.*

science que Jacob Burckhardt découvrit alors en une certaine mesure et qu'il dénomma «histoire de la civilisation». Rolland est attiré avant tout par les périodes des guerres de Religion, pendant lesquelles l'esprit d'une croyance triomphe grâce à l'héroïsme des sacrifices individuels. Combien clairement apparaît déjà la raison d'être de toute son œuvre! Il publie une suite d'études et conçoit également le plan d'un ouvrage gigantesque, d'une histoire de la civilisation à la cour de Catherine de Médicis. En sciences aussi, le débutant s'attaque avec hardiesse aux problèmes les plus ardus; il bande son intérêt dans toutes les directions et se désaltère avidement à tous les ruisseaux, à tous les fleuves de l'esprit: philosophie, biologie, logique, musique, histoire de l'art. Mais pas plus qu'un arbre n'écrase ses propres racines, le poids énorme des choses apprises n'étouffe en lui le poète; pendant les heures dérobées à l'étude, il écrit des essais poétiques et musicaux qu'il enferme et qui resteront toujours sous clef. Et en 1888, avant de quitter l'École normale pour faire l'expérience de la vie, il compose une sorte de testament spirituel, une confession morale et philosophique: *Credo quia verum*, inédit aujourd'hui encore; mais au dire d'un de ses amis de jeunesse, cet écrit contient déjà l'essentiel de sa libre conception du monde. L'ayant conçu dans l'esprit de Spinoza, Rolland y reconstruit le monde, puis son Dieu, en se basant non pas sur le *Cogito ergo sum*, mais au contraire sur un *Cogito ergo est*; il se met en règle avec lui-même afin d'être libéré définitivement de toute spéculation métaphysique. Les fondations sont jetées profondément dans le sol: il peut commencer à bâtir.

Tels sont les travaux de ces années d'études. Mais au-dessus d'eux, un rêve flotte, encore incertain, le rêve d'un roman; ce serait l'histoire d'un pur artiste vaincu par le monde. C'est *Jean-Christophe* à l'état de chrysalide, première aube embrumée de l'œuvre future; mais il faudra encore une infinité d'événements, d'expériences, de rencontres pour que sa forme puisse surgir, colorée et vibrante, des limbes de la première intuition.

UN MESSAGE VENU DE LOIN

Les années d'école sont terminées et de nouveau, au moment de choisir une carrière, Rolland hésite. Bien que la science l'enrichisse et l'enthousiasme, elle ne remplit pas le vœu le plus profond du jeune artiste que sa passion incline plus que jamais vers la poésie et la musique. Son ardent désir est toujours de s'élever lui-même au nombre de ceux qui ouvrent les âmes par leur parole ou leur mélodie, de devenir un créateur, un consolateur. Mais la vie semble exiger des cadres plus exacts, la discipline au lieu de la liberté, la fonction plutôt que la vocation ; et le jeune homme, âgé alors de vingt-deux ans, demeure indécis à ce carrefour de l'existence.

Et voici que de très loin le message d'un être cher arrive jusqu'à lui. Léon Tolstoï, que la jeune génération honore comme son guide et aux yeux de laquelle il symbolise la vérité vécue, fait justement paraître une brochure intitulée : *Que devons-nous faire ?* dans laquelle il prononce contre l'art la plus terrible des malédictions. D'un geste méprisant, il met en pièces ce que Rolland a de plus précieux : Beethoven, vers qui le jeune homme fait monter chaque jour une mélodieuse prière, n'est pour Tolstoï qu'un séducteur, un professeur de sensualité ; quant à Shakespeare, c'est un poète de quatrième rang, un écrivailleur. Tout l'art moderne est balayé comme la balle sur l'aire ; ce que Rolland a de plus sacré, Tolstoï le rejette dans les ténèbres.

Cette brochure effraie toute l'Europe. Il est facile aux hommes d'un certain âge de la repousser avec un léger hochement de tête ; mais, chez ces jeunes gens qui saluaient en Tolstoï le seul homme vaillant d'une époque mensongère et découragée, elle enflamme les consciences comme les arbres d'une forêt. Il s'agit de choisir entre Beethoven et cet autre saint qui leur est cher. Décision terrible à propos de laquelle Rolland écrit : *La bonté, l'intelligence, l'absolue vérité de ce grand homme en faisaient pour moi le guide le plus sûr dans l'anarchie morale de notre temps. Mais d'autre part, j'aimais l'art avec passion ; depuis l'enfance, je me nourrissais d'art, surtout de musique ; je puis dire que la musique m'était un aliment aussi indispensable à ma vie que le pain* [1]. Et son maître bien-aimé, Tolstoï, le plus humain des hommes, maudit précisément cette musique comme une jouissance illégitime, la méprise comme une séductrice sensuelle, comme le mauvais ange de l'âme. Que faire ? Le jeune homme a le cœur serré : doit-il suivre le Sage d'Iasnaïa Poliana ? Doit-il obéir à son penchant intérieur qui veut transformer toute vie en musique et en paroles ? Il lui faut devenir infidèle soit à l'artiste qu'il vénère, soit à lui-même et à l'art, à l'homme ou à l'idée qui lui sont les plus chers.

Dans cette alternative, le jeune étudiant se décide

1. Préface à la « Lettre inédite de Tolstoï ». *Cahiers de la Quinzaine*, 9e cahier de la 3e série. *(S.N.)*

à faire quelque chose de tout à fait insensé. Un jour, il envoie de sa petite mansarde, dans les lointains infinis de la Russie, une lettre à Tolstoï ; il y dépeint son doute et les tourments de sa conscience. Il lui écrit de la même façon que les misérables s'adressent à Dieu sans espérer le miracle d'une réponse, mais seulement par un ardent besoin de se confesser.

Les semaines passent. Rolland a oublié depuis longtemps cette heure de folie. Mais un soir, en rentrant dans sa mansarde, il trouve sur sa table une lettre ou pour mieux dire un petit paquet. C'est la réponse de Tolstoï à l'inconnu, une missive de trente-huit pages en français, toute une dissertation. Et cette lettre du 14 octobre 1887 (qui fut publiée plus tard par Péguy comme IVe fascicule de la 3e série des *Cahiers de la Quinzaine*) commence par ces paroles aimantes : *Cher frère.* Le cri de celui qui appelle à l'aide a pénétré jusqu'au cœur du grand homme qui exprime tout d'abord sa profonde émotion : *J'ai reçu votre première lettre. Elle m'a touché le cœur. Je l'ai lue les larmes aux yeux.* Puis il essaie d'exposer à l'inconnu ses idées sur l'art : l'art qui contribue à unir les hommes a seul de la valeur ; le seul artiste qui compte est celui qui sacrifie quelque chose à ses convictions ; la condition de toute vocation véritable n'est pas l'amour de l'art, mais l'amour de l'humanité ; quiconque est rempli de cet amour des hommes peut seul espérer créer une fois en art une œuvre de valeur.

Ces mots ont eu une influence décisive sur l'avenir de Romain Rolland. Mais ce qui le bouleverse, ce n'est pas tant cette doctrine, exprimée encore souvent plus tard et d'une façon plus précise par Tolstoï, que cet empressement fraternel à rendre service ; c'est moins la parole que l'acte de cet homme bienveillant.

À l'appel d'un anonyme, d'un petit étudiant de Paris, l'écrivain le plus célèbre de son temps avait mis de côté son travail quotidien; il avait employé un ou deux jours pour répondre à ce frère inconnu et le consoler! Cela comptera dans la vie de Rolland comme un événement important et fécond. C'est alors que, songeant à sa propre détresse et à ce réconfort venu de l'étranger, il a appris à considérer toute crise de conscience comme quelque chose de sacré et que c'est le premier devoir moral de l'artiste d'y prêter assistance. Dès l'instant où il déplia cette lettre, un sauveur, un conseiller fraternel s'éveilla en lui. C'est là le point de départ de toute son œuvre et de son autorité parmi les hommes. Depuis lors, il n'a jamais refusé son aide à ceux qu'il savait acculés à quelque détresse morale, même quand il était surchargé de besogne, parce qu'il se rappelait de quelle façon il avait été secouru; la lettre consolatrice de Tolstoï, donnant naissance à d'innombrables lettres de Rolland, eut ainsi un effet prolongé au-delà du temps par de nouvelles consolations. Devenir poète est pour lui, désormais, une sainte mission qu'il remplira au nom de son maître. L'histoire a rarement prouvé par un plus bel exemple qu'un atome de force, dans le monde moral comme dans le monde physique, n'est jamais perdu. L'heure dont Tolstoï fit l'aumône à un inconnu a ressuscité en mille lettres de Rolland à mille inconnus; aujourd'hui, le monde est semé de graines innombrables sorties de cette unique semence de bonté!

De tous les horizons, des voix sollicitent l'irré-solu : la patrie française, la musique allemande, l'ex-hortation de Tolstoï, l'ardent appel de Shakespeare, son amour pour l'art, l'obligation de mener une exis-tence bourgeoise. Le hasard, cet éternel ami de tous les artistes, intervient alors et retarde encore la déci-sion imminente.

Chaque année, l'École normale accorde à ses meilleurs élèves des bourses pour deux ans de voyage, aux archéologues en Grèce, aux historiens à Rome. Rolland n'aspire pas à en bénéficier, telle est son impatience d'agir et de se mesurer avec la réa-lité. Mais le sort vient toujours chercher celui qui ne s'en soucie pas. Deux de ses camarades ayant refusé d'aller à Rome, la place est vacante et on le choisit presque contre sa volonté. Rome, pour ce novice, c'est le passé mort ; c'est, écrite en des ruines inani-mées, l'histoire qu'il devra déchiffrer dans des par-chemins. Ce sera un devoir d'écolier, un pensum sans rien de vivant. Il entreprend, sans grand espoir, le voyage vers la Ville éternelle.

Son office, son devoir, serait de prendre connaissance des documents que renferme le sombre palais Farnèse, d'éplucher l'histoire dans des livres et des documents. Il y paie un léger tribut en composant aux archives du Vatican un mémoire sur le nonce Salviati et le sac de Rome. Mais, bientôt, ce qui est vivant l'accapare. La lumière de la campagne romaine s'infiltre en lui, magnifiquement transparente ; elle fond toutes choses en une harmonie naturelle et vous rend la vie légère et pure. Vraiment libre pour la première fois, Rolland, pour la première fois aussi, se sent vraiment jeune ; une ivresse de la vie le saisit, tantôt l'entraînant dans des aventures et des sentiments passionnés, tantôt élevant ses rêves imprécis jusqu'à la création véritable. Chez lui comme chez tant d'autres, la grâce légère de cette ville exalte les penchants artistiques. Du haut des monuments de pierre de la Renaissance, un appel à la grandeur accueille le passant ; l'art, conçu en Italie plus fortement que partout ailleurs comme le sens même et le but héroïque de l'humanité, attire complètement à lui le jeune homme hésitant. Pendant des mois, les thèses sont oubliées. Rolland, bienheureux et libre, descend jusqu'en Sicile en flânant dans les petites villes. Tolstoï aussi est oublié ; l'enseignement de la steppe russe, la doctrine du renoncement, perd toute puissance dans cette sphère de clarté sensuelle, dans ce Midi bariolé.

Mais son vieil ami Shakespeare, le guide de son enfance, se trouve soudain de nouveau très proche : un cycle de représentations d'Ernesto Rossi lui dévoile la beauté de cette passion sacrée et suscite en lui le désir irrésistible de transformer, ainsi que l'a fait Shakespeare, l'histoire en poésie. Il vit journellement parmi les témoins de pierre des grands siècles écoulés : il les invoque. Du coup, le poète, en lui, s'est réveillé. Heureusement infidèle à sa profession, il compose sur-le-champ toute une suite de drames, il les crée au vol, avec cette extase brûlante qu'une félicité inespérée produit toujours chez l'artiste ; toute la Renaissance doit y revivre, comme l'Angleterre de Shakespeare dans ses *Drames historiques*, et plein d'insouciance, encore dans la chaleur de l'ivresse et du ravissement, il les écrit l'un après l'autre sans s'inquiéter de leur destinée théâtrale. Pas un seul de ces poèmes romantiques ne parviendra à la scène ; aujourd'hui, on ne peut plus en trouver ou en acquérir un seul dans le commerce, car l'artiste parvenu à l'âge mûr les a réprouvés et n'aime plus dans ces manuscrits jaunis que le souvenir de sa jeunesse, belle et croyante.

Mais l'événement le plus important et le plus riche en conséquences de ces années à Rome, c'est une rencontre, une amitié. C'est le côté mystique et symbolique de la biographie de Rolland qu'à chaque période de sa jeunesse il entre en relations avec les personnalités les plus remarquables de son temps, alors même qu'au fond il ne cherche pas la compagnie de ses semblables et vit de préférence en solitaire avec ses livres. Mais, conformément à la loi mystérieuse de l'attraction, la vie le ramène toujours dans une sphère héroïque, et toujours les événements le mettent en contact avec les esprits les plus puissants. Shakespeare, Mozart, Beethoven furent les astres qui guidèrent son enfance ; à l'école, il eut pour camarades Suarès et Claudel ; pendant ses années d'études, Renan devint son guide en une heure où Rolland avait eu la hardiesse de visiter ce grand sage ; Spinoza fut son libérateur spirituel et Tolstoï lui envoie de très loin un salut fraternel.

Maintenant, à Rome, une recommandation de

Monod le conduit chez la noble Malwida von Meysenbug, dont la vie ne fut pas autre chose qu'une
promenade rétrospective dans le passé héroïque.
Elle avait toujours été liée d'amitié avec Wagner,
Nietzsche, Mazzini, Herzen, Kossuth ; les nations et
les langues n'étaient pas des obstacles pour ce libre
esprit qu'une révolution en art ou en politique n'ef-
fraya jamais et qui, véritable « aimant humain », ins-
pira toujours aux natures d'élite une confiance
irrésistible. À présent, c'est une vieille femme, les
années l'ont adoucie et éclairée ; elle s'ouvre à la vie
sans se laisser décevoir, en éternelle idéaliste. Du haut
de ses soixante-dix ans, elle embrasse d'un regard
averti et sage les époques révolues ; elle fait part au
jeune étudiant des trésors de sa science et de son
expérience. Rolland retrouve en elle ce qui fait à ses
yeux le charme des paysages d'Italie : une douce
transfiguration, un calme sublime après beaucoup de
passion. Et si les pierres, les tableaux, les monuments
lui font comprendre les grands hommes de la Renaissance, des conversations et maintes confidences
lui révèlent d'autre part la vie tragique des artistes
contemporains. C'est à Rome qu'il apprend à discerner loyalement et à aimer le génie du temps présent,
et Malwida von Meysenbug lui montre qu'il existe
un sommet de la connaissance et de la jouissance où
les langues et les nations s'effacent devant le langage
éternel de l'Art. Et pendant une promenade sur le
Janicule, tout à coup, en une vision unique, son
œuvre européenne future éclate en lui avec puissance : *Jean-Christophe.*

Merveilleuse amitié que celle de cette septuagénaire allemande et de ce Français de vingt-deux ans !
Bientôt ils ne savent plus lequel des deux a envers
l'autre les motifs de reconnaissance les plus pro-

fonds : lui, parce qu'elle évoque à ses yeux, avec une parfaite équité, de grandes figures ; elle, parce qu'elle voit en ce jeune artiste passionné de nouvelles possibilités de grandeur. L'idéalisme éprouvé et purifié de la vieille dame, l'idéalisme indompté et fanatique du jeune homme s'unissent en une pure harmonie. Il se rend chaque jour via della Polveriera chez sa vénérable amie et lui joue au piano les œuvres de ses maîtres favoris. À son tour, elle l'introduit dans la société romaine qui se réunit chez donna Laura Minghetti, où il apprend à connaître l'élite intellectuelle de Rome et de la vraie Europe : d'une main légère, elle dirige son inquiétude vers la liberté d'esprit. Au milieu de sa vie, dans un article sur « l'Antigone éternelle », Rolland confesse que deux femmes lui ont fait sentir toute la profondeur de l'art et de la vie : sa mère chrétienne, et Malwida von Meysenbug. Elle, de son côté, un quart de siècle avant que le nom de Rolland soit seulement prononcé publiquement, annonce déjà, pleine de foi, sa gloire future. On lit aujourd'hui avec attendrissement ce portrait de jeunesse de Rolland tracé par la main tremblante de cette vieille dame allemande aux idées claires, à l'esprit libre : *Mais ce n'est pas seulement au point de vue musical que la connaissance de ce jeune homme me procura une grande joie. Il n'y a sans doute pas de plus noble satisfaction, précisément à un âge avancé, que de trouver dans de jeunes âmes le même besoin d'idéalité, le même effort vers les buts les plus élevés, le même mépris de tout ce qui est commun et trivial, le même courage à combattre pour la liberté de l'individu. La présence de ce jeune homme m'a valu deux ans du plus noble commerce intellectuel... Comme je l'ai déjà dit, non seulement le talent musical de mon jeune ami me rendit un bienfait dont*

j'avais été longtemps privée, mais je le trouvai versé
dans tous les domaines de la vie de l'esprit, et aspi-
rant à se développer complètement, de sorte que moi,
à cette émulation continuelle, j'éprouvai de nouveau
la jeunesse de la pensée, et l'intérêt dans toute son
intensité pour les choses belles et poétiques. Sur ce
terrain de la poésie, je découvris aussi peu à peu sa
faculté créatrice, qui m'apparut surprenante dans
une composition dramatique. À propos de cette œuvre
de début, elle prédit que l'art poétique français sera
régénéré par la vertu morale de ce jeune poète, et
dans une pièce de vers un peu sentimentale, mais
d'une belle inspiration, elle exprime toute sa reconnaissance pour ces deux dernières années. Cette âme
libre a reconnu son frère européen comme le maître
d'Iasnaïa Poliana avait reconnu son disciple ; vingt
ans avant que le monde entende parler de lui, la vie
de Rolland participe déjà du présent héroïque. La
grandeur ne se dérobe pas à celui qui la désire : la vie
et la mort lui présentent des images, des formes, en
guise d'avertissements ou d'exemples ; des voix
venues de tous les pays, de tous les peuples d'Europe
le saluent, lui qui, un jour, parlera pour elles.

LA CONSÉCRATION

Les deux années d'Italie, années de libre développement et de jouissance créatrice, prennent fin ; à Paris, l'école que Rolland a quittée en qualité d'élève le réclame comme professeur. Les adieux sont pénibles ; mais Malwida von Meysenbug, la bonne vieille dame, imagine encore une séparation belle et symbolique ; elle invite son jeune ami à l'accompagner à Bayreuth ; il s'y trouvera dans le milieu où vécut Wagner qui, avec Tolstoï, fut un des guides de sa jeunesse, et qu'il sent plus vivant depuis que Malwida a laissé parler pour lui ses souvenirs.

Rolland traverse l'Ombrie à pied ; ils se retrouvent à Venise, visitent ensemble le palazzo où le maître expira, et prennent ensuite le train pour le Nord, vers sa maison et son œuvre, afin que Rolland – comme elle dit d'une façon étrangement pathétique et en quelque sorte touchante –, *afin que Rolland termine sur cette noble impression ses années d'Italie et le temps fécond de sa jeunesse, et que cela lui serve de consécration au seuil de l'âge viril où l'attendent probablement un grand travail, des luttes et des déceptions.*

Maintenant, Olivier se trouve au pays de Jean-Christophe. Le matin même de leur arrivée, avant de s'être fait annoncer chez ses amis de Wahnfried, Malwida le conduit au jardin, au tombeau de Wagner. Rolland se découvre comme dans une église et ils restent longtemps debout, silencieux, pensant à l'homme héroïque qui fut pour elle un ami, pour lui un guide. Et le soir, ils reçurent ses dernières volontés, en assistant à la représentation de *Parsifal*; cette œuvre et les instants que Rolland vécut alors sont mystérieusement liés à la naissance de Jean-Christophe; c'est une véritable consécration au seuil des années à venir.

Puis la vie l'arrache à d'aussi grands rêves. La septuagénaire décrit la séparation d'une façon émouvante : *Aimablement invitée pour toutes les représentations dans la loge de mes amis, j'entendis encore une fois* Parsifal *en compagnie de Rolland, qui devait ensuite rentrer en France pour y prendre sa part de la grande activité professionnelle. Cela me faisait grand-peine que lui, si bien doué, ne puisse pas s'élever librement vers « des sphères plus élevées » et développer dans son âge mûr les penchants artistiques de sa jeunesse. Mais je savais aussi qu'au métier bruissant du Temps, il aiderait néanmoins à tisser la parure vivante de la Divinité. Les larmes qui remplissaient ses yeux à la fin de la représentation de* Parsifal *me confirmèrent dans cette opinion ; ainsi je le vis partir en le remerciant du fond du cœur pour les instants pleins de poésie que ses talents m'avaient procurés et en le bénissant de cette bénédiction des vieillards qui accompagne la jeunesse à l'entrée de la vie.*

Une période féconde pour tous deux prend fin à cette heure, mais pas leur belle amitié. Pendant des années encore, et jusqu'à la dernière de la vie de Malwida, Rolland lui écrit chaque semaine ; dans ces lettres qu'on lui rendit après la mort de sa vieille amie, la biographie de sa propre jeunesse se trouve peut-être tracée plus parfaitement qu'elle ne pourra jamais l'être par quelqu'un d'autre. Dans cette rencontre, il a appris une infinité de choses : il possède maintenant l'étendue de la science pour évaluer la réalité, le sentiment du temps illimité, et lui qui s'était rendu à Rome pour y étudier seulement l'art du passé y trouva l'Allemagne vivante et la présence des héros éternels. Le triple accord de la poésie, de la musique et de la science s'harmonise sans qu'il en ait conscience avec cet autre accord : France, Allemagne, Italie. Désormais et pour toujours, il est animé d'un esprit européen, et avant que le poète en ait écrit une seule ligne, le grand mythe de Jean-Christophe vit déjà en dedans de lui.

ANNÉES D'ENSEIGNEMENT

Ces deux années à Rome ont été décisives pour Rolland en modifiant non seulement la courbe de sa vie intérieure, mais encore la direction extérieure de son activité. Comme ce fut le cas pour Goethe, dans la noble transparence du paysage méridional, les contradictions de sa volonté s'harmonisent. Rolland était parti pour l'Italie indécis, incertain, musicien par ses dons, poète par goût, historien par nécessité. Là-bas, peu à peu, comme par enchantement, la musique s'était alliée fraternellement à la poésie ; dans ses premiers drames, une mélodie lyrique pénètre le texte et le domine ; en même temps, derrière ces paroles vibrantes, on aperçoit comme en un vaste décor le brillant coloris des époques disparues. Rentré au pays, Rolland cherche à concilier ses dons naturels avec les exigences de sa profession et, après le succès de sa thèse (*Histoire de l'opéra en Europe avant Lulli et Scarlatti*), il enseigne l'histoire de la musique d'abord à l'École normale, puis, à partir de 1903, à la Sorbonne ; il a pour tâche de décrire l'« éternelle floraison » de la musique se poursuivant sans interruption à travers les âges, tandis que chaque siècle immortalise les vibrations de son âme particulière en des formes toujours nouvelles ; et, développant pour la première fois son thème favori, il montre comment, dans ce domaine abstrait en apparence, chaque nation, il est vrai, marque son empreinte, mais que toutes inconsciemment ne cessent cependant de construire hors du temps une unité transcendante et internationale. Le secret de l'influence exercée par Rolland réside surtout dans la faculté de comprendre et de faire comprendre ; et maintenant qu'il traite de questions qui lui sont très familières, sa passion devient communicative. Son enseignement est plus vivant que celui de tous ses prédécesseurs. À propos de la musique dont l'existence se déroule invisible, il montre que la grandeur dans l'humanité ne fut jamais l'apanage exclusif d'un peuple ou d'une époque, mais que, toujours errante, elle brille par-delà les frontières et les siècles comme une flamme sacrée qu'un maître transmet à un autre maître et qui ne s'éteindra pas, aussi longtemps qu'une bouche humaine exhalera encore un souffle d'enthousiasme. En art, il n'y a aucune opposition, aucune discorde. *L'histoire doit avoir pour objet l'unité vivante de l'esprit humain. Elle doit donc maintenir la cohésion de toutes ses pensées* [1].

Les auditeurs des conférences que Romain Rolland donna à l'École des hautes études et à la Sorbonne en parlent encore avec une reconnaissance que le temps n'a pas diminuée. Aujourd'hui, en plus d'une renommée universelle, Rolland jouit de celle qu'il s'est acquise comme musicologue, en découvrant le manuscrit de l'*Orfeo* de Luigi Rossi et en étudiant pour la première fois l'œuvre de Francesco

1. *Musiciens d'autrefois*, introduction.

Provenzale, tombé dans l'oubli; mais ses considérations vraiment encyclopédiques et cependant humaines firent de ces heures passées à étudier les débuts de l'opéra autant de vastes fresques des civilisations disparues. Entre les phrases, il faisait parler la musique en donnant au piano de brefs exemples; il réveillait les mélodies depuis longtemps muettes dans la poussière des vieux parchemins et leur rendait une voix limpide dans ce Paris même où, trois siècles auparavant, elles s'étaient épanouies. Malgré sa jeunesse, Rolland commence alors à exercer autour de lui cette influence immédiate qui, grâce à son œuvre poétique, s'est étendue depuis lors à des cercles toujours plus éloignés; cette force, sensible et enthousiaste, qui explique, élève, instruit, a fini par avoir une portée immense tout en restant fidèle à son intention première : montrer dans toutes les formes présentes et passées d'une société ce qu'il y a de grand chez les individus et d'universel dans tout effort désintéressé.

Il va sans dire que sa passion pour la musique ne se confine pas dans la période historique; jamais Rolland ne s'est spécialisé; tout démembrement extrême répugne à sa nature avide de synthèse et de coordination. Tout le passé n'est pour lui que la préparation du présent, une possibilité de saisir mieux l'avenir. Et, à ses thèses savantes, aux volumes sur les *Musiciens d'autrefois, Haendel,* l'*Histoire de l'opéra en Europe avant Lulli et Scarlatti,* il ajoute ses articles sur les *Musiciens d'aujourd'hui,* qu'il avait d'abord publiés dans la *Revue de Paris* et la *Revue de l'art dramatique,* pour frayer un chemin à tout ce qui est moderne et inconnu. On y trouve le premier portrait de Hugo Wolf et ceux si attachants du jeune Richard Strauss et de Debussy; infatigable, Rolland regarde de tous côtés afin d'enregistrer les nouvelles forces créatrices de la musique européenne. Il se rend à la fête de la musique de Strasbourg pour y entendre Gustav Mahler, et au festival Beethoven à Bonn. Rien ne demeure étranger à son avidité passionnée de s'instruire, à son sens de l'équité ; familiarisé avec l'esprit du temps présent aussi bien qu'avec celui du passé, il se penche sur l'océan infini de la musique et, de la Catalogne à la Scandinavie, prête l'oreille au bruit de chaque vague nouvelle.

Pendant ces années d'enseignement, la vie lui apprend aussi beaucoup de choses. Des milieux nouveaux s'ouvrent devant lui dans ce Paris que jusqu'alors il connaissait à peine autrement que de la fenêtre de sa chambre d'étudiant. Par sa situation à l'université, par son mariage, il entre en contact avec la société intellectuelle et mondaine, lui, le solitaire qui n'avait vécu auparavant qu'en la compagnie de quelques amis intimes et de héros lointains. Dans la maison de son beau-père, le célèbre philologue Michel Bréal, il a l'occasion de rencontrer les gloires de la Sorbonne, la foule des financiers, des bourgeois, des employés, toutes les classes de la société parisienne inévitablement mêlées d'éléments cosmopolites. De romantique qu'il était, Rolland devient alors inconsciemment observateur, et son idéalisme gagne en force critique sans rien perdre de son intensité. Et toutes les expériences, ou pour mieux dire les déceptions qu'il amasse en lui au cours de ces rencontres, toutes ces ruines de la vie quotidienne serviront plus tard de fondement au monde parisien de *La Foire sur la place* et de *Dans la maison*. Quelques voyages en Allemagne, en Suisse, en Autriche, dans sa chère Italie lui fournissent des points de comparaison et des connaissances nouvelles ; et, tandis que la science historique recule au second plan, l'horizon grandissant de la culture moderne s'élargit toujours davantage. Ce voyageur, de retour d'Europe, découvre la France et Paris ; cet historien découvre l'époque qui, pour les vivants, a le plus d'importance : le présent.

ANNÉES DE COMBAT

Chez cet homme de trente ans, tout n'est que force accumulée et passion contenue : il veut agir. Dans les exemples et les images du passé, chez les artistes contemporains, il a vu de la grandeur ; et maintenant, il a hâte d'en faire l'expérience et d'y conformer sa vie.

Mais ce désir de grandeur rencontre une époque aux préoccupations mesquines. Au moment où Rolland débute, les Français les plus illustres viennent de disparaître : Victor Hugo, qui ne cessa de prêcher l'idéalisme, Flaubert, ce travailleur acharné, Renan, ce sage ; en Allemagne, Richard Wagner vient de mourir et le génie de Friedrich Nietzsche s'est obscurci. Et l'art, mis au service de la vie quotidienne, même l'art consciencieux d'un Zola ou d'un Maupassant, n'est que le tableau d'une époque corrompue et efféminée. La politique est devenue mesquine et prudente ; la philosophie, scolastique et abstraite : aucun idéal commun qui rallierait les énergies ; la France, ébranlée par la défaite, a perdu pour bien des années la confiance en soi-même. Rolland voudrait se risquer, mais le monde redoute l'aventure ; il voudrait combattre, mais le monde préfère vivre à son aise ; il recherche la communion des idées, mais le monde se contente de la communauté des jouissances.

Alors une tempête s'abat tout à coup sur le pays qui en est remué jusque dans ses couches les plus profondes ; voilà que toute la nation se passionne pour un problème intellectuel et moral et, nageur téméraire, Rolland se jette l'un des premiers dans le courant tumultueux. En l'espace d'une nuit, l'affaire Dreyfus fait de la France deux camps ; nul ne peut se tenir à l'écart, ni raisonner froidement, et c'est l'élite qui prend la question le plus à cœur ; pendant deux ans, on se déclare nettement pour ou contre la culpabilité, et cette scission, ainsi qu'on peut très bien s'en rendre compte d'après *Jean-Christophe* et les Mémoires de Péguy, cette scission divise impitoyablement les familles, séparant les frères, les amis, les pères et les fils. Nous avons peine à comprendre aujourd'hui que, à propos d'un capitaine d'artillerie soupçonné d'espionnage, tout un pays ait été ainsi bouleversé ; mais la passion se servit des faits pour s'élever jusqu'aux idées ; c'était pour chaque individu un cas de conscience : il s'agissait de choisir entre la patrie et la justice, et tout être sincère était irrésistiblement poussé à mettre ses forces morales dans le combat. Rolland fut un des premiers à faire partie de ce petit groupe qui, dès le début, proclama l'innocence de Dreyfus, et l'élan de sa conscience fut d'autant plus vif que ces efforts du premier moment semblaient voués à l'insuccès. Tandis que Péguy était empoigné surtout par la force mystique qui se dégageait du problème et de laquelle il attendait la purification morale de son pays, tandis qu'avec Bernard Lazare il attisait la flamme au moyen de brochures provocatrices, Rolland s'enthousiasmait pour cette question de justice que l'Affaire soulevait. Dans une paraphrase dramatique, *Les Loups*, qu'il publia sous le nom de Saint-Just, et qui fut jouée en présence de Zola, de Scheurer-Kestner, de Picquart, avec la participation passionnée des auditeurs, il transportait le débat hors du temps sur le plan de l'éternité. Et à mesure que le procès prenait une tournure politique depuis que les francs-maçons, les anticléricaux et les socialistes s'en servaient comme d'un tremplin pour arriver à leurs fins, à mesure que le succès de l'Idée s'affirmait, Rolland, de plus en plus, se retirait à l'écart. Sa passion s'attache toujours exclusivement aux données intellectuelles du problème dépouillé des contingences, à ce qui demeurera éternellement sans issue. C'est encore un de ses titres de gloire d'avoir été dans ce moment historique un combattant solitaire de la première heure.

Mais en même temps, aux côtés de Péguy et de Suarès, son ancien ami de collège retrouvé dans le combat, il entreprend sans bruit et sans éclat une nouvelle campagne qui, par son héroïsme silencieux et caché, ressemble bien davantage à un chemin de croix. Ils souffrent de la corruption, de l'avilissement, de la banalité, du mercantilisme qui règnent à Paris sur la littérature ; pourtant c'est en vain qu'on essaierait de combattre ouvertement cette hydre : elle commande à toutes les revues, et tous les journaux sont à son service. Comment frapper à mort un être aux mille tentacules, ondoyant et insaisissable ? Les trois amis décident donc de combattre leur adversaire non pas avec ses propres armes, le bruit et l'intrigue, mais par l'exemple moral d'un dévouement silencieux et d'une patience soutenue ; et pendant quinze ans, leur revue paraît, les *Cahiers de la Quinzaine*, qu'ils rédigent et administrent eux-mêmes. Ils ne dépensent pas un centime pour la réclame ; on peut à peine en découvrir un fascicule chez quelque libraire ; les lecteurs sont des étudiants, un ou deux littérateurs, un cercle restreint qui ne formera une communauté que peu à peu. Pendant dix ans, Romain Rolland fit paraître toutes ses œuvres dans les *Cahiers* : *Jean-Christophe* en entier, *Beethoven, Michel-Ange,* ses drames, et cela sans aucune rémunération, ce qui est unique dans la littérature moderne ; et pourtant, sa situation financière à cette époque n'était pas précisément rose ! Mais afin d'affirmer mieux leur idéalisme et de créer un exemple moral, ces trois hommes renoncèrent héroïquement pendant dix ans à la publicité, à la critique, aux gains, cette Sainte-Trinité de la religion des gens de lettres. Et quand les *Cahiers* eurent enfin leur heure de célébrité grâce à la gloire tardive de Suarès, de Péguy, de Rolland, leur publication cessa ; mais ils demeurent comme un monument impérissable d'idéalisme français, de solidarité amicale et artistique.

Une troisième fois encore, pour l'amour des idées, Rolland se lance dans l'action ; pendant une heure de sa vie, il se joint à d'autres, afin de créer quelque chose de vivant. Ayant reconnu le peu de valeur et la corruption du drame des boulevards, cette perpétuelle acrobatie de l'adultère pour bourgeois blasés, un groupe de jeunes gens essaie de lui insuffler une force nouvelle en le restituant au peuple. Rolland seconde leur effort avec une ardeur impétueuse, écrit des articles, des manifestes, tout un livre, et surtout, il tire de son cerveau une série de drames où il glorifie l'esprit de la Révolution française. Jaurès prononce un discours dans lequel il présente *Danton* aux ouvriers français ; on joue aussi ses autres drames, mais la presse, obéissant visiblement à un ordre secret de la force ennemie, prend soin de refroidir cette ardeur ; et en effet, le zèle des autres participants se ralentit ; le bel élan de ce groupe juvénile est bientôt brisé. Rolland reste seul, enrichi d'une expérience et d'une déception, mais sans avoir rien perdu de sa foi.

Car, en se mêlant avec passion à tous les grands mouvements, Rolland était pourtant toujours demeuré libre intérieurement. Il unit sa force à celle des autres sans se laisser entraîner aveuglément par eux. Tout ce qu'il entreprend en commun le déçoit, l'action commune étant toujours troublée par l'imperfection inhérente à la nature humaine. Le procès Dreyfus devient une affaire politique, le théâtre du Peuple sombre dans les rivalités ; ses drames destinés au peuple échouent à la première représentation, son mariage est rompu, mais rien ne peut briser son idéalisme. Et, s'il ne parvient pas à dompter par l'esprit la vie journalière, il n'en continue pas moins de croire à l'esprit : du fond de la déception, il évoque l'image des grands hommes qui vainquirent la douleur par le travail, la vie par l'art. Il abandonne le théâtre ; il abandonne le professorat ; il se retire du monde afin de saisir en une forme imagée la vie qui se refuse à l'action pure. Les déceptions sont pour lui autant d'expériences, et sur une époque sans grandeur, il bâtit en dix ans de solitude une œuvre plus vraie au point de vue moral que la réalité, et dans laquelle revit la foi des générations : *Jean-Christophe*.

DIX ANS DE SILENCE

Le nom de Romain Rolland fut pour un instant familier au public parisien comme celui d'un savant musicologue et d'un dramaturge plein de promesses. Puis il rentra dans l'ombre pour plusieurs années, car aucune ville ne possède aussi complètement que Paris la capacité d'oublier et n'en use avec aussi peu de ménagements. Il ne sera plus jamais fait allusion à cet homme qui se tient à l'écart, même dans les cercles de poètes et de littérateurs où l'on devrait pourtant se tenir au courant des moindres valeurs artistiques et littéraires. Pour s'en rendre compte, il suffit de feuilleter les revues, les anthologies et les histoires de la littérature : nulle part on ne trouvera le nom de Rolland seulement mentionné, alors qu'il avait déjà publié une dizaine de drames, ses magnifiques biographies et six volumes de *Jean-Christophe*. Les *Cahiers de la Quinzaine* sont pour son œuvre à la fois un berceau et une tombe ; lui-même est un étranger dans cette ville dont il est en train de décrire la vie intellectuelle comme nul autre ne l'a fait, d'une façon à la fois animée et synthétique. Il a depuis longtemps dépassé la quarantaine sans avoir touché de droits d'auteur ni goûté à la gloire; on ne le considère pas comme une valeur, comme une force vivante. À la tête d'une œuvre déjà considérable, il demeure ignoré, impuissant, comme le sont Charles-Louis Philippe, Verhaeren, Claudel, Suarès, les écrivains les plus robustes du XIXe siècle finissant. Sa vie, à l'image de la destinée qu'il décrit lui-même d'une façon si poignante, sa vie est la tragédie de l'idéalisme français.

Mais ce calme, précisément, est nécessaire à l'élaboration d'une œuvre aussi concentrée. Les idées puissantes qui conquerront le monde doivent être mûries dans la solitude. C'est loin du public seulement, dans une héroïque indifférence à l'égard du succès, qu'un homme peut se hasarder dans une entreprise aussi insensée que celle d'un roman gigantesque en dix volumes, dont le héros est en outre un Allemand, précisément à une époque tout enflammée de nationalisme. Ce n'est que dans un pareil isolement qu'une science aussi universelle peut être mise en œuvre; son épanouissement lent et réfléchi n'est possible que dans l'atmosphère tranquille que n'agite aucun souffle humain.

Rolland est pendant dix ans le grand oublié de la littérature française. Un mystère l'enveloppe : le travail. On l'ignore, et cette ignorance, pendant des années et des années, protège son labeur solitaire. C'est, à l'intérieur du cocon, l'état obscur de la chrysalide qui en sortira, œuvre ailée et pleine de force. Années de grandes souffrances, de grand silence, de profonde connaissance du monde, cette science d'un homme dont personne ne sait rien.

PORTRAIT

Deux petites chambres, deux coquilles de noix au cœur de Paris ; l'escalier de bois tourne pendant cinq étages pour y aboutir immédiatement sous le toit. En bas, le boulevard Montparnasse gronde comme le tonnerre assoupi d'un orage lointain ; parfois, quand le lourd omnibus y passe en trombe, un verre tremble sur la table. Mais par-dessus les maisons voisines, plus basses, le regard plonge dans le vieux jardin d'un cloître et, au printemps, un tendre parfum d'arbres en fleurs entre par les fenêtres ouvertes. Ici en haut, pas de voisins, pas d'autres domestiques que la vieille femme du concierge qui préserve le solitaire des visiteurs importuns.

Dans la chambre, des livres et encore des livres ; ils grimpent aux murs, encombrent le plancher ; mêlés aux papiers, ils envahissent la tablette de la fenêtre, les sièges, la table, comme une floraison multicolore. Au mur, quelques gravures, des photographies d'amis et un buste de Beethoven. Près de la fenêtre, une petite table de bois avec une plume et du papier, deux chaises, un petit fourneau. Dans cette étroite cellule, aucun objet de prix, rien qui vous invite à vous reposer mollement ou à deviser à votre aise : c'est une chambrette d'étudiant, une petite prison du travail.

Et le voici lui-même devant ses livres, le doux moine de cette cellule, toujours habillé de sombre à la façon d'un ecclésiastique, mince, grand, fragile, le visage un peu pâle et jauni d'un homme qui vit rarement au grand air. De petits plis au coin des yeux décèlent le grand travailleur qui veille beaucoup et dort peu. Tout, dans sa personne, est empreint de délicatesse : le profil pur dont aucune photographie ne rend exactement la ligne sérieuse, les mains étroites, la chevelure qui paraît finement argentée au-dessus du front élevé, la moustache clairsemée en ombre légère au-dessus des lèvres minces. Et chez lui, tout s'estompe : la voix ne se livre à la conversation qu'en hésitant, l'allure du corps légèrement penché en avant qui, même au repos, garde encore imperceptible l'infléchissement des heures de travail, les gestes toujours contenus, le pas incertain. On ne peut imaginer rien de plus doux que sa présence. On serait presque tenté de prendre cette douceur pour de la faiblesse ou pour une grande lassitude si, dans ce visage, il n'y avait des yeux clairs, dont le regard étincelle comme l'acier sous les paupières légèrement enflammées, puis s'adoucit de nouveau et laisse entrevoir des profondeurs de bonté et de sentiment ; leur bleu est celui d'une eau profonde dont la couleur est faite seulement de pureté. Tous ses portraits sont incomplets parce qu'ils ne rendent pas ce regard dans lequel se concentre toute son âme. Ce visage délicat en est animé, de même que ce corps étroit et débile l'est par le feu mystérieux du travail.

Qui pourrait évaluer ce travail, le travail incessant de cet homme prisonnier de son corps, prisonnier pendant tant d'années dans cet espace étroit ? Les livres déjà écrits n'en forment que la moindre partie. La curiosité dévorante de ce solitaire embrasse les civilisations de toutes langues, l'histoire, la philosophie, la poésie et la musique. Il est au courant de tous les mouvements, il possède des notes, des lettres, des renseignements sur tous les sujets ; il entretient des conversations avec lui-même et avec les autres, tandis que sa plume glisse. De son écriture droite qui rejette les caractères avec force derrière soi, il retient les pensées qu'il rencontre, les siennes propres et les étrangères, les mélodies des temps passés et nouveaux qu'il note en d'étroits cahiers, des extraits de journaux, des projets, et ces collections, ces provisions de richesses intellectuelles écrites de sa main sont immenses. Ce labeur dure toujours comme une flamme inextinguible. Il s'accorde rarement plus de cinq heures de sommeil, rarement une promenade au Luxembourg tout proche, il est rare qu'un ami grimpe les cinq étages pour venir s'entretenir paisiblement avec lui ; ses voyages mêmes sont pour la plupart de recherches et de documentation. Le repos, c'est pour lui changer d'occupation, passer de la correspondance à la lecture, de la philosophie à la poésie. Sa solitude est une communion active avec le monde ; ses seules heures de liberté sont de petites fêtes, qui coupent ses longues journées quand, au crépuscule, il converse au piano avec les maîtres de la musique, amenant des mélodies d'autres mondes dans cette petite chambre qui devient à son tour le domaine de l'esprit créateur.

LA GLOIRE

1910. Une automobile roule le long des Champs-Élysées, devançant dans sa course rapide le signal qu'elle a donné trop tard. Un cri, et le malheureux qui traversait justement la chaussée sans se douter du danger gît sous les roues. On le relève sanglant, les membres brisés, et c'est avec peine qu'on le rend à la vie.

Rien ne fait mieux sentir ce qu'il y a de mystérieux dans la gloire de Romain Rolland que de constater combien, à ce moment-là encore, sa perte aurait été de peu d'importance pour le monde littéraire. On aurait annoncé en quelques lignes dans les journaux que le professeur Rolland, chargé des cours de musique à la Sorbonne, avait été victime d'un accident. Peut-être quelques personnes se seraient-elles rappelé qu'un homme de ce nom avait publié quinze ans auparavant des articles de critique musicale et des drames pleins de promesses, et dans tout Paris, parmi ces trois millions d'habitants, une poignée d'hommes à peine auraient su qu'un écrivain venait de disparaître. C'est deux ans avant d'atteindre à la renommée européenne que Romain Rolland était ainsi fabuleusement méconnu; son nom passait inaperçu à l'époque où il avait déjà produit l'essentiel de cette œuvre qui allait faire de lui le guide de notre génération, soit une douzaine de drames, les biographies héroïques et les huit premiers volumes de *Jean-Christophe*.

Quel mystère étonnant que celui de la gloire et de son infinie variété! Chaque renommée a sa forme propre, indépendante de l'homme auquel elle échoit et lui appartenant pourtant comme son destin. Il y a une gloire sage et une folle, une juste et une injuste, une gloire frivole et éphémère qui s'éteint avec un pétillement de feu d'artifice, une gloire lente, au sang lourd, qui s'avance en hésitant derrière l'œuvre achevée, il y a enfin une gloire infernale et maligne qui arrive toujours trop tard et se nourrit de cadavres.

Entre Rolland et la gloire, il existe un rapport mystérieux. Dès sa jeunesse, il se sent attiré par cette grande magie et l'idée de la gloire véritable, c'est-à-dire d'une autorité morale, le possède à un tel point qu'il dédaigne de propos délibéré les petits succès de coteries. Il connaît le secret de la puissance, ses dangers et ses tentations; il sait qu'en intriguant on n'arrive à en saisir qu'une ombre froide et jamais l'ardente lumière qui réchauffe. C'est pourquoi il n'a fait aucun pas à sa rencontre et n'a jamais tendu la main pour s'en emparer, bien qu'à plusieurs reprises déjà, au cours de son existence, elle ait passé très près de lui; il l'a même volontairement repoussée par le féroce pamphlet de *La Foire sur la place*, qui lui ravit à jamais la faveur de la presse parisienne. Ce qu'il dit de son Jean-Christophe peut s'appliquer à sa propre passion: *Le succès n'était pas son but; son but était la foi.*

Et la gloire aime cet homme qui l'aime de loin,

sans se serrer contre elle ; elle tarde longtemps, car elle ne veut pas troubler son œuvre et désire que le germe reste longtemps prisonnier de la terre obscure afin qu'il y mûrisse dans la souffrance, dans la patience. Se développant sur deux plans différents, l'œuvre et la gloire attendent l'heure de la rencontre. Depuis la publication du *Beethoven*, une petite communauté se cristallise qui, avec *Jean-Christophe*, l'accompagnera tout le long de la vie. Les fidèles des *Cahiers de la Quinzaine* lui procurent de nouveaux amis. Sans le concours de la presse, par l'action invisible d'une sympathie agissante, les éditions se multiplient et des traductions apparaissent à l'étranger. En 1912, l'excellent écrivain suisse Paul Seippel donne enfin en un tableau d'ensemble la première biographie de Rolland. Celui-ci est entouré de sympathie déjà bien avant que les journaux n'impriment son nom, et le prix dont l'Académie française couronne son œuvre achevée est aussi le signal de ralliement pour les armées de ses fidèles. Tout à coup, peu avant sa cinquantième année, les vagues de l'éloquence déferlent sur lui. En 1912, il est encore inconnu, en 1914, c'est une gloire mondiale et, avec un cri de surprise, une génération entière reconnaît son chef.

Cette gloire de Romain Rolland offre un sens mystique comme toutes les circonstances de sa vie. Elle vient tard à celui qu'elle a laissé seul pendant les dures années de souci et de difficultés matérielles, mais elle vient encore au bon moment avant la guerre. Elle est devenue un glaive dans sa main. À l'instant décisif, elle lui fait don de la puissance et de la parole afin qu'il soit l'avocat de l'Europe, elle l'élève bien plus haut pour qu'il soit visible dans la mêlée. Elle vient à temps, cette gloire, alors que la souffrance et la connaissance ont mûri Romain Rolland pour la tâche la plus haute de sa destinée, pour une responsabilité européenne, et le monde a besoin d'un homme courageux qui proclame que l'éternelle mission de ce monde, qui s'en défend, c'est la fraternité.

RÉPERCUSSION

Voilà comment cette vie s'élève de l'ombre pour se mêler à son temps : silencieusement agitée, mais toujours des forces les plus vives, retirée en apparence, mais liée plus qu'aucune autre au sort désastreux qui attend l'Europe. Si l'on considère quel devait en être le couronnement, tout ce qui l'a enrayée, les longues années de luttes vaines et ignorées, y apparaît nécessaire, et chaque rencontre symbolique ; elle se construit, telle une œuvre d'art, par une sage ordonnance de hasard et de volonté. Ce serait avoir du destin une idée bien mesquine de penser que c'est par simple caprice qu'il a fait de cet inconnu une puissance morale publique justement pendant les années où, tous, nous avions besoin plus que jamais d'un défenseur des droits de l'esprit.

Avec l'année 1914, l'existence privée de Romain Rolland s'efface : sa vie ne lui appartient plus, elle appartient à l'univers, et sa biographie se fond dans l'histoire contemporaine ; on ne peut plus l'isoler de ses actes publics. Le solitaire est précipité de sa chambrette studieuse dans le monde, pour y œuvrer. Lui que jusqu'alors personne ne connaissait vit maintenant fenêtres et portes ouvertes ; chaque article, chaque lettre de lui devient un manifeste et son existence personnelle s'organise comme un spectacle héroïque. Dès l'heure où son idée la plus chère, l'unité de l'Europe, menace de s'anéantir elle-même, il quitte sa tranquille retraite et sort en pleine lumière ; il devient un élément de son époque, une force impersonnelle, un chapitre dans l'histoire de l'esprit européen. Et de même qu'on ne peut séparer la vie de Tolstoï de son activité révolutionnaire, on ne peut tenter ici de séparer l'homme agissant de l'influence qu'il exerce. Depuis 1914, Romain Rolland ne fait plus qu'un avec son idée et combat pour elle. Il n'est plus écrivain, poète, artiste, il ne s'appartient plus en propre. Il est devenu la voix de l'Europe au temps de sa plus profonde détresse, il est la conscience de l'univers.

DÉBUTS DRAMATIQUES

Le succès n'était pas son but,
son but était la foi.

Romain ROLLAND, *Jean-Christophe,*
La Révolte.

L'ÉPOQUE ET L'ŒUVRE

On ne peut comprendre l'œuvre de Romain Rolland si l'on ne connaît pas l'époque dont elle est née. Car une passion surgit de la lassitude de tout un pays, une foi de la déception d'un peuple humilié. 1870 étend son ombre sur la jeunesse de l'écrivain, et ce qui fait le sens et la grandeur de son œuvre, c'est qu'elle établit, d'une guerre à l'autre, un pont spirituel. Arrachée à un ciel nuageux, à une terre sanglante, elle participe au nouveau combat, à l'esprit nouveau.

Cette œuvre est née des ténèbres, car le pays qui a perdu une guerre est comme l'homme qui a perdu son Dieu. Du coup, l'extase fanatique se change en épuisement sans nom. Cette flamme qui brûlait au cœur de millions d'hommes s'affaisse ; il n'en reste que cendres et scories. Toutes les valeurs se trouvent soudain dépréciées : l'enthousiasme a perdu toute raison d'être, la mort devient inutile, les actions qui hier encore passaient pour héroïques ne sont plus que folies, la confiance se transforme en déception, la foi elle-même n'est plus qu'une misérable aberration. On n'a plus la force de se réunir ; chacun vit pour soi, rejette la faute sur son prochain, ne pense qu'au gain, aux profits, aux avantages, et une lassitude infinie rompt l'élan des volontés tendues. Rien n'anéantit la force morale des masses autant qu'une défaite ; il n'est rien qui avilisse et fasse faiblir ensuite à ce point l'attitude intellectuelle d'un peuple.

Ainsi, la France d'après 1870 est un pays à l'âme fatiguée, un pays privé de chefs. Ses meilleurs écrivains ne peuvent lui venir en aide ; ils chancellent un certain temps, étourdis par les événements comme d'un coup de massue ; puis ils se reprennent et continuent à cheminer sur l'ancienne route de la littérature ; ils se retirent encore davantage à l'écart, indifférents aux destinées de leur nation. Les écrivains de quarante ans, Zola, Flaubert, Anatole France, Maupassant, ne sont pas susceptibles d'être transformés par cette catastrophe nationale ; ils ont besoin de toute leur force pour se maintenir debout mais ne peuvent soutenir leur pays ; considérant les événements d'un œil sceptique, ils ne sont plus assez croyants pour doter leur peuple d'une foi nouvelle.

Quant aux jeunes, ceux de vingt ans qui, eux, ont été les témoins inconscients de la catastrophe et n'ont pas assisté au combat, mais contemplé seulement l'âme dévastée et bouleversée de leur peuple, véritable cimetière, ils ne peuvent venir à bout de cette lassitude. Il est impossible qu'une vraie jeunesse vive sans foi, qu'elle puisse respirer dans la lourde atmosphère morale d'un monde sans espérance. Pour elle, vivre et agir, c'est faire naître la confiance, cette confiance brûlant d'une ardeur mystique, jaillissant indestructible de chaque génération qui monte, même si cette jeunesse nouvelle doit passer à côté des tombes de ses pères. La défaite apparaît à ces jeunes gens comme un événement primordial, une question de vie ou de mort pour leur art ; car ils sentent qu'ils ne sont rien s'ils ne parviennent pas à soutenir cette France au flanc ouvert qui sort du combat chancelante et ensanglantée, s'ils n'accomplissent pas leur mission qui est de donner une foi nouvelle à ce peuple sceptique et résigné. Leur sentiment inemployé y voit un devoir, une passion, un but. Ce n'est pas par hasard qu'un nouvel idéalisme prend toujours naissance dans l'élite d'un peuple vaincu, et que la jeunesse n'y connaît plus qu'un but, celui de toute sa vie : offrir une consolation à la patrie et la délivrer du fardeau de la défaite.

Mais comment consoler un peuple vaincu ? Comment soulager son âme ? L'écrivain doit créer une dialectique de la défaite et trouver une issue quelconque, folie ou même mensonge, par laquelle l'esprit échappera à cette lassitude. Les jeunes écrivains français d'après 1870 comprennent la consolation de deux façons différentes. Les uns regardent vers l'avenir et disent, la haine entre les dents : «Cette fois, nous avons été vaincus ; la prochaine fois, nous vaincrons ! » Tel est l'argument des nationalistes, et leurs chefs Maurice Barrès, Paul Claudel, Péguy furent les contemporains de Romain Rolland. Pendant trente ans, ils ont forgé de leurs vers et de leur prose l'orgueil offensé de la nation française, jusqu'à en faire une arme pour frapper au cœur l'ennemi détesté. Pendant trente ans, ils n'ont cessé de faire allusion à la défaite et à la victoire future, ravivant toujours la vieille blessure qui allait se cicatrisant, excitant toujours par leur rappel fanatique la jeunesse qui voulait se réconcilier. Ils se sont passé de main en main cette torche inexorable de la revanche, toujours prêts à la jeter dans la poudrière européenne.

Quant à l'autre idéalisme, celui de Rolland, plus calme et longtemps méconnu, il cherche dans une foi nouvelle une autre consolation ; il n'a pas pour objet l'avenir, mais plus loin encore, l'éternité ; il ne promet pas une victoire, il diminue seulement l'importance de la défaite. Aux yeux de ces écrivains-là, élèves de Tolstoï, la force n'est pas un argument pour l'esprit, le succès apparent n'est pas une mesure pour l'âme ; l'individu n'est pas vainqueur, même quand ses généraux conquièrent cent provinces, et il n'est pas davantage vaincu si l'armée perd mille canons, mais l'individu n'arrive à vaincre véritablement que lorsqu'il s'est affranchi de toutes les erreurs et de toutes les injustices de son peuple.

Ces isolés cherchent sans cesse à pousser la France, non pas à oublier sa défaite, mais à la transformer en grandeur morale, à reconnaître la valeur spirituelle de cette semence qui a crû précisément sur les champs de bataille ensanglantés.

Ô bonne défaite ! s'écrie, dans *Jean-Christophe*, Olivier, le porte-parole de cette jeunesse française, répondant à son ami allemand, *Béni soit le désastre ! Nous ne le renierons pas, nous sommes ses enfants. Dans la défaite, c'est vous, mon bon Christophe, qui nous avez reforgés. Le bien que vous nous avez fait, sans le vouloir, est plus grand que le mal. C'est vous qui avez fait reflamber notre idéalisme, c'est vous qui avez ranimé chez nous les ardeurs de la science et de la foi... C'est à vous que nous devons le réveil de la conscience de notre race. Songes-tu à ces petits Français, nés dans des maisons en deuil, à l'ombre de la défaite, nourris de ces pensées découragées, élevés pour une revanche sanglante, fatale et peut-être inutile : car, si petits qu'ils fussent, la première chose dont ils avaient pris conscience, c'était qu'il n'y a pas de justice en ce monde : la force écrase le droit ! De pareilles découvertes laissent l'âme d'un enfant dégradée ou grandie pour jamais.* Puis il continue : *La défaite reforge les élites ; elle fait le tri dans la nation ; elle met de côté tout ce qu'il y a de pur et de fort ; elle le rend plus pur et plus fort. Mais elle précipite la chute des autres ou elle brise leur élan. Par là, elle sépare le gros du peuple, qui s'endort ou qui tombe, de l'élite qui continue sa marche*[1].

Cette élite réconcilie la France avec le monde. C'est là que Rolland voit la tâche qui incombera désormais à son pays, et, en définitive, ces trente années de labeur pendant lesquelles son œuvre s'édifie ne sont rien d'autre qu'une tentative unique d'empêcher une nouvelle guerre, afin que l'épouvantable désaccord de la victoire et de la défaite ne se produise pas une seconde fois. Dans son idée, aucun peuple ne devra plus vaincre par la force, mais tous vaincront dans l'unité, par l'idée de fraternité européenne. Ainsi, d'une commune origine, de la défaite, source ténébreuse, deux ondes d'idéalisme coulent séparément vers le peuple français. Un combat invisible s'organise par la parole et la plume pour conquérir l'âme de la nouvelle génération. Les faits ont été favorables à Maurice Barrès, et en 1914 les idées de Romain Rolland furent vaincues. La défaite ne fut pas seulement la grande épreuve de sa jeunesse ; elle prête aussi un sens tragique à ses années de maturité. Mais ce fut sa force en tous temps que de créer, de ses espoirs déçus, des œuvres puissantes, de se résigner en y trouvant motif à de nouvelles élévations, et malgré ses déceptions de croire passionnément.

1. *Jean-Christophe, Dans la maison.*

ASPIRATION À LA GRANDEUR MORALE

De bonne heure il sait déjà à quoi tendra son activité. Le girondin Hugot, le héros d'une de ses premières œuvres, *Le Triomphe de la raison*, trahit cette ardente conviction par une exclamation enthousiaste : *Le premier devoir des hommes tels que nous, c'est d'être grands et de défendre la grandeur du monde.*

Cette aspiration à la grandeur est le secret de toute grandeur particulière. Ce qui distingue Romain Rolland, le débutant d'autrefois et le combattant de ces trente dernières années, c'est qu'il ne crée jamais en art quelque chose de particulier, d'essentiellement littéraire ou d'occasionnel. Son effort est toujours dirigé vers la mesure morale suprême, toujours vers des formes éternelles, pour s'élever au monumental ; son but, c'est la fresque, le tableau d'ensemble, la forme épique. Il ne suit pas l'exemple des littérateurs, ses collègues, mais celui des plus grands précurseurs, des héros de tous les siècles. Il s'arrache au spectacle de Paris, et de l'agitation contemporaine trop insignifiante pour lui. Tolstoï, alors le seul créateur héroïque, devient son maître. L'aspiration créative de Rolland n'offre rien de commun avec l'effort

de ses contemporains tendu vers les succès quotidiens; malgré sa grande humilité, elle se sent plus
proche du monde héroïque, des drames historiques
de Shakespeare, du *Guerre et Paix* de Tolstoï, de
l'universalité d'un Goethe, de l'abondance d'un Balzac, de l'acharnement artistique d'un Wagner.

Il examine leur vie dans les moindres détails, afin
de puiser du courage dans leur courage; il étudie
leurs œuvres pour élever les siennes à leur mesure,
loin de ce qui n'est qu'éphémère et relatif. Son fanatisme de l'Absolu devient presque religieux. Sans se
comparer à eux, il pense aux esprits inaccessibles,
aux météores précipités dans notre vie terrestre du
haut de l'éternité; il rêve à une chapelle Sixtine, à des
symphonies, aux drames historiques, à *Guerre et
Paix*, mais pas à une nouvelle *Madame Bovary* ou à
des contes de Maupassant. Son véritable univers est
situé hors du temps, comme une constellation vers
laquelle s'oriente, humble et pourtant passionnée, sa
volonté créative. Seuls Hugo et Balzac, parmi les
nouveaux écrivains français, Wagner, chez les Allemands, Byron, chez les Anglais, ont été possédés de
ce désir sacré du monumental.

Le talent et un travail soutenu ne peuvent suffire
à réaliser un tel désir d'extraordinaire; une force
morale quelconque a toujours servi de levier pour
ébranler sur ses gonds un nouveau monde spirituel,
et la force morale de Romain Rolland, c'est un courage qui n'a pas son pareil dans la nouvelle littérature. C'est pendant la guerre seulement que l'attitude
de Rolland a révélé au monde cet héroïsme solitaire
qui consiste à tenir tête, avec sa propre conviction,
à toute une époque, cet héroïsme que sa production anonyme avait déjà signalé dans l'ombre, un
quart de siècle auparavant, à ceux qui le pouvaient

comprendre. On ne devient pas héros tout d'un coup en vertu d'une nature conciliante et facile ; le courage, comme n'importe quelle autre énergie de l'âme, doit être trempé et affermi par l'épreuve.

Et, de toute la nouvelle génération, Rolland se montra de beaucoup le plus courageux en s'efforçant d'atteindre à la puissance. Il ne se contente pas, comme les collégiens, de rêver iliades et pentateuques, il les crée aussi, tout seul, avec une audace antique, et les introduit dans notre vie agitée. Aucun théâtre ne joue encore ses pièces, aucun éditeur n'imprime ses livres, et déjà il entreprend un cycle dramatique aussi vaste que celui des tragédies de Shakespeare. Il n'a ni public ni renommée, et commence un roman monstre, une biographie en dix volumes et, en pleine époque nationaliste, choisit comme héros un Allemand. Dès le début, il se brouille avec les théâtres dont il dénonce la banalité et le mercantilisme dans son manifeste, *Le Théâtre du peuple* ; et il se brouille sciemment avec la critique en clouant au pilori dans sa *Foire sur la place* les procédés charlatanesques de la presse parisienne et des trafiquants de l'art français, avec une verdeur dont aucun auteur n'avait osé faire usage de ce côté du Rhin depuis les *Illusions perdues* de Balzac qui, déjà alors, jouissait d'une célébrité mondiale. Sans existence matérielle assurée, sans amis puissants, sans revue, sans éditeur, sans théâtre, il désire réformer l'esprit de sa génération, en voulant et en agissant. Au lieu de se fixer un but prochain, il crée en vue de l'avenir, avec cette force religieuse, cette foi en quelque chose de grand qui animait les constructeurs du Moyen Âge bâtissant leurs cathédrales au-dessus des cités orgueilleuses en l'honneur de Dieu seul, sans calculer si, pour les achever, il ne faudrait pas plus de temps que celui de

100

leur propre vie. Pour lui venir en aide, il n'a que ce courage toujours alimenté par la force qui monte du fonds religieux de sa nature. Et les paroles de Guillaume d'Orange placées en tête d'une de ses premières œuvres, *Aërt*, sont le véritable leitmotiv de son existence : *Je n'ai pas besoin d'espérer pour entreprendre, et de réussir pour persévérer.*

LES CYCLES CRÉATEURS

Ce désir de grandeur marque naturellement de son empreinte les formes extérieures de la pensée. Rolland ne s'essaie jamais, ou presque jamais, à quelque chose de spécial, d'isolé, de détaché, jamais à des particularités du cœur humain ou des épisodes de l'histoire. Sa fantaisie créatrice n'est attirée que par des manifestations élémentaires, par les grands « courants de foi », où une idée unit tout à coup d'une même puissance mystique des millions d'individus, quand un pays, une époque, une génération s'embrase comme un tison. Il allume sa flamme poétique aux grands phares de l'humanité, hommes de génie ou époques géniales, que ce soit Beethoven ou la Renaissance, Tolstoï ou la Révolution, Michel-Ange ou les croisades. Mais pour maîtriser artistiquement des phénomènes d'une telle envergure, qui plongent leurs racines dans le domaine des choses occultes et couvrent pourtant de leur ombre des siècles entiers, il faut plus qu'un élan juvénile, plus qu'une passion de lycéen au souffle court ; pour qu'une pareille matière intellectuelle devienne véritablement plastique, il faut la revêtir de formes amples ; la civilisation d'époques animées et remuées de passions héroïques ne peut être retracée en de hâtives esquisses ; elle exige une ébauche soignée et surtout une architecture monumentale : de vastes espaces pour la multitude des figurants et en même temps des terrasses en gradins qui permettent une synthèse intellectuelle. C'est pourquoi Rolland, dans toutes ses œuvres, a besoin de tant d'espace, car il veut être équitable à l'égard de chaque époque comme de chaque individu, ne jamais donner un fragment, une coupe faite au hasard, mais toujours la tourbe entière de l'événement ; pas d'épisodes de la Révolution, mais la Révolution française complète, pas la biographie du musicien Jean-Christophe Krafft, mais l'histoire européenne de notre génération. Il veut représenter non seulement la force principale d'une époque, mais encore et toujours les cent formes diverses des énergies opposées, non seulement le coup, mais aussi la résistance ; il veut être juste envers chacun. L'ampleur est pour Rolland une nécessité d'ordre moral plutôt qu'artistique ; dans sa passion d'être équitable, afin de représenter chaque idée au parlement de son œuvre, il est obligé d'écrire des sortes de chorals aux multiples voix. Afin de faire revivre la Révolution dans ses phases successives : avènement, troubles, période politique, décadence et chute, il projette un cycle de dix drames ; pour la Renaissance, presque tout autant ; et pour *Jean-Christophe*, trois mille pages. Car, pour lui qui recherche l'équité, la forme intermédiaire, la façon dont un individu joue son rôle sont aussi importantes au point de vue de la vérité pure que le type marquant. Il connaît le danger qu'il y a à ramener tout à quelques types principaux. Que serait pour nous Jean-Christophe s'il n'avait en face de lui, comme Français, que le seul Olivier, si des figures secondaires n'étaient pas groupées autour de cette dominante symbolique dans les combinaisons innombrables du bien et du mal ? Quiconque veut se montrer réellement objectif doit appeler à la barre de nombreux témoins ; afin de rendre un jugement équitable, il doit connaître la multitude des faits. C'est pourquoi (et seulement à cause de cette préoccupation morale d'équité envers ce qui est grand) Rolland a recours aux formes les plus amples, et il est naturel que le cercle qui enferme tout, que le cycle soit dans son œuvre la forme essentielle. Dans ces différents cycles, chaque œuvre particulière, si complète en soi qu'elle paraisse, n'est pourtant qu'un fragment dont le sens profond ne se dégage que par rapport à l'idée de justice, centre de gravité moral. Pour Romain Rolland, éternel musicien, le cercle, le cycle, est la forme qu'il préfère presque exclusivement ; c'est le symbole de l'équité complète, qui enferme parfaitement toute plénitude et soumet harmonieusement les contraires.

Son œuvre de trente années est contenue dans cinq de ces cycles qui, par trop étendus, ne sont pas toujours achevés. Le premier, celui des drames conçus dans l'esprit de Shakespeare, qui devait enfermer la Renaissance en une synthèse à la façon de Gobineau, tombe fragmenté des mains du jeune auteur ; Rolland en a même rejeté, inachevé, chaque drame particulier. Le second cycle, *Les Tragédies de la foi*, et le troisième, *Le Théâtre de la Révolution*, restent tous deux inachevés, mais les fragments en sont déjà d'un bronze plus pur. Le quatrième cycle, *La Vie des hommes illustres*, conçu comme une frise biographique autour du temple du dieu inconnu, demeure également morcelé. Seuls les dix volumes de *Jean-Christophe* décrivent l'évolution complète d'une génération, unissant dans l'harmonie rêvée la grandeur et l'équité.

Mais, au-dessus de ceux-ci, un autre cycle plane, encore invisible, dont on ne discernera nettement que plus tard le commencement et la fin, l'origine et le retour : c'est la correspondance harmonieuse entre une existence variée et le cercle agrandi de la vie universelle, tel que Goethe le concevait, où la vie et la poésie, la parole et l'écriture, le témoignage et l'action deviennent autant d'œuvres d'art. Mais cet orbe ardent se dessine encore à l'horizon, modifiant sa forme et son développement, et nous en sentons toujours la vivante chaleur pénétrer notre monde terrestre.

LE CYCLE DES DRAMES INCONNUS

(1890-1895)

À vingt ans, loin des murs de l'École normale, c'est en Italie que Rolland conçoit pour la première fois le monde comme la liberté même, comme la matière vivante qui appelle l'artiste. Il avait appris l'histoire dans des formules et des documents ; maintenant, dans les visages qui l'entourent et du haut des statues, l'histoire le regarde avec des yeux vivants ; les cités italiennes, comme des décors de théâtre, rapprochent les siècles et les groupent devant son âme passionnée. Il ne leur manque que la parole, à ces nobles souvenirs, pour que l'histoire devienne poésie, et le passé tragédie. Rolland sent ces premières heures s'envoler au-dessus de lui comme une sainte ivresse, et ce n'est pas l'historien mais le poète qui ressuscite en lui la Rome sacrée et l'éternelle Florence.

Là – c'est ce qu'il sent dans son jeune enthousiasme – réside cette grandeur à laquelle il aspirait confusément ; ou plutôt, c'est là qu'elle résidait aux jours de la Renaissance, alors que ces dômes étaient érigés au milieu des combats les plus sanglants, quand Raphaël et Michel-Ange décoraient les murs

106

du Vatican, et que les papes n'étaient pas moins puissants que ces maîtres, alors que, grâce à la découverte de statues antiques sous des débris plusieurs fois séculaires, l'esprit héroïque de l'ancienne Grèce renaissait au sein d'une Europe nouvelle.

De toute sa volonté, Rolland invoque les audacieux qui s'élevèrent au-dessus de l'humanité et soudain, Shakespeare, le vieil ami de sa jeunesse, se réveille en lui ; il en saisit la puissance dramatique, à la scène, comme si c'eût été pour la première fois, lorsqu'il assista aux représentations d'Ernesto Rossi ; mais maintenant ce ne sont plus ces pâles figures de femmes, héroïnes de contes de fées, qui le passionnent ; c'est la sauvagerie endiablée de ces natures énergiques, l'éclatante vérité humaine de cette psychologie, le tumulte orgueilleux des âmes. En France, on connaît à peine Shakespeare au théâtre, et les traductions en prose en donnent une piètre idée. Rolland revit alors Shakespeare d'une façon nouvelle et tout intérieure, de même qu'un siècle auparavant Goethe, à peu près au même âge que Rolland, l'avait senti revivre quand il écrivit dans l'ivresse son *Hymne pour la fête de Shakespeare.* Cet enthousiasme se mue en un impérieux besoin de créer ; il écrit d'un trait une série de drames dont il emprunte les sujets à l'Antiquité classique ; il les écrit comme autrefois les Allemands de la bataille romantique écrivaient leurs géniales esquisses.

C'est une série complète de drames que le jeune enthousiaste fit alors jaillir de son cerveau, à la façon d'un volcan, et qui sont demeurés inédits, d'abord à cause de l'opposition qu'ils rencontrèrent, et plus tard parce que leur auteur ne les jugea pas dignes d'être publiés. Le premier est *Orsino* (Rome, 1890) ; il est bientôt suivi d'*Empédocle*, né des calmes paysages de la Sicile et influencé par le projet grandiose de Hölderlin, dont Rolland entendit parler par Malwida von Meysenbug ; puis *Gli Baglioni* (tous deux de 1891). Le retour à Paris n'interrompt pas l'inspiration, mais la flamme dramatique, attisée, continue à brûler dans *Caligula* et dans *Niobé* (1892). De son voyage de noces dans sa chère Italie, il rapporte en 1893 un nouveau drame de la Renaissance, *Le Siège de Mantoue*, le seul qu'il reconnaisse encore aujourd'hui, mais dont le manuscrit, par un hasard étrange, a été malheureusement égaré. Alors seulement, il tourne sa fantaisie vers l'histoire de son pays et compose ses *Tragédies de la foi*, *Saint Louis* (1893), *Jeanne de Piené* (1894), qui n'a pas non plus été publiée, *Aërt* (1895), avec lequel il parvient à la scène pour la première fois. Puis, en une suite rapide, les quatre drames du *Théâtre de la Révolution* (1896-1902) qui furent représentés, *La Montespan* (1900) et *Les Trois Amoureuses* (1900).

Nous trouvons donc déjà à l'entrée de son œuvre proprement dite une création à peu près inédite de douze drames, d'une étendue égale à toute la production de Shakespeare, de Kleist ou de Hebbel. Aucun des huit premiers n'atteindra à la forme éphémère d'une représentation et ne sera imprimé. Seule Malwida von Meysenbug, sa confidente, en a pris connaissance et témoignera de leur valeur artistique dans son livre *Lebensabend einer Idealistin (Soir de la vie d'une idéaliste)*. À part cela, le monde n'en sait pas un mot.

Un seul de ces drames a été lu une fois dans un milieu classique par le premier tragédien de France, mais c'est là un souvenir douloureux. Gabriel Monod, le maître de Rolland, qui depuis longtemps était devenu son ami, et dont l'intérêt avait été réveillé par l'enthousiaste Malwida von Meysenbug, avait remis trois pièces de Rolland au grand Mounet-Sully. Celui-ci se passionne pour ces œuvres et les présente à la Comédie-Française. Au comité de lecture, il combat éperdument pour cet inconnu dont il perçoit l'importance, en sa qualité de comédien, mieux que ne l'ont fait les littérateurs. Mais *Orsino* et *Gli Baglioni* sont impitoyablement rejetés ; seule *Niobé* obtient d'être lue au comité de lecture. C'est un instant dramatique dans la vie de Rolland qui, pour la première fois, touche à la gloire. Mounet-Sully lit lui-même, avec sa maîtrise, l'œuvre de l'inconnu. Rolland est présent. Pendant deux heures et dix minutes son sort demeure en suspens. Mais le Destin ne veut pas encore livrer son nom au monde : l'œuvre refusée retombe au néant. On ne lui fait pas même le mince honneur de l'imprimer et, des douze œuvres dramatiques que l'écrivain infatigable écrira durant les dix années qui suivront, aucune ne franchira le seuil de la scène française à laquelle le jeune homme faillit avoir accès.

De ces premières œuvres, nous ne savons rien de plus que le titre, nous ne savons rien de leur valeur, mais d'après les pièces qui suivirent, nous nous rendons compte qu'il y eut là un premier brasier sans étincelles, une flamme par trop brûlante pour être lumineuse, et si les drames publiés plus tard, et que le public prit pour les premiers, révèlent une telle maturité, une telle unité, c'est que leur calme bénéficie de la passion des drames sacrifiés qui restèrent dans les limbes, c'est que leur ordonnance procède du fanatisme héroïque des drames inédits. Toute création véritable se nourrit de l'humus des créations avortées et, plus que toute autre, l'œuvre de Rolland s'épanouit en vertu de ces grands renoncements.

LES TRAGÉDIES DE LA FOI

(1895-1898)

Quand en 1913, vingt ans après leur première publication, Romain Rolland édite à nouveau ses drames de jeunesse sous ce titre : *Les Tragédies de la foi*, il rappelle dans sa préface l'atmosphère étouffante et tragique de l'époque où ils prirent naissance. *Nous étions alors,* dit-il, *beaucoup plus loin du but et bien plus isolés.* Pour ces frères aînés d'Olivier et de Jean-Christophe, moins robustes, mais non moins croyants, il était plus difficile de défendre leur foi et de maintenir élevé leur idéalisme que pour la jeunesse nouvelle, qui connaissait une France raffermie, dans une Europe plus libre. La défaite étendait encore son ombre sur le pays, et tous les héros de l'esprit français durent alors combattre le doute, ce démon de leur race, combattre cette lassitude des vaincus, qui était le lot de leur patrie. Leur cri fut celui d'une époque amoindrie réclamant la grandeur disparue sans trouver d'écho sur la scène, ni de résonance dans le peuple, un cri perdu qui ne s'éleva que vers le ciel, acte de foi, croyance à la vie éternelle.

Cette foi ardente sert de lien entre ces cycles dramatiques si différents les uns des autres quant à l'époque et à la pensée. Romain Rolland veut montrer ces mystérieux «courants de foi» dans lesquels l'enthousiasme comme un incendie de forêt gagne tout le peuple, toute la nation, où une idée bondit soudain d'une âme à l'autre, entraînant des milliers d'hommes dans la tempête que soulève une illusion collective, où la quiétude parfaite des âmes se transforme tout à coup en tumulte héroïque, où la parole, la croyance, l'idée (mais toujours quelque chose d'indivisible et d'inaccessible) ébranle le monde inerte et l'emporte aux étoiles. L'idée pour laquelle ces âmes se consument n'a aucune importance ; que ce soit, comme Saint Louis, pour le Saint Sépulcre et le règne du Christ, ou, comme Aërt, pour la Patrie, ou, comme les Girondins, pour la Liberté, au fond, il n'y a pas de différence. L'idéalisme de Rolland n'a pas de buts précis ; ce ne sont pour lui que des prétextes ; le principal, c'est la foi, cette faiseuse de miracles qui rassemble un peuple pour la croisade d'Orient, qui appelle des foules à mourir pour la Nation, qui fait que les chefs se jettent sous la guillotine en sacrifice volontaire. *Toute la vie est dans l'essor*, comme le dit Verhaeren ; il n'y a de beau que ce qui est accompli dans l'enthousiasme pour la foi. Si tous ces premiers héros venus trop tôt n'atteignent pas leur but, si Saint Louis meurt sans voir Jérusalem, si Aërt se réfugie dans la liberté de la mort pour échapper à la servitude, si les Girondins sont écrasés sous le poing de la populace, cela ne veut pas dire qu'ils soient découragés, car tous, ils sont par leur âme les vainqueurs d'une époque dépourvue de grandeur. Ils possèdent la foi véritable, la foi qui n'espère pas trouver sa réalisation en ce monde. Ce sont, en des siècles différents, les serviteurs d'un même idéal. Ils subissent la tourmente toujours nouvelle du temps, qu'ils portent le glaive ou la croix, le heaume ou le bonnet phrygien. Animés d'un même enthousiasme pour les choses invisibles, ils ont un ennemi commun : la lâcheté, la poltronnerie, la misère, la lassitude d'une époque avachie. À un moment antihéroïque, ils montrent l'héroïsme éternel et toujours actuel de la volonté pure, le triomphe de l'esprit vainqueur du temps et de l'heure, pourvu qu'il soit croyant.

Le sens de ces premiers drames, leur grand but, c'est de susciter de notre temps de nouveaux frères à ces vaincus, d'élever au profit, non de la force brutale, mais de l'esprit, cet idéalisme qui jaillit de l'instinct profond et infaillible de toute jeunesse, et auquel rien ne peut résister ; ces drames contiennent déjà tout le secret moral des œuvres futures de Rolland : transformer le monde par l'enthousiasme. *Tout est bien qui exalte la vie.* Cette philosophie d'Olivier est aussi la sienne. Les choses vivantes ne peuvent être créées que dans la fournaise, et l'esprit, modeleur du monde, ne peut être créé que dans la foi. Aucune défaite que la volonté ne surmonte, aucun deuil qu'une âme libre ne survole. Celui qui aspire à l'inaccessible est plus fort que le Destin, et même dans son anéantissement terrestre il triomphe du sort, car la tragédie de son héroïsme déchaîne un nouvel enthousiasme qui relève l'étendard sur le point de tomber et le porte plus loin, à travers les âges.

SAINT LOUIS
(1894)

Ce mythe de *Saint Louis* n'est pas un drame, mais bien plutôt un mystère né de la musique, une transposition des idées de Wagner qui voulait transfigurer les légendes populaires et en faire des œuvres d'art. Il avait été écrit primitivement pour être mis en musique (Rolland en a même composé l'introduction, qu'il ne publia jamais, comme tous ses essais musicaux), mais plus tard l'élément musical se fondit dans le lyrisme de la prose. Dans cette douce image d'une vie, on ne retrouve rien de la passion du théâtre shakespearien. C'est, en tableaux vivants, la légende héroïque d'un saint qui fait penser à ce mot de Flaubert dans *Saint Julien l'Hospitalier* : *Elle est telle à peu près qu'on la trouve sur un vitrail d'église, dans mon pays.* Ce ne sont que douces couleurs, celles des fresques de Puvis de Chavannes, qui peignit au Panthéon sainte Geneviève veillant sur Paris ; et la douce clarté lunaire répandue sur Geneviève est la même qui tisse une auréole autour du chef du plus pieux des rois de France.

Une musique qui rappelle celle de *Parsifal* résonne doucement à travers l'œuvre, et il a même aussi quelque chose de Parsifal, ce souverain qui s'initie, non par la pitié, mais par la bonté, et prononce cette belle parole qui lui fait honneur : *Pour comprendre les autres, il ne faut qu'aimer.* Il n'est que douceur, mais à un tel point que les plus forts deviennent faibles devant lui ; il n'a que sa foi, mais cette foi édifie les montagnes de l'action. Il ne peut pas et ne veut pas conduire son peuple à la victoire, mais il le transporte au-dessus de lui-même, au-dessus de sa propre inertie et de l'aventure de cette croisade qui semble insensée, vers la foi, et ainsi il fait présent à toute la nation de cette grandeur qui naît toujours du sacrifice. Dans *Saint Louis,* Rolland montre pour la première fois son type préféré : le vainqueur vaincu ; nulle part il n'atteint son but, mais *plus il est écrasé par les choses, plus il semble les dominer davantage.*

Et si, de même qu'à Moïse, il ne lui est pas donné de contempler la Terre promise, si le Destin semble lui imposer de «mourir vaincu», il a à peine rendu le dernier soupir que ses soldats saluent déjà avec des cris d'allégresse la cité de leurs rêves. Il sait que dans le combat pour l'absolu le monde terrestre n'accorde pas la victoire, mais *il est beau de lutter pour l'impossible quand l'impossible est Dieu*. Dans un tel combat, le triomphe suprême reste cependant au vaincu : il a poussé les âmes indolentes à une action à la réussite de laquelle il doit renoncer pour lui-même ; sa foi a suscité la leur, et son esprit l'esprit éternel.

Cette première œuvre publiée respire l'esprit chrétien. Montsalvat y déploie ses vastes salles bruissantes au-dessus d'un pieux choral. La force est vaincue par l'humilité, le monde par la foi, la haine par la bonté. Cette pensée éternelle qui, depuis le christianisme primitif jusqu'au maître d'Iasnaïa Poliana, s'est manifestée par des paroles et des œuvres innombrables, Rolland l'a reprise encore dans cette première pièce, sous forme de pieuse légende. Mais, dans les œuvres suivantes, plus libre d'abord, puis complètement affranchi, il nous montre que la vertu de la foi ne dépend pas de telle ou telle confession. Le monde symbolique qui habille ici l'idéalisme de Rolland de façon encore romantique devient notre monde à nous et nous fait comprendre que Saint Louis et le temps des croisades ne sont qu'une étape dans la découverte de notre âme *si notre âme veut être grande et défendre la grandeur du monde.*

Plus nettement que cette pieuse légende, *Aërt*, écrit un an après *Saint Louis*, accuse l'intention de rendre à la nation opprimée son idéalisme et sa foi. *Saint Louis* était un mythe héroïque, le doux souvenir d'une grandeur passée. *Aërt*, c'est la tragédie du vaincu, une invitation énergique et passionnée au réveil. Déjà les remarques scéniques qui accompagnent le texte en annoncent nettement l'intention : *Née directement des humiliations morales et politiques de ces dernières années, elle représente, dans une Hollande de fantaisie, la Troisième République, un peuple brisé par la défaite et, ce qui est pis, avili par elle, un avenir de décadence lente, dont la conscience achève de dissoudre les volontés épuisées.*

C'est dans ce milieu que Rolland imagine son Aërt, jeune prince, héritier d'un grand passé. On cherchera en vain, par la ruse, la tentation, l'immoralité, à détruire chez ce prisonnier sa croyance à la grandeur, seul soutien de son âme défaillante et souffrante, de son faible corps dégénéré. Un entourage hypocrite s'efforce, par le luxe, la légèreté, le mensonge, de le détourner de sa haute destinée qui est d'être l'héritier actif d'un grand passé : il demeure inébranlable. Son précepteur, maître Trojanus, un Anatole France anticipé, chez lequel toutes les qualités, bonté, volonté, scepticisme, sagesse, ne dépassent pas une honnête moyenne, voudrait faire de son bouillant élève un Marc Aurèle qui contemple et abdique ; mais le jeune garçon réplique fièrement : *J'estime la pensée ; mais je crois qu'il y a quelque chose au-dessus : la grandeur morale.* Et, à une époque de tiédeur, il brûle d'agir.

Mais l'action, c'est de la violence ; le combat, c'est du sang versé ! L'âme délicate veut la paix, la volonté morale exige le droit. Il y a dans ce jeune garçon un Hamlet et un Saint-Just, un hésitant et un fanatique. Bien que ce frère blême d'Olivier ait conscience de toutes les valeurs, sa passion enfantine brûle encore dans l'incertain, mais d'une flamme pure qui se consume en paroles et en volonté ! Il n'appelle pas l'action ; c'est l'action qui s'empare de lui et entraîne ce faible enfant dans l'abîme où il n'y a pas d'autre issue que la mort. Au sein de sa déchéance, il trouve un dernier refuge dans cette grandeur morale qui est son action véritable, celle qu'il accomplit à la place de toutes les autres. Entouré de ses vainqueurs qui ricanent et lui crient : « Trop tard ! », il répond fièrement : « Pas pour être libre ! », et se précipite hors de cette vie.

Cette pièce romantique, et par trop intellectuelle, est une sorte de tragédie symbolique, rappelant un peu, par son allure, une autre belle pièce d'un poète venu plus tard : *Officiers*, de Fritz von Unruh. Le héros en est aussi un enfant ; il croit, comme Aërt, qu'une conspiration seule le délivrera de l'inaction forcée et lui permettra de manifester librement son héroïque volonté. L'exclamation finale d'Aërt fait ressortir l'abêtissement de son entourage et l'atmosphère stagnante, étouffante de cette époque sans foi. Au milieu d'un matérialisme terne, dans les années où Zola et Mirbeau triomphent, Aërt hisse solitaire le drapeau du rêve au-dessus d'un pays humilié.

LE RENOUVELLEMENT DU THÉÂTRE FRANÇAIS

C'est d'une âme profondément croyante que le jeune poète a composé ses premières invitations dramatiques à l'héroïsme, en se rappelant les paroles de Schiller : *Les époques heureuses peuvent s'adonner à la beauté pure, mais les époques débiles ont besoin des exemples de l'héroïsme passé.* Il avait adressé à sa nation un appel à la grandeur qui reste sans réponse. Et Rolland, inébranlablement persuadé de la portée, de la nécessité d'une telle aspiration, cherche alors la cause de l'incompréhension qu'il a rencontrée ; et il la trouve, avec raison, non pas dans ses œuvres, mais dans la résistance que leur oppose son temps. Tolstoï, le premier, lui a déjà prouvé dans ses livres et dans son admirable lettre la stérilité de l'art bourgeois qui, au théâtre, là où il peut s'exprimer de la façon la plus tangible, a perdu plus que partout ailleurs contact avec les forces morales et extatiques de la vie. Une poignée d'auteurs zélés et industrieux se sont emparés du théâtre parisien. Les problèmes qu'ils mettent à la scène sont des variantes de l'adultère, de petits conflits érotiques, et jamais une question morale qui offre un intérêt largement humain. Le public des théâtres, mal conseillé et fortifié dans son indolence par les journaux, ne cherche pas à se ressaisir, mais au contraire à se reposer, se réjouir et s'amuser. Le théâtre est tout, sauf l'« institution morale » que souhaitait Schiller et qui trouva en d'Alembert un défenseur. De cet art badin ne vient aucun souffle de passion qui pénètre le peuple, seulement une légère brise qui agite les vagues à la surface : entre ce divertissement sensuel de l'esprit et les vraies forces créatrices et réceptrices de la nation s'étend un abîme sans fin. Instruit par Tolstoï, secondé par de jeunes amis passionnés, Rolland reconnaît le danger moral d'un tel état de choses, il comprend que tout art dramatique qui se sépare de la source sacrée d'une nation, du peuple, est, en dernier ressort, nuisible et sans valeur. Il avait déjà annoncé inconsciemment dans son *Aërt* ce que maintenant il érige en programme, c'est-à-dire que c'est surtout dans le peuple qu'on rencontrera de la compréhension pour des sujets véritablement héroïques ; le modeste artisan Claes est le seul parmi l'entourage du prince prisonnier qui ne s'accommode pas d'une tiède résignation, mais dont le cœur brûle de toutes les injures faites à sa patrie.

Les autres formes de l'art ont déjà pris conscience des énergies prodigieuses que renferment les couches profondes du peuple ; Zola et les naturalistes se sont approprié la beauté tragique du prolétariat ; Millet et Meunier, en peignant et en sculptant l'image du prolétaire, l'ont élevé jusqu'à l'art ; le socialisme a dégagé la force religieuse contenue dans la conscience collective ; le théâtre seul, qui, de tous les arts, exerce sur l'homme simple l'action la plus directe, s'est cantonné dans la bourgeoisie et s'est fermé ainsi aux immenses possibilités de renouvellement. Il poursuivit sans relâche le développement psychologique de questions sexuelles ; tout à ses petits jeux érotiques, il a oublié l'idée primordiale des temps nouveaux, l'idée sociale, et court le danger de se dessécher parce que ses racines ne s'enfoncent plus dans le sol éternel de la nation. Et Rolland reconnaît que l'art dramatique ne pourra guérir de sa grande anémie qu'en faisant retour au peuple, que le théâtre français efféminé ne retrouvera de la vigueur que par un contact vivant avec les masses. *Seule la sève populaire peut lui rendre la vie et la santé.* Si le théâtre veut devenir national, il ne faut pas qu'il soit seulement un article de luxe pour dix mille privilégiés ; qu'il devienne plutôt la nourriture de la masse et, étant lui-même productif, il exercera une influence sur la fécondité de l'âme populaire.

Doter le peuple d'un théâtre semblable, telle sera maintenant pour Rolland l'œuvre des années suivantes. Quelques jeunes gens sans cohésion, sans autorité, forts seulement de la fougue et de la probité de leur jeunesse, essaieront, au milieu de l'indifférence prodigieuse de la cité et malgré l'hostilité secrète de la presse, de réaliser cette grande idée. Dans leur *Revue dramatique*, ils publient des manifestes, cherchent des acteurs, des scènes, des collaborateurs ; ils écrivent des pièces, rassemblent des comités, rédigent des lettres particulières à l'adresse des ministres ; bref, cette poignée de jeunes gens travaillent, mus par l'idéalisme intégral et fanatique des désespérés, sans que la ville et le monde se doutent de leurs efforts, à concilier ce qui sépare le théâtre bourgeois et la nation. Rolland est leur chef. Son manifeste, *Le Théâtre du Peuple* et son *Théâtre de la Révolution*, est le monument durable de cet effort qui aboutit momentanément à un échec, un de ces nombreux échecs qui, au point de vue artistique et humain, deviennent des triomphes moraux.

APPEL AU PEUPLE

Le nouveau est venu, l'ancien a passé.

Rolland a placé ces paroles de Schiller en tête de
son appel qui parut en 1900 dans la *Revue dramatique.* Cet appel s'adresse à la fois aux écrivains et au
peuple afin qu'ils s'unissent pour quelque chose de
nouveau : le théâtre du peuple. Il faut que les scènes
et les pièces soient la propriété exclusive du peuple ;
c'est l'art qui doit se transformer et non le peuple,
dont les forces sont éternelles et immuables. La fusion
s'opérera dans les profondeurs créatrices ; ce ne sera
pas un attouchement passager, mais bien une pénétration, un accouplement fécond. Le peuple a besoin
d'un art, d'un théâtre qui lui appartiennent en propre,
car c'est lui qui, selon Tolstoï, doit juger, en dernier
ressort, de toutes les valeurs. Sa puissance d'enthousiasme, large, mystique et éternellement religieuse,
doit s'affirmer et devenir un réconfort, et l'art, qui a
langui et s'est complètement anémié au sein de la
bourgeoisie, renaîtra au contact de cette force.

Pour cela, il est nécessaire que le peuple ne forme
pas seulement un public d'occasion, objet des faveurs
passagères d'impresarios ou d'acteurs bénévoles.

Les représentations populaires des grands théâtres, telles qu'elles existent en France depuis le décret de Napoléon, ne suffisent plus. Ces tentatives auxquelles la Comédie-Française condescend de temps à autre, de jouer pour les ouvriers Corneille et Racine, ces pathétiques poètes de cour, n'ont aucune valeur aux yeux de Rolland ; le peuple ne veut pas du caviar, mais une nourriture saine et facile à digérer ; pour alimenter son idéalisme indestructible, il lui faut un art bien à lui, une maison, et avant tout des œuvres qui lui appartiennent, à la mesure de son sentiment, de sa mentalité, afin qu'il ne se sente pas invité ou toléré dans un monde de pensée étrangère. Qu'il se reconnaisse lui-même dans cet art, qu'il y reconnaisse sa propre vertu !

Quelques isolés, comme Maurice Pottecher, à Bussang, essaient alors de fonder le théâtre du peuple en jouant devant de petits publics des pièces faciles à comprendre. Rolland trouve ces tentatives déjà plus rationnelles, mais elles ne s'adressent qu'à un cercle restreint ; dans la ville de trois millions d'habitants, le fossé qui sépare le théâtre de la population véritable n'est pas comblé ; le plus souvent, les vingt ou trente représentations offertes au peuple y ont lieu au profit d'une population volante, et surtout, elles ne sont la preuve d'aucun lien spirituel, d'aucune aspiration morale. L'art n'exerce pas sur les masses une impression durable, et les masses à leur tour sont sans influence sur l'art dramatique qui est resté stérile et étranger au peuple, tandis que Zola, Charles-Louis Philippe et Maupassant ont fait fructifier depuis longtemps l'idéalisme du prolétariat.

Que le peuple ait donc son propre théâtre ! Mais dans cette maison qui lui appartiendra qu'offrira-t-on au peuple ? Rolland feuillette à la volée la littérature mondiale ; le résultat est accablant. Les classiques de la scène française, que sont-ils pour l'ouvrier ? Corneille et Racine et leur éloquence harmonieuse lui sont étrangers, et les finesses de Molière, à peine compréhensibles. La tragédie classique, celle de la Grèce antique, l'ennuierait, et la tragédie romantique de Hugo répugnerait à son sûr instinct des réalités ; quant à Shakespeare, si parfaitement humain, il lui serait plus proche, mais il faudrait d'abord adapter ses pièces au français, ce qui les altérerait. Dans *Les Brigands* et dans *Guillaume Tell*, Schiller aurait toutes les chances d'éveiller l'enthousiasme, grâce à son idéalisme communicatif, mais au point de vue national, Schiller, et Kleist aussi, dans *Le Prince de Hombourg*, sont, d'une façon ou de l'autre, très éloignés précisément de l'ouvrier parisien. *La Puissance des ténèbres* de Tolstoï et *Les Tisserands* de Hauptmann offriraient l'avantage d'être facilement compris ; cependant, une atmosphère de trop grande angoisse enveloppe le sujet de ces pièces qui, bien faites pour ébranler la conscience des coupables, produiraient parmi le peuple un sentiment d'accablement et non de délivrance. Anzengruber, le poète populaire par excellence, reste trop confiné dans les choses viennoises, et Wagner, dont les *Maîtres chanteurs* apparaissent à Rolland comme un des sommets de l'art à la portée de tous, de l'art qui élève, Wagner, sans musique, perd toute signification.

Aussi loin que le regard pénètre dans le passé, Rolland ne trouve aucune réponse à son ardente interrogation. Mais il n'est pas de ceux qui se laissent décourager, et il puise toujours de la force dans ses déceptions. Puisque le peuple n'a pas de pièces à représenter sur son théâtre, le devoir, le devoir sacré, c'est d'en créer pour la nouvelle génération. Et le manifeste se termine par ce joyeux appel : *Tout est à dire ! Tout est à faire ! À l'œuvre !* Au commencement était l'action…

LE PROGRAMME

Quelle sorte de pièces faut-il au peuple? De
«bonnes» pièces, cet adjectif ayant le sens que lui
prêtait Tolstoï lorsqu'il parlait de «bons» livres, des
drames accessibles à tous sans tomber cependant
dans la banalité, qui éveillent le génie de la foi sans
le défigurer, qui fassent appel non pas à la sensualité
et au plaisir factice des masses, mais à leurs solides
instincts d'idéal. Qu'ils ne traitent pas de petits
conflits, mais qu'ils montrent au contraire le génie
des fêtes antiques, l'homme aux prises avec les puissances, avec l'héroïque destin. *Adieu, les psycholo-
gies compliquées, les subtiles rosseries, les obscurs
symbolismes, tout cet art de salons ou d'alcôves* [1] *!* Il
faut au peuple un art monumental. Bien qu'il désire
ardemment la vérité, on ne doit pourtant pas le livrer
au naturalisme, car, s'il se voit dans sa propre misère,
l'art ne fera pas naître en lui un saint enthousiasme,
mais seulement de la colère, cette force brutale de
l'âme. Si le jour suivant il veut aller au travail plus
serein, plus ferme, plus confiant, il a besoin d'un

1. Toutes les citations de ce chapitre sont tirées du *Théâtre du Peuple*.

tonique, et ces soirées doivent être une source d'énergie tout en affinant les intelligences. Elles doivent bien montrer le peuple au peuple, non pas dans la morne atmosphère d'étroits logis ouvriers, mais aux moments les plus glorieux de son passé. C'est pourquoi Rolland, mettant surtout en valeur les idées de Schiller, conclut que le théâtre du peuple doit être historique. Le peuple doit apprendre à se voir et aussi à s'admirer dans son propre passé. Il faut éveiller en lui la passion de la grandeur, ce leitmotiv de Rolland. Dans sa souffrance, le peuple réapprendra à trouver la joie en lui-même.

L'historien-poète exalte alors d'une façon prodigieuse la portée de l'histoire. Les énergies du passé sont sacrées à cause de la force spirituelle que contient tout mouvement important. *Il y a quelque chose de faux et de blessant pour l'intelligence, dans la place disproportionnée qu'ont prise aujourd'hui l'anecdote, le fait divers, la menue poussière de l'histoire, aux dépens de l'âme vivante. Il faut ressusciter les forces du passé, ranimer ses puissances d'action*[1]. La génération actuelle peut apprendre de ses pères la grandeur. *L'histoire peut apprendre au peuple à sortir de lui-même, à lire dans l'âme des autres... Il se retrouvera dans le passé avec un mélange de caractères identiques et de traits différents, avec des vices et des erreurs qu'il sera capable de... condamner... Les variations perpétuelles des idées, des mœurs et des préjugés l'instruiront... à considérer ce qui se passe, et à ne pas le prendre pour éternel.*

Mais, continue Rolland, jusqu'à présent, qu'est-ce que les écrivains dramatiques français ont sauvé du passé pour l'offrir au peuple ? Le personnage bur-

1. Préface du *Quatorze Juillet*.

lesque de Cyrano, la silhouette parfumée du duc de Reichstadt. Madame Sans-Gêne, inventée de toutes pièces ! *Tout est à faire, tout est à dire !* Pour l'art, tout est encore terres en friche. *L'épopée nationale est toute neuve pour nous. Nos dramaturges ont négligé le drame du peuple de France... qui a peut-être la plus héroïque histoire depuis Rome... Le cœur de l'Europe a battu dans ses rois, ses penseurs, ses révolutionnaires. Et si grand qu'ait été ce peuple dans tous les domaines de l'esprit, il le fut par-dessus tout dans l'action. L'action fut sa création la plus sublime, son théâtre, son épopée. Il accomplit ce que d'autres rêvèrent. Il n'écrivit pas une* Iliade ; *il en vécut une dizaine... Ses héros ont fabriqué du sublime plus abondamment que ses poètes. Nul Shakespeare n'a chanté leurs actions ; ... mais Danton sur l'écha-faud... a vécu du Shakespeare. La vie de la France a touché au sommet du bonheur et au fond de l'infor-tune. C'est une prodigieuse* Comédie humaine, *un ensemble de drames... chacune de ses époques est un poème différent.* Le passé doit être réveillé, il faut créer le drame historique de la France pour le peuple français. *L'esprit qui s'élève sur les siècles s'élève pour des siècles. Pour faire des âmes fortes, nourris-sons-les de la force du monde.*

Le monde, continue Rolland, et tout à coup, l'hymne français déborde, devient européen, *car la nation n'y suffit pas.* Le libre Schiller disait déjà il y a cent vingt ans : « J'écris comme un citoyen du monde ; de bonne heure j'ai échangé ma patrie contre l'humanité. » Et Goethe : « La littérature nationale n'a plus grande signification ; notre temps est l'époque de la littérature mondiale. » Ces paroles enthousiasment Rolland, qui s'écrie : *À nous de réaliser sa prophé-tie ! Ramenons les Français à leur histoire nationale*

comme à une source d'art populaire ; mais gardons-
nous d'exclure la légende historique des autres
peuples. Sans doute, la nôtre nous touche davantage,
et notre premier devoir est de faire valoir le trésor que
nous avons reçu de nos pères. Mais que les hauts faits
de toutes les nations aient place sur notre théâtre.
Comme Cloots et Thomas Paine, faits membres de la
Convention, comme Schiller, Klopstock, Washington,
Priestley, Bentham, Pestalozzi, Kosciuszko, nommés
citoyens français par décret de Danton, que les
héros du monde soient aussi les nôtres... Élevons à
Paris l'épopée du peuple européen.

Ainsi ce manifeste de Rolland, dépassant de beaucoup le théâtre, devient un premier appel à l'Europe ;
appel solitaire et sans écho. Mais s'il n'est pas encore
possible d'agir, l'idée de ce théâtre vient d'être créée
indestructible. Et c'est la première fois que Jean-
Christophe parle à son temps.

LE CRÉATEUR

La tâche s'impose. Qui l'accomplira ? Romain Rolland répond en se mettant à l'œuvre ; en lui vivent un être héroïque qu'aucun échec n'épouvante, et un être juvénile qui ne redoute aucune difficulté. Il faut au peuple français son épopée, et Rolland n'hésite pas à la construire au milieu du silence et de l'indifférence des Parisiens. Chez lui, l'impulsion est toujours plus morale qu'artistique ; il sent qu'il porte en lui la responsabilité d'une nation, et seul un idéalisme non pas uniquement théorique, mais encore actif et fécond, engendrera à son tour de l'idéal.

Le sujet est vite trouvé. Rolland cherche sa tâche là où ses ancêtres accomplirent la leur, dans les heures où le peuple français fut le plus grand, dans la Révolution.

Le 27 floréal 1794, le Comité de salut public appelait les poètes *à célébrer les principaux événements de la Révolution française, à composer des pièces dramatiques républicaines, à transmettre à la postérité les grandes époques de la régénération des Français, à donner à l'histoire le ferme caractère qui convient aux annales d'un grand peuple conquérant*

la liberté attaquée par tous les tyrans de l'Europe.
Le 1er messidor, il exigeait du jeune auteur *qu'il ose
donc mesurer d'un pas hardi toute l'étendue de la
carrière... qu'il fuie partout la pensée facile et bat-
tue de la médiocrité.* Ceux qui signèrent ces décrets,
Danton, Robespierre, Carnot, Couthon, sont devenus
depuis lors à leur tour des figures nationales, des
monuments historiques, des héros et des légendes.
Là où la proximité des événements mettait autrefois
des bornes à la verve poétique, il y a maintenant de
l'espace pour la fantaisie, l'histoire est assez éloignée
pour devenir tragédie. Ces documents qui font appel
à Rolland, historien et poète, éveillent aussi des échos
dans son propre sang. Un grand-père de son père,
Boniard, prit part en personne aux combats comme
«apôtre de la liberté» et décrit dans son journal
la prise de la Bastille ; un demi-siècle plus tard, à
Clamecy, un autre de ses parents fut tué à coups de
couteau lors d'une révolte contre le coup d'État ;
dans l'âme de Rolland, le révolutionnaire fanatique
et l'homme religieux ont également des ancêtres. Un
siècle plus tard, il crée à nouveau, par pur enthousiasme poétique et dans l'ivresse du souvenir, les
grandes figures de ce passé. Le théâtre auquel il veut
donner une «Iliade française» n'est pas encore né ;
en littérature, personne encore n'a confiance en lui ;
il lui manque encore les acteurs, les directeurs, les
spectateurs. Rien de tout cela n'est vivant, sauf sa
confiance et sa volonté. Et la foi seule le soutient
quand il commence cette œuvre nouvelle : *Le Théâtre
de la Révolution.*

LE THÉÂTRE DE LA RÉVOLUTION

(1898-1902)

Romain Rolland avait conçu cette «Iliade du peuple français» pour le futur théâtre, comme une décalogie, une suite de dix drames reliés chronologiquement les uns aux autres, un peu à la manière des *Drames historiques* de Shakespeare. Dans la préface écrite plus tard, il dit : *J'aurais voulu donner dans l'ensemble de cette œuvre comme le spectacle d'une convulsion de la nature, d'une tempête sociale, depuis l'instant où les premières vagues se soulèvent du fond de l'océan jusqu'au moment où elles semblent de nouveau y rentrer, et où le calme retombe lentement sur la mer.* Aucun accessoire, aucune nuance anecdotique et enjouée ne devait modérer le rythme puissant des forces élémentaires. *Mon effort a été de dégager autant que possible l'action de toute intrigue romanesque qui l'encombre et la rapetisse. J'ai cherché à mettre en pleine lumière les grands intérêts politiques et sociaux pour lesquels l'humanité lutte depuis un siècle.* Bien que ces idées s'inspirassent de Schiller (et Schiller se rapproche aussi beaucoup en général du style idéaliste de ce théâtre du peuple), Rolland pensait alors à un *Don Carlos* sans les épi-

130

sodes de la princesse d'Éboli, à un *Wallenstein* dépouillé des sentimentalités de Thékla. Il ne voulait montrer au peuple que la grandeur de l'histoire, et non le côté anecdotique de ses héros.

Cette œuvre gigantesque conçue au point de vue dramatique en forme de cycle l'était en même temps au point de vue musical en forme de symphonie, et de *Symphonie héroïque*. Un prélude, sorte de pastorale dans le style des *Fêtes galantes*, devait l'introduire. C'est Trianon, l'insouciance de l'Ancien Régime, des dames avec leur poudre et leurs mouches, des cavaliers lyriques qui folâtrent et bavardent. L'orage approche : ils ne s'en doutent pas. L'époque galante sourit une fois encore, le soleil moribond du grand roi brille une fois encore sur les feuillages dorés qui se fanent aux jardins de Versailles.

Vient ensuite *Le Quatorze Juillet*, le début véritable, la fanfare. Le flot monte, rapide. *Danton*, c'est la crise décisive : au sein de la victoire, la défaite morale, la lutte fratricide commence déjà. Un *Robespierre* devait introduire la décadence ; *Le Triomphe de la raison* montre la Révolution en décomposition dans la province, *Les Loups* dans les armées. Entre ces drames héroïques, Rolland avait imaginé, pour y faire diversion, un drame d'amour, dépeignant le sort du girondin Louvet, qui abandonne sa cachette en Gascogne pour aller voir son amante à Paris, et échappe seul à la catastrophe dans laquelle ses amis périssent égorgés ou déchirés par les loups, alors qu'ils s'enfuyaient. Les figures de Marat, Saint-Just, Adam Lux, qui ne sont qu'esquissées d'une manière épisodique dans les drames écrits, étaient destinées au début à occuper une plus grande place, et la silhouette de Bonaparte se serait certainement profilée au-dessus de la Révolution agonisante.

131

Cette œuvre symphonique, aux résonances lyriques et musicales, devait s'éteindre en un petit épilogue. Dans le voisinage de Soleure, en Suisse, les naufragés de France, royalistes, régicides, Girondins se trouvent réunis dans l'exil après la grande tourmente ; ces frères ennemis rassemblent leurs souvenirs, et parmi leurs enfants se déroule un petit épisode amoureux par lequel la tempête qui bouleversa l'Europe s'apaise en manière d'idylle.

Quelques fragments seulement de cette œuvre gigantesque reçurent une forme définitive ; ce sont les quatre drames : *Le Quatorze Juillet, Danton, Les Loups, Le Triomphe de la raison*, puis Rolland abandonna son plan auquel le peuple, aussi bien que le monde du théâtre et des lettres, était demeuré indifférent. Ces tragédies ont été oubliées pendant plus de dix ans, mais peut-être qu'aujourd'hui l'intérêt naissant que leur témoigne notre époque, qui se reconnaît elle-même dans ce tableau prophétique d'une convulsion de l'univers, éveillera chez Rolland le désir d'achever ce qu'il a si grandement commencé.

LE QUATORZE JUILLET

Dans ce premier en date des quatre drames achevés, la Révolution n'est encore rien d'autre qu'une force de la nature ; elle n'a pas été formée par une pensée consciente, ni dirigée par des chefs. L'énorme tension de tout un peuple se décharge soudain en un coup de foudre qui, déchirant l'atmosphère étouffante, frappe au hasard ; il frappe la Bastille et, à sa lueur, l'âme de la nation s'éclaire. Cette pièce n'a pas de héros ; le héros, c'est la masse elle-même. *Les individus disparaissent dans l'océan populaire*, dit

Rolland dans sa préface. *Pour représenter une tempête, il ne s'agit pas de peindre chaque vague, il faut peindre la mer soulevée. L'exactitude minutieuse des détails importe moins que la vérité passionnée de l'ensemble... L'auteur a cherché ici la vérité morale plus que la vérité anecdotique.* Et en effet, tout, dans cette pièce, est fermentation et mouvement ; les personnages isolés glissent devant les yeux des spectateurs avec la rapidité de l'éclair, comme vus au cinématographe ; cette chose énorme qu'est la prise de la Bastille n'est pas le résultat d'un acte conscient et raisonné, elle s'accomplit dans un moment d'ivresse, de vertige, d'extase.

C'est pourquoi *Le Quatorze Juillet* n'est pas un drame, et au fond ne prétend pas du tout en être un. Ce que Rolland avait dans l'idée, sciemment ou inconsciemment, c'est une de ces fêtes populaires telles qu'en réclamait la Convention, une fête populaire avec musique et danses, un jeu triomphal ; et son œuvre n'a pas été conçue non plus pour des décors artificiels, mais davantage pour un théâtre en plein air. Agencée comme une symphonie, elle se termine par des chœurs de jubilation pour lesquels le poète pose aux compositeurs des conditions tout à fait précises. *La musique doit être ici le fond de la fresque,* dit-il. *Son office est de préciser le sens héroïque de la fête et de combler les silences qu'une foule de théâtre ne peut jamais réussir à remplir complètement, qui s'ouvrent malgré tout au milieu de ses cris, et qui détruisent l'illusion de la vie continue. Cette musique devrait s'inspirer des puissantes musiques beethovéniennes, qui, mieux que toutes les autres, reflètent l'enthousiasme des temps révolutionnaires. Mais, avant tout, elle doit surgir d'une foi passion-*

133

née. Nul n'écrira rien de grand, ici, s'il n'a l'âme
populaire et brûlante des passions que j'exprime.

Par le moyen de cette œuvre, Rolland veut créer
de l'extase, non pas une excitation dramatique
mais, plus haut que l'illusion théâtrale, la communion
pleine et entière du peuple avec son image. Quand,
dans la scène finale, les acteurs s'adressent au public,
et que ceux qui prirent la Bastille exhortent les spectateurs à la fraternité afin de vaincre définitivement
la tyrannie, cette idée ne doit pas éveiller un écho
chez les spectateurs, mais éclater spontanément dans
leur propre cœur. Ce cri : « Tous frères ! » doit devenir le thème d'un double choral chanté par les orateurs et les auditeurs, ces derniers entraînés par le flot
sacré, le courant de foi, forcés de vibrer aussi dans
cette onde d'allégresse. Qu'une étincelle jaillie de
leur propre passé échauffe les cœurs d'aujourd'hui et
les enflamme ! Mais, sachant bien que la parole seule
n'atteindra pas à cet effet, Rolland fait appel à la
magie suprême, à la musique immortelle, déesse des
pures extases.

Rolland n'eut jamais devant lui la foule enthousiaste qu'il avait rêvée et ne rencontra que vingt ans
plus tard Doyen, le musicien qui répondit à peu près
à ses exigences. La représentation du 21 mars 1902
au théâtre Gémier n'eut pas d'écho ; cet appel se per-
dit sans parvenir jamais jusqu'au peuple auquel il
avait été adressé avec tant de passion. Cet hymne à la
joie s'est éteint doucement, sans résonance, presque
misérablement dans le tumulte mécanique de la grande
ville ; la grande ville oublia qu'il s'agissait d'actions
accomplies par ses ancêtres et que celui qui les lui
rappelait était un de ses frères en humanité.

Danton nous montre la Révolution à un moment décisif, au point d'équilibre entre l'ascension et la décadence ; c'en est la péripétie. Quelques hommes, les chefs, exploitent maintenant égoïstement au profit de leurs idées ce que la masse créa en tant que force élémentaire. Tout mouvement spirituel, et en particulier toute réforme et toute révolution, connaît cet instant tragique de la victoire où la puissance déchoit aux mains des hommes, où l'unité morale est brisée par les ambitions politiques, où le peuple qui, en un sursaut, réalisa sa liberté, prête de nouveau l'oreille, sans s'en douter, aux intérêts particuliers des démagogues, guides de cette liberté. C'est l'instant inévitable où tout mouvement spirituel triomphe en apparence, tandis que les âmes nobles, déçues, se retirent à l'écart ; les égoïstes et les impudents jouissent alors du succès, et les idéalistes s'isolent, silencieux. Pendant les journées de l'affaire Dreyfus, Rolland vit l'âme humaine refléter quelque chose de semblable ; il fut alors en réalité avec les vaincus comme il l'est ici en imagination avec ceux pour lesquels l'idée fut tout et le succès rien ; car il sait qu'une idée n'a de force qu'en ne se réalisant jamais.

Danton n'est donc pas le drame de la Révolution, mais celui des grands révolutionnaires : la puissance mystique se cristallise pour former des âmes humaines. À l'esprit de décision succèdent les dissensions ; dans l'ivresse du triomphe, dans les lourdes vapeurs de sang, un nouveau combat commence déjà entre les prétoriens qui se disputent le pays conquis : combat des idées, des personnalités, des tempéraments, des origines ; depuis que les alliés ne sont plus unis dans le danger, cette dure nécessité, ils se rendent compte de ce qui les sépare. C'est la crise qui éclate dans la minute même où la Révolution triomphe. Les armées ennemies sont battues ; les royalistes, les Girondins écrasés, et maintenant les conventionnels se dressent les uns contre les autres. Rolland en a admirablement dessiné les différents caractères. C'est Danton, le bon géant, sanguin, chaud, humain, dans la passion un ouragan, mais pas enragé à combattre. Il avait rêvé que la Révolution serait une grande joie pour l'humanité et il la voit maintenant comme une tyrannie nouvelle. Le sang lui fait horreur et il abhorre les boucheries de la guillotine, de même que le Christ eût abhorré l'Inquisition présentée comme un résultat de son enseignement. Les hommes le dégoûtent : *Je suis saoul des hommes. Je les vomis.* Il aspire à la nature, à une vie végétative et animale. Sa passion cesse en même temps que le danger ; il aime les femmes, le peuple, le bonheur, et se sent heureux d'être aimé. Il a conçu la Révolution d'après son propre tempérament, comme une poussée humaine vers la liberté et la justice ; c'est pourquoi le peuple aime son influence dans laquelle il devine le même instinct qui mena ses bandes à l'assaut de la Bastille, la même insouciance, la même sève. Robespierre, lui, demeure étranger au peuple, avec son style froid qui est celui d'un avocat ; mais son fanatisme dogmatique, son orgueil non dépourvu de noblesse deviennent une force formidable qui pousse en avant, alors que chez Danton, cette sereine joie de vivre, c'est déjà le repos. Tandis que ce dernier sent croître chaque jour son dégoût de la politique, la passion froide et concentrée de Robespierre s'insinue toujours plus profondément jusqu'au centre du pouvoir ; comme son ami Saint-Just, ce fanatique de la vertu, cet apôtre cruel de la justice, entêté comme un catholique ou un calviniste, il ne tient plus aucun compte des hommes, mais seulement de la théorie, des lois et des dogmes de la nouvelle religion. Il ne rêve pas, comme Danton, d'une humanité libre et heureuse, mais d'une humanité vertueuse attachée à des principes d'ordre intellectuel. Et le conflit entre Danton et Robespierre, au suprême degré du triomphe, n'est pas autre chose que le conflit entre la liberté et la loi, entre la vie véritable et les idées rigides. Danton succombe ; il se montre trop indolent, trop insouciant, trop humain dans sa défense, mais déjà l'on pressent qu'il entraînera son adversaire après lui dans le même abîme.

Dans cette tragédie, le talent de Rolland apparaît exclusivement dramatique. Le lyrisme fond, l'éloquence disparaît dans le feu des événements ; le conflit naît du développement de l'énergie humaine, de personnalités et d'opinions contradictoires. Le peuple, personnage principal du *Quatorze Juillet*, est rabaissé, dans cette nouvelle phase de la Révolution, au rang de spectateur ; le maître de l'heure, ce n'est plus l'instinct héroïque des masses mais l'esprit dominateur et incertain des intellectuels. Si dans *Le Quatorze Juillet* Rolland montre à sa nation la grandeur de la force, il dépeint ici le danger d'une soudaine passivité, le danger immanent de toute victoire. De ce point de vue, *Danton* est aussi un appel à l'action, un élixir d'énergie, et c'est ainsi que Jaurès le comprit quand, semblable à Danton par sa fougue oratoire, il présenta cette œuvre aux Parisiens, le 20 septembre 1900, au Théâtre-Civique, lors d'une répétition de la pièce organisée par le Cercle des escholiers en faveur des ouvriers ; le lendemain, son discours était déjà oublié, comme toutes les tentatives de Rolland et toutes ses premières œuvres.

Le Triomphe de la raison n'est qu'un fragment de cette fresque immense ; mais le problème qui est au centre des idées de Rolland prête à cette pièce une vie intense : la dialectique de la défaite s'y déploie entièrement pour la première fois, cette déclaration passionnée en faveur des vaincus, cette transformation de la défaite matérielle en triomphe spirituel ; cette idée qui résonnait déjà doucement en lui, dès l'enfance, gagna en sonorité à chaque événement pour devenir la dominante de son entendement moral.

Les Girondins sont battus et, dans une forteresse, se défendent contre les sans-culottes, tandis que les royalistes et les Anglais veulent les sauver. Leur idéal, la liberté de l'esprit et de la patrie, a été détruit par la Révolution ; les Français sont leurs ennemis. Mais les royalistes le sont aussi, et les Anglais des ennemis de la patrie ; ce cas de conscience est exposé d'une façon puissante : il faut ou trahir l'idée, ou trahir la patrie, être citoyens de l'esprit ou citoyens de la patrie, rester fidèles à soi-même ou à la nation : c'est là un terrible dilemme. Et ils marchent volontairement à la mort parce qu'ils savent que leur idéal est impérissable, que toute la liberté d'un peuple n'est que le reflet de cette liberté intérieure qu'aucun ennemi ne peut forcer.

C'est ici que Rolland proclame pour la première fois son aversion pour la victoire. Faber dit fièrement : *Nous avons sauvé notre foi des victoires infamantes, dont le vainqueur est la première victime.* Et

Lux, le révolutionnaire allemand, annonce l'évangile de la liberté intérieure : *Quelle qu'elle soit, la défaite est bonne, pourvu qu'elle soit volontaire.* Et Hugot déclare à son tour : *J'ai devancé la victoire, mais je vaincrai.* Ces nobles âmes qui succombent savent qu'elles sont solitaires, et ne comptent pas sur le succès ; elles désespèrent des masses, n'ignorant pas que le peuple est incapable de comprendre le sens suprême de la liberté, et qu'il méconnaît les individus les meilleurs : *Toute élite les inquiète, parce qu'elle porte la lumière. Que la lumière les brûle !* À la fin, ils n'ont plus d'autre patrie que l'idée, d'autre ambiance que la liberté, d'autre univers que l'avenir. Après avoir sauvé le pays des mains des despotes, il leur reste encore à le défendre contre la canaille, contre les désirs de domination et de vengeance de la populace qui, elle aussi, fait peu de cas de la liberté. Les nationalistes endurcis qui exigent d'un homme qu'il sacrifie tout à son pays : conviction, liberté, raison, ces monomanes de l'idée de patrie, sont représentés à dessein sous les traits plébéiens du sans-culotte Haubourdin, pour lequel il n'y a au monde que des « patriotes » ou des « traîtres » et qui, pour sa foi et par ses crimes, déchire le monde. La force et cette partialité brutale mènent naturellement à la victoire ; mais cette force qui sauve un peuple d'une nuée d'ennemis en anéantit du même coup la fleur.

Nous avons ici le début d'un hymne à la gloire de l'homme libre, du héros de la conscience, le seul héros que Rolland reconnaisse. Ce qui était indiqué dans *Aërt* comme un thème commence à prendre forme spirituelle. Et Adam Lux, membre du club de Mayence, qui, dans un saint enthousiasme, s'enfuit en France afin d'y vivre pour la Liberté, et que la liberté

conduit à la guillotine, ce premier martyr de l'idéalisme, c'est le premier messager venu du pays
de Jean-Christophe. L'homme libre a commencé de
combattre pour sa patrie éternelle au-delà du pays
natal ; et vaincu, il sera toujours vainqueur, isolé,
toujours le plus fort.

LES LOUPS
(1898)

*La patrie ou la liberté, les intérêts de la nation ou
ceux de l'esprit international ?* telle était la question
décisive qui, dans *Le Triomphe de la raison*, se posait
à l'homme de conscience, et dont *Les Loups* ne sont
qu'une variante : *La patrie ou l'équité ?*

Ce problème est déjà soulevé dans *Danton*.
Robespierre décide avec ses partisans que Danton
sera exécuté et exige qu'il soit arrêté et condamné
sur-le-champ. Saint-Just, le plus ardent adversaire de
Danton, ne s'oppose pas à la mise en accusation,
mais demande seulement qu'elle ait lieu légalement.
Comme Robespierre sait qu'un retard ferait triompher Danton, il veut qu'on viole la loi ; la patrie pour
lui passe avant la loi. *Vaincre à tout prix !* s'écrie l'un
des conventionnels ; et l'autre : *Il s'agit de savoir,
non si l'homme sera jugé conformément à la loi,
mais si l'Europe sera jacobine.* Et Saint-Just se soumet à cet argument ; il sacrifie l'honneur à la nécessité, la légalité à la patrie.

Les Loups nous montrent un autre aspect de cette
tragédie ; il s'agit d'un homme qui préfère se sacrifier
plutôt que de violer la loi, d'un homme qui, comme
Faber dans *Le Triomphe de la raison*, croit qu'*une
seule injustice fait l'humanité injuste*, pour lequel,

140

comme pour Hugot, cet autre héros du *Triomphe de la raison*, il est indifférent *que la justice soit victorieuse ou vaincue*, mais qui ne supportera pas *qu'elle se résigne*. Le savant Teulier sait que son ennemi d'Oyron a été accusé à tort de trahison ; bien qu'il soit certain de ne pouvoir le sauver, et qu'il marche lui-même à sa perte, il le défend contre la fureur patriotique de la soldatesque révolutionnaire pour laquelle il n'y a qu'un argument valable : la victoire. Il fait siennes les paroles antiques : *Fiat justitia, pereat mundus*, en accepte le péril et préfère renoncer à la vie plutôt que de trahir l'esprit. *Toute âme qui voit une fois la vérité en face, et tâche de la nier, se suicide elle-même.* Mais les autres sont les plus forts ; ils ont pour eux le succès des armes, et Quesnel répond à Teulier : *Que mon nom soit flétri, mais que la patrie soit sauvée !* Le patriotisme, cette religion des masses, triomphe d'une conscience héroïque qui croit à une justice invisible.

Cette tragédie exposant l'éternel dilemme qui, en temps de guerre, et lorsque la patrie est en danger, se pose à chaque individu en sa double qualité d'être moral et de citoyen docile, fut écrite en marge d'un événement contemporain. *Les Loups* sont une transposition magistrale de l'affaire Dreyfus, dans laquelle chacun devait se poser cette question : *Qu'est-ce qui est le plus important ? La justice ou la cause nationale ?* Dans cette tragédie de la Révolution, le Juif Dreyfus est mué en aristocrate, membre d'une classe sociale détestée, et dont on se méfie ; Teulier, qui combat pour lui, c'est Picquart ; ses ennemis, c'est l'état-major français qui, l'injustice étant commise, préférera la perpétuer plutôt que de salir la gloire de l'armée et d'affaiblir la confiance dont elle jouit. Cette tragédie militaire condensait en un symbole étroit, mais magnifiquement suggestif, l'événement qui agita la France entière, de la chambre du président au plus humble logis ouvrier ; aussi la représentation de cette pièce au théâtre de l'Œuvre, le 18 mai, fut-elle inévitablement une manifestation politique. Zola, Scheurer-Kestner, Péguy, Picquart, les défenseurs de l'innocent, les acteurs principaux de ce procès célèbre, assistèrent, deux heures durant, à la symbolisation dramatique de leur œuvre. Rolland, qui publia cette pièce sous le pseudonyme de Saint-Just, avait saisi, en plein échauffement politique, la portée spirituelle, l'essence morale de ce procès qui était véritablement devenu pour la France, dans la plus haute acception du terme, un procès de purification. C'était la première fois que Rolland quittait l'histoire pour aborder l'actualité ; mais c'était, comme il le fit toujours dorénavant, afin de sauver ce que l'événement contient d'éternel et de défendre la liberté de pensée contre la psychose de la foule, avocat de cet héroïsme qui ne tient compte ni de la patrie, ni de la victoire, ni du succès, ni du danger, mais toujours d'une seule chose, d'une chose suprême, de sa conscience.

L'INUTILE APPEL

C'est en vain qu'il avait fait appel au peuple ; c'est en vain qu'il avait créé une œuvre. Aucun de ses drames ne se maintient pendant plus de deux ou trois soirs, et la plupart sont déjà enterrés le lendemain de la première représentation, grâce à l'hostilité de la critique et à l'indifférence de la foule. C'est aussi en vain que ses amis se démènent en faveur du théâtre du Peuple. Le ministère auquel ils ont par malheur eu recours en vue de créer une scène populaire parisienne ne répond pas immédiatement à cette ardente sollicitation. M. Adrien Bernheim est envoyé à Berlin pour s'y documenter ; il fait son rapport, qu'on transmet plus loin ; on prend conseil, on délibère, et finalement on étouffe sous les paperasses cette belle initiative. Rostand et Bernstein continuent à triompher sur les boulevards, la foule se presse dans les cinémas ; ce grand appel à l'idéalisme se perd sans avoir été entendu.

Et maintenant, pour qui Rolland devrait-il achever son œuvre gigantesque ? Pour quelle nation, puisque la nation française garde le silence ? *Le Théâtre de la Révolution* demeure à l'état de torse. Un *Robespierre*

143

qui, au point de vue de l'esprit, devait être la contre-partie du *Danton* déjà esquissé à larges traits reste inachevé, et les autres parties de cette vaste composition s'affaissent. Des piles d'études, de notes, de feuilles dispersées, de cahiers couverts d'écriture, un amoncellement de papiers, tels sont les vestiges de l'édifice qui devait rassembler le peuple français pour une élévation héroïque dans un Panthéon de l'esprit, le doter d'un théâtre véritablement français. En de tels moments, Rolland doit avoir éprouvé les mêmes sentiments que Goethe qui, se rappelant avec mélancolie ses rêves dramatiques, disait à Eckermann : *J'eus vraiment une fois l'illusion de croire qu'il était possible de créer un théâtre allemand. Oui, j'eus cette illusion d'espérer pouvoir y contribuer moi-même et poser en partie les fondements de cet édifice. Seulement, personne ne se remua, personne ne bougea, et tout demeura comme auparavant. Si j'avais exercé une influence et trouvé de l'écho, j'aurais écrit une douzaine de pièces comme* Iphigénie *et* Le Tasse ; *les sujets ne manquaient pas. Mais, comme je l'ai dit, il n'y avait pas d'acteurs pour jouer ces pièces avec intelligence et vie, pas de public sensible pour les entendre et les accueillir.*

Cet appel fut donc inutile : *Personne ne se remua, personne ne bougea, et tout demeura comme auparavant.* Mais Rolland aussi demeure le même, pionnier infatigable passant d'une œuvre à l'autre, à la poursuite d'un but nouveau et plus élevé, escaladant sans se plaindre les débris de ses créations afin, selon la belle expression de Rilke, *d'être vaincu par quelque chose de toujours plus grand.*

(1902)

Une œuvre moins bien venue, *La Montespan*, ne peut être prise en considération dans le grand effort de ces années de lutte ; mais, une fois encore, les événements contemporains poussent Rolland à composer un drame. Une fois encore, comme pour l'affaire Dreyfus, il cherche à exprimer l'essence morale d'un fait politique, à élever un événement contemporain à la hauteur d'un cas de conscience. La guerre des Boers n'est pour lui qu'un prétexte, de même que la Révolution qui servit seulement d'ambiance spirituelle à ses drames ; à dire vrai, cette tragédie se déroule devant le tribunal éternel, le seul que Rolland reconnaisse, la conscience, celle de l'individu et celle de l'univers.

Le temps viendra est la troisième variante, et la plus incisive, d'une question que Rolland a déjà abordée de bonne heure : il s'agit du conflit entre la conviction et le devoir ; entre l'amour de l'humanité et l'état de citoyen, entre l'homme libre et celui d'un seul pays ; c'est le drame de la conscience engagée dans la guerre d'autrui. La question posée dans *Le Triomphe de la raison* était : *Liberté ou patrie ?*, dans

Les Loups : *Équité ou patrie ?* Maintenant elle se pose dans son acception la plus haute : *Conscience, vérité éternelle ou patrie ?* Clifford, chef de l'armée d'invasion, est le personnage principal, mais pas le héros de la pièce. Il emploie ses connaissances stratégiques à diriger la guerre, une guerre injuste (quelle guerre ne l'est pas ?), mais il n'y met pas son cœur. Comme il s'est rendu compte à quel point la guerre est une œuvre de mort, il sait qu'il est impossible de la faire véritablement sans haine, et pourtant, il est déjà trop réfléchi pour pouvoir haïr ; il sait qu'on ne peut combattre sans mensonge, tuer sans porter atteinte au sentiment humain, qu'un droit militaire ne peut être créé s'il a pour objet une injustice. La contradiction l'enserre comme d'un anneau d'airain : *Obéir à ma patrie ? Obéir à ma conscience ?* Il est impossible de vaincre sans commettre l'injustice, et on n'a pas le droit d'être général si on n'a pas la volonté de vaincre. Il lui faut donc servir et mépriser à la fois cette violence qui est son devoir même. Homme, il ne peut s'empêcher de penser ; soldat, il lui faut dépouiller toute humanité. C'est en vain qu'il cherchera des adoucissements à la brutalité de sa tâche et qu'il mettra de la bonté dans ses ordres sanguinaires ; il sait très bien lui-même qu'il y a des degrés dans le crime, mais que le crime n'en existe pas moins.

Tout autour de cet homme souffrant d'une façon tragique, qui n'est pas maître de lui-même, mais que le sort finit par maîtriser, d'autres figures s'éclairent d'une lueur pathétique : le cynique qui ne recherche que ce qui est un avantage pour son pays, le sportsman que passionnent les exercices militaires, ceux qui obéissent sans enthousiasme, l'esthète sentimental qui ferme les yeux à tout ce qui lui est pénible et assiste à la tragédie des autres comme s'il était au spectacle : et derrière tous ces gens, il y a le génie mensonger de notre humanité, la Civilisation, ce mot habile qui excuse tous les crimes et construit ses fabriques sur des tombes. C'est à elle que s'adresse l'accusation écrite sur la première page, grâce à laquelle ce débat politique prend une portée largement humaine : *Ce drame ne condamne pas une nation en particulier, mais l'Europe.*

Le héros véritable de ce drame n'est pas le général Clifford, vainqueur du Sud-Africain, mais l'homme libre représenté par un volontaire italien, citoyen du monde, qui s'est enrôlé pour défendre la liberté, et par le paysan écossais qui dit en jetant son fusil : *Je ne tuerai plus.* Tous deux n'ont pas d'autre patrie que leur conscience et leur humanité ; ils ne reconnaissent qu'un destin : celui que l'homme libre se crée lui-même. Rolland se range du côté de ces vaincus (il est toujours avec les vaincus volontaires), et son âme laisse échapper ce cri : *Ma patrie est partout où la liberté est menacée.* Aërt, Saint Louis, Hugot, les Girondins, Teulier – le martyr des *Loups* – sont tous ses frères spirituels, enfants de sa foi, parce que chacun d'eux se montre par sa volonté toujours plus fort que son temps. Et cette foi s'élance toujours plus haut, toujours plus libre. Dans les drames précédents, c'est encore à la France qu'il s'adressait, tandis que cette dernière pièce marque déjà l'essor qu'a pris sa pensée puisqu'il s'y proclame citoyen du monde.

L'AUTEUR DRAMATIQUE

Cette œuvre aussi vaste que celle de Schiller ou de Hebbel, dont certains passages sont d'un puissant effet dramatique (les représentations des drames de Rolland en Allemagne viennent de le prouver), cette œuvre, durant une vingtaine d'années, ne remporta pas le moindre succès et passa même inaperçue. C'est là un fait patent et déjà historique qui résulte de causes profondes, et non du hasard seulement. Entre le moment où elle paraît et celui où son influence se fait sentir, une œuvre dépend toujours de l'atmosphère mystérieuse de l'époque, qui tantôt l'entraîne à sa destinée avec une rapidité croissante et s'en sert comme d'une étincelle dans un tonneau de poudre pour faire éclater avec violence la sensibilité accumulée dans la foule, tantôt en entrave la carrière de mille façons. C'est pourquoi une œuvre prise isolément n'est jamais le miroir fidèle d'une époque ; elle ne le devient que si on l'étudie en tenant compte de l'action qu'elle exerce.

Les pièces de Rolland doivent donc contenir dans leur essence quelque chose de contraire à l'époque où elles sont nées, et, en effet, elles ont été conçues en opposition voulue et presque hostile à la mode littéraire du jour. Le naturalisme, qui s'applique à décrire la réalité, règne alors en maître, et aussi en oppresseur, car il nous ramène sciemment à l'étroitesse, aux mesquineries, au train-train de l'existence. Rolland, lui, veut quelque chose de grand, la dynamique des idées éternelles qui dominent les réalités chancelantes ; il recherche l'élévation, la liberté ailée du sentiment, une énergie bondissante : c'est un romantique et un idéaliste ; ce ne sont pas les puissances de la vie, la pauvreté, la violence, la passion, qui lui paraissent dignes d'être dépeintes, mais toujours l'esprit qui les subjugue, l'idée qui rehausse chaque journée d'un peu d'éternité. Que les autres essaient de représenter la vie journalière dans son exacte vérité ; lui, il s'attachera à ce qui est rare, sublime, héroïque, à la semence d'éternité qui tombe des cieux dans nos labours terrestres. La vie ne l'attire pas telle qu'elle est, mais telle que l'esprit et la volonté l'ont modelée en toute liberté.

Rolland n'a jamais tu le nom du véritable parrain de ses tragédies. Shakespeare ne fut que le buisson ardent, le premier message, celui qui enflamme, qui attire et demeure inaccessible ; Rolland lui doit l'élan, l'ardeur et, par places aussi, la force de sa dialectique. Mais, quant à la forme de la pensée, il se rattache à un autre maître, aujourd'hui encore presque inconnu comme auteur dramatique, à Ernest Renan, le poète des *Drames philosophiques*, parmi lesquels *L'Abbesse de Jouarre* et *Le Prêtre de Nemi* exercèrent surtout une influence décisive sur le jeune écrivain. Cette façon de traiter des problèmes intellectuels en manière de drames plutôt qu'en forme d'essais ou de dialogues à la façon de Platon, ce profond esprit d'équité, de même que cette clarté qui subsiste toujours bien au-dessus du conflit, sont l'héritage de Renan qui, lorsque Rolland était encore jeune étudiant, le reçut avec bonté et contribua à son développement. Seulement, le scepticisme un peu ironique et même malicieux du grand philosophe, pour l'esprit pondéré duquel toutes les actions humaines furent autant d'erreurs éternellement répétées, ce scepticisme se trouve ici mélangé à un élément tout à fait nouveau, à l'ardeur d'un idéalisme encore intact. Par une contradiction singulière, c'est au maître du doute prudent que le plus croyant de tous les hommes emprunte sa forme artistique. Et aussitôt, ce qui, chez Renan, semblait enrayer, retarder l'action, devient efficace et enthousiasmant ; tandis que Renan effeuille les légendes, même les plus sacrées, pour l'amour d'une vérité sage, mais tiède aussi, Rolland cherche à créer par son tempérament révolutionnaire une légende nouvelle, un autre héroïsme, une nouvelle éloquence de la conscience. On reconnaît aisément cette charpente idéologique dans tous les drames de Rolland ; la succession des événements y est soumise à la logique, aux idées, elle n'obéit pas au sentiment et aux hommes ; ni l'émotion qui se dégage de certaines scènes ni la vive peinture des différentes époques ne peuvent nous faire illusion sur ce point ; et même les figures historiques : Robespierre, Danton, Saint-Just, Desmoulins, sont autant de formules plutôt que des caractères.

Cependant, ce n'est pas à cause de sa structure que cette œuvre dramatique est demeurée si longtemps indifférente à ses contemporains, mais à cause du genre de problèmes qu'elle traite. Ibsen, alors en train de conquérir toutes les scènes du monde, est aussi un théoricien ; il l'est même davantage que Rolland, et infiniment plus que lui calculateur et mathématicien.

Strindberg et lui veulent non seulement établir les équations des forces élémentaires, mais encore démontrer leurs systèmes. Tous deux surpassent de beaucoup Rolland en intellectualisme, car c'est en connaissance de cause qu'ils veulent propager des idées, tandis que Rolland se contente de les laisser se développer librement dans toutes leurs contradictions. Ils veulent faire partager aux autres leurs convictions, Rolland désire soulever les hommes par la seule vertu impulsive des idées ; alors qu'ils visent à certains effets scéniques, Rolland recherche un résultat plus général : éveiller l'enthousiasme. Pour Ibsen, comme pour les dramaturges français, tout, dans le monde bourgeois, tourne encore toujours autour du conflit entre l'homme et la femme, pour Strindberg, autour du mythe de la polarité en matière sexuelle. Le mensonge qu'ils combattent est conventionnel, c'est le mensonge d'une société. De là l'intérêt que notre théâtre, en tant qu'arène intellectuelle de la sphère bourgeoise, témoigna en tout premier aux innombrables « techniciens de l'explosion », puis à la cruelle dissection de Strindberg, et même à l'indigence mathématique d'Ibsen ; car notre théâtre était encore une dépendance de leur domaine.

Les pièces de Rolland, au contraire, étaient condamnées, dès leur apparition, à l'indifférence d'un public bourgeois, parce qu'elles traitaient des problèmes politiques, intellectuels, héroïques, bref, des problèmes révolutionnaires. Un sentiment débordant y noie les petites préoccupations sexuelles. Le théâtre de Romain Rolland n'est pas érotique, c'est-à-dire qu'il ne peut trouver grâce aux yeux d'un public moderne. Il inaugure une nouvelle forme littéraire, le drame politique, auquel les paroles adressées par Napoléon à Goethe pendant l'entrevue d'Erfurt pourraient servir d'épigraphe : *La politique, voilà la fatalité moderne*.

L'auteur tragique place toujours l'homme en face de puissances auxquelles il doit résister ; et cette résistance le grandit. Dans le drame antique, ces puissances se révélaient encore sous forme de mythes : colère des dieux, jalousie des démons, sombres oracles. C'est contre eux qu'Œdipe leva sa tête aveugle, Prométhée son poing enchaîné, Philoctète sa poitrine fiévreuse. L'homme moderne se heurte, lui, à la puissance de l'État, à laquelle personne n'échappe, à la politique, au destin des masses en face duquel l'homme isolé demeure sans défense, les bras en croix, aux grands courants de foi qui emportent sans pitié la vie de l'individu. La destinée du monde joue avec notre existence d'une façon tout aussi brutale et inexorable : par un amalgame de choses humaines et spirituelles, elle exerce sur l'individu une puissante suggestion, dont la guerre est le symbole par excellence ; c'est pourquoi tous les drames de Rolland se déroulent pendant la guerre.

Mais c'est par leurs colères que les dieux se manifestaient aux Grecs, et notre sombre déesse Patrie, comme eux avide de sang, se révèle à nous dans la guerre. Sans la destinée, l'homme penserait rarement aux puissances ; il les oublie d'abord, et les méprise, elles qui attendent dans l'ombre pour essayer tout à coup leur force sur nous. C'est pourquoi des tragédies comme celles de Rolland, mettant déjà en jeu, en les opposant les unes aux autres, des forces spirituelles qui, vingt ans plus tard seulement, s'affronteraient dans l'arène sanglante de l'Europe, demeurèrent étrangères à une époque de paix et de tiédeur. Qu'on réfléchisse, qu'on se souvienne ! Quelle importance un public parisien du Boulevard, habitué à la géométrie de l'adultère, pouvait-il bien attacher à des questions comme celles-ci : *Vaut-il mieux servir la patrie ou la justice ? En temps de guerre doit-on obéir au commandement ou à sa conscience ?* On y voyait dans le meilleur des cas les jeux d'esprit d'un désœuvré en marge de la vie réelle, le destin d'Hécube, alors que c'était le cri d'alarme de Cassandre.

Les drames de Rolland sont en avance d'une génération sur les événements ; c'est ce qui en fait le tragique et la grandeur. Mais ils nous semblent écrits tout spécialement pour notre génération à nous, à laquelle ils essaient d'indiquer par de grands symboles la portée spirituelle des événements politiques. L'avènement d'une révolution, l'éparpillement de cette force jusque-là ramassée entre les mains de quelques individus, le passage de la passion à la brutalité, puis au chaos où l'on s'égorge les uns les autres, ce qui arriva à Kerenski, Lénine, Liebknecht, tout cela n'a-t-il pas été dépeint *a priori* dans ces drames, et les restrictions qui paralysèrent Aërt, les hésitations des Girondins qui avaient aussi à combattre sur deux fronts, ne les avons-nous pas vécues depuis lors, dans tous les nerfs de notre corps ? Depuis 1914, quelle question eut pour nous plus d'importance que le conflit entre l'homme libre, citoyen du monde, et l'erreur collective dans laquelle sont entraînés ses frères patriotes ? Et où trouverez-vous, durant les dix dernières années, une œuvre dramatique qui expose ces problèmes à notre conscience inquiète d'une façon aussi humaine que ces tragédies oubliées, qui, après être demeurées longtemps dans l'ombre, furent éclipsées ensuite par la gloire de Jean-Christophe, leur jeune frère ?

Ces drames qui semblaient être en marge de la vie visaient droit au cœur de la sphère future de notre conscience, et cela en temps de paix déjà, alors que toutes choses avaient une autre forme. Et cette pierre que les artisans de la scène rejetèrent autrefois avec insouciance sera peut-être la pierre angulaire d'un théâtre futur aux vastes pensées, contemporain et pourtant héroïque, de ce théâtre européen d'un libre peuple de frères, de ce théâtre auquel un inconnu rêvait depuis longtemps dans la solitude de son âme créatrice.

LES VIES DES HOMMES ILLUSTRES

En nous occupant de recherches historiques, nous ne faisons qu'accueillir dans notre âme le souvenir des caractères les plus notoires et les meilleurs, et cela nous rend capables d'écarter définitivement tout ce que le commerce inévitable avec notre entourage nous offre de mauvais, d'immoral et de commun, pour tourner entièrement vers des modèles le monde réconcilié et apaisé de nos pensées.

PLUTARQUE, *Vies parallèles*,
Préface à *Timoléon*.

EX PROFUNDIS

Dans ses premiers livres, à vingt ans comme à trente, Rolland a voulu exalter l'enthousiasme, suprême ressort de l'individu, puissance créatrice des nations. Car pour lui, un être ne vit véritablement que s'il s'enflamme pour des idées, une nation ne possède une âme qu'à l'heure ardente où elle se recueille dans la foi. Le rêve de sa jeunesse avait été d'élever jusqu'à cette foi l'époque vaincue, lasse et veule où il vivait. À vingt ans, à trente ans, c'est par l'enthousiasme qu'il voulut libérer le monde.

Vain désir, action vaine. Dix ans, quinze ans – oh ! que les lèvres arrondissent facilement ce nombre si lourd pour le cœur –, dix ans, quinze ans ont été dépensés sans résultat, et les vagues brûlantes de la passion vont se perdre dans les désillusions. Le théâtre du peuple s'effondre, le procès Dreyfus s'embourbe dans la politique, ses drames se vendent au poids du papier – *personne ne se remua, personne ne bougea* –, ses amis se dispersent et, tandis que la gloire auréole déjà ses anciens compagnons d'études, Rolland reste encore et toujours un commençant, un débutant ; oui, on pourrait presque dire que plus il crée, plus on l'oublie. Aucun de ses espoirs ne s'est réalisé, et la vie publique continue de se dérouler dans la tiédeur et la somnolence. Ce que le monde veut, ce sont des avantages et des gains, plutôt qu'une foi et de la puissance spirituelle.

Et sa vie privée s'écroule aussi. Son mariage, dont les débuts furent clairs et confiants, est brusquement rompu ; ces années ne sont pour Rolland qu'une longue tragédie dont son œuvre taira à jamais l'horreur, car cette œuvre est son unique refuge. À trente ans, blessé au plus profond de son être, ayant échoué dans toutes ses entreprises, il se retire dans la solitude. Sa petite chambre monacale sera désormais son univers, et le travail sa consolation. Solitaire, il recommence alors à lutter pour ce qui fut l'idéal de sa jeunesse, et bien qu'il soit tenu à l'écart il ne cesse d'être secourable à son prochain et en rapport avec toutes choses.

Dans cette solitude, il feuillette les livres de tous les temps. Et comme au fond de toutes les voix l'homme entend toujours la sienne, il ne trouve partout que douleur, et partout que solitude. Il examine dans les moindres détails la vie des artistes et voit que *plus on pénètre dans l'histoire des grands artistes, plus on est frappé de la quantité de douleur que renferme leur vie. Non seulement ils ont été soumis aux épreuves et aux déceptions communes qui frappent plus cruellement leur sensibilité plus vive ; mais leur génie qui leur assure sur leurs contemporains une avance de vingt, trente, cinquante ans – plusieurs siècles, souvent –, en faisant le désert autour d'eux, les condamne à des efforts désespérés, non pas même pour vaincre, mais pour vivre* [1]. Ainsi, les plus puis-

1. Hugo Wolf, *Musiciens d'aujourd'hui*.

sants parmi les hommes, ceux vers qui la postérité lève les yeux avec respect, eux, les éternels consolateurs d'autres solitudes, furent aussi de *pauvres gens, les vainqueurs du monde si vaincus et brisés*. À travers les âges, une chaîne interminable de tourments quotidiens et incompréhensibles unit tragiquement leurs destinées et, comme Tolstoï le démontrait déjà dans sa première lettre à Rolland, *il n'y a pas d'artistes gras, jouisseurs et satisfaits de soi*[1], ce sont autant de Lazares souffrant chacun d'un mal différent. Plus ces personnalités offrent de grandeur, plus elles ont souffert, et inversement, plus il y a en elles de souffrances, plus il y a aussi de grandeur.

Rolland reconnaît alors qu'il existe une autre grandeur plus profonde que celle de l'action, qu'il avait toujours exaltée dans son œuvre : la grandeur de la souffrance. Et ce ne serait plus Rolland si, ayant découvert une vérité, voire la plus pénible, il n'en faisait découler une nouvelle raison de croire, et s'il ne réveillait l'enthousiasme au travers de la désillusion. Du fond de sa douleur, il salue tous ceux qui souffrent sur la terre et maintenant, au lieu d'une communauté fondée sur l'enthousiasme, c'est une fraternité de tous les solitaires de ce monde qu'il veut établir, en leur montrant la signification de la souffrance et sa grandeur. Ici aussi, dans ce nouveau domaine, le plus secret du destin, il cherche à s'appuyer sur de grands exemples. *La vie est dure, elle est un combat de chaque jour pour ceux qui ne se résignent pas à la médiocrité de l'âme, et un triste combat le plus souvent, sans grandeur, sans bonheur, livré dans la solitude et le silence. Oppressés par la pauvreté, par les âpres soucis domestiques,*

1. Tolstoï, *Que devons-nous faire ?*

par les tâches écrasantes et stupides, où les forces se perdent inutilement, sans espoir, sans un rayon de joie, la plupart sont séparés les uns des autres, et n'ont même pas la consolation de pouvoir donner la main à leurs frères dans le malheur[1]. C'est ce pont d'un homme à un autre, d'une douleur à une autre douleur, que Rolland va construire. Il veut montrer à la foule anonyme ceux dont la douleur personnelle fut un gain pour des milliers d'âmes après eux, afin, comme le dit Carlyle, *de manifester la divine parenté qui unit en tous temps un grand homme aux autres hommes.* Ces milliers de solitudes ont un bien commun : les grands martyrs de la souffrance qui, torturés par le destin, ne renièrent cependant jamais leur foi en la vie, et par leur souffrance précisément furent ses témoins aux yeux de tous. Et Rolland entonne un hymne en leur honneur : *Qu'ils ne se plaignent donc pas trop, ceux qui sont malheureux : les meilleurs de l'humanité sont avec eux. Nourrissons-nous de leur vaillance ; et si nous sommes trop faibles, reposons un instant notre tête sur leurs genoux. Ils nous consoleront. Sans même qu'il soit besoin d'interroger leurs œuvres et d'écouter leur voix, nous lirons dans leurs yeux, dans l'histoire de leur vie, que jamais la vie n'est plus grande, plus féconde – et plus heureuse – que dans la peine*[2]. C'est ainsi que, pour s'encourager lui-même et pour consoler ses frères inconnus, Rolland écrit ses *Vies des hommes illustres.*

---

1. Préface de *Beethoven.*
2. *Ibid.*

LES HÉROS DE LA SOUFFRANCE

Comme il le fit pour ses drames de la Révolution, Rolland inaugure son nouveau champ d'activité par un manifeste, par un nouvel appel à la grandeur. La préface de son *Beethoven* lui sert d'étendard : *L'air est lourd autour de nous. La vieille Europe s'engourdit dans une atmosphère pesante et viciée. Un matérialisme sans grandeur pèse sur la pensée... Le monde meurt d'asphyxie dans son égoïsme prudent et vil. Le monde étouffe – Rouvrons les fenêtres. Faisons rentrer l'air libre. Respirons le souffle des héros.*

Quels sont ceux que Rolland appelle des héros ? Il ne s'agit plus de ceux qui conduisent et remuent les peuples, qui terminent victorieusement des guerres, allument des révolutions ; il ne s'agit plus d'hommes d'action, ou de ceux dont la pensée engendre la mort. Il a reconnu le néant de toute communauté intellectuelle, et ses drames déroulent inconsciemment la tragédie de l'Idée, que les hommes ne peuvent se partager comme du pain, mais qui parvenue dans le cerveau et le sang de chaque individu prend aussitôt une autre forme et souvent même se mue en son contraire. La vraie grandeur, pour Rolland, ne peut être que

161

solitude ; c'est le combat de l'individu avec l'invisible. *Je n'appelle pas héros ceux qui ont triomphé par la pensée ou par la force. J'appelle héros, seuls ceux qui furent grands par le cœur. Comme l'a dit un des plus grands d'entre eux (Tolstoï) : Je ne reconnais pas d'autre signe de supériorité que la bonté ! Où le caractère n'est pas grand, il n'y a pas de grand homme, il n'y a même pas de grand artiste, ni de grand homme d'action ; il n'y a que des idoles creuses pour la vile multitude : le temps les détruit ensemble... Il s'agit d'être grand et non de le paraître*[1].

Un héros ne luttera pas pour les petits détails de l'existence ou pour obtenir des succès, mais bien pour la vie prise dans son ensemble, pour la vie elle-même. Celui qui évite le combat parce que la solitude lui fait peur est un vaincu ; celui qui élude la souffrance et cherche à se donner le change, en parant d'une beauté artificielle le tragique de toutes choses terrestres, est un menteur. *Je hais*, s'écrie Rolland indigné, *l'idéalisme couard, qui détourne les yeux des misères de la vie et des faiblesses de l'âme. Il faut le dire à un peuple trop sensible aux illusions décevantes des paroles sonores : le mensonge héroïque est une lâcheté. Il n'y a qu'un héroïsme au monde : c'est de voir le monde tel qu'il est et de l'aimer*[2].

Pour une âme noble, la douleur n'est pas le but, mais elle constitue une épreuve, c'est le filtre garant d'une entière pureté et, comme le dit maître Eckhart, c'est aussi *la bête la plus rapide qui vous porte à la perfection.* Et si l'art est la pierre de touche de la souf-

1. Préface de *Beethoven*.
2. Préface de *Michel-Ange*.

162

france, *c'est aussi seulement au sein de la souffrance qu'on voit l'art, et toutes choses, sous leur aspect véritable ; alors seulement, on prend conscience de ce qui dure plus que les siècles, de ce qui est plus fort que la mort.* Ainsi cette vie douloureuse, patiemment supportée, développe dans les grandes âmes une compréhension intelligente, et cette compréhension devient à son tour une force aimante. Mais la souffrance par elle-même ne suffit pas à créer de la grandeur ; elle doit être noblement consentie et vaincue. Celui qui succombe aux peines de cette vie et celui surtout qui les évite seront vaincus infailliblement ; et leurs œuvres d'art les plus élevées porteront les traces de leur chute. Quiconque remonte de l'abîme peut seul apporter un message dans les hautes sphères de l'esprit, car le chemin qui conduit aux paradis doit nécessairement traverser les purgatoires de l'existence, et chacun de nous devra le chercher tout seul ; mais celui qui s'y avance le front levé est un guide, et il élève les autres hommes jusqu'à son univers. *Les grandes âmes sont comme de hautes cimes. Le vent les bat, les nuages les enveloppent, mais on y respire mieux et plus fort qu'ailleurs. L'air y a une pureté qui lave le cœur de ses souillures ; et quand les nuées s'écartent on domine le genre humain* [1].

Ce que Rolland désire apprendre aux malheureux qui sont encore dans les ténèbres de leurs tourments, c'est à lever les yeux vers ces hauteurs ; il veut leur montrer la cime où la douleur ne semble plus qu'un élément, où la lutte se fait héroïque. *Sursum corda !* C'est ainsi qu'il débute, et il termine par un cantique à la Vie, devant les figures sublimes de la souffrance créatrice.

1. *Michel-Ange*, Conclusion.

Beethoven, le maître des maîtres, est la première figure de cette frise héroïque autour du temple invisible. Dès les heures lointaines où, sous la direction d'une mère tendrement aimée, Rolland apprenait à promener, comme à travers une forêt enchantée, ses doigts sur le clavier, Beethoven était devenu son maître, un maître qui l'exhortait et l'encourageait tout à la fois, et jamais ne lui devint étranger, même plus tard, lorsque Rolland s'éleva au-dessus de maint attachement de son enfance. *Dans les crises de néant que je traversai, adolescent, telle mélodie de Beethoven que je sais a rallumé en moi le feu de la vie éternelle* [1].

Peu à peu, cet élève respectueux sent s'éveiller en lui le désir de savoir aussi ce que fut la vie terrestre de son divin maître. Rolland part pour Vienne, y voit dans la Schwarzspanierhaus (détruite en 1903) la chambre où Beethoven expira pendant un orage. Il assiste en 1901 au festival Beethoven à Mayence ; à Bonn, il pénètre dans la mansarde au plafond bas où naquit le libérateur du plus éloquent de tous les langages, et partout Rolland, bouleversé, touche du doigt les conditions d'existence étroites et misérables d'où s'est dégagé quelque chose d'éternel. Des lettres et des documents lui révèlent la cruelle histoire de la vie de tous les jours à laquelle le grand homme atteint de surdité échappait en se réfugiant dans la musique intérieure, son domaine illimité ; et Rolland, saisi d'effroi, comprend la grandeur de ce Dionysos tragique au milieu de notre monde sans fantaisie, dur et grossier.

Après son passage à Bonn, Rolland écrit pour

1. *Souvenir d'enfance.*

164

la *Revue de Paris* un article intitulé « Les Fêtes de Beethoven ». Mais il se rend compte que cette occasion ne lui suffit pas pour exprimer un enthousiasme qui voudrait se déployer librement comme un hymne, et ne pas se laisser endiguer par des considérations de critique. Ce n'est pas Beethoven musicien qu'il veut expliquer une fois de plus aux musiciens, mais il lui semble nécessaire de montrer à tous les hommes Beethoven, homme héroïque, qui, au terme de son douloureux martyre, crée l'hymne suprême de l'humanité, la divine allégresse de la neuvième symphonie.

Et dans son enthousiasme, Rolland s'écrie : *Cher Beethoven ! Assez d'autres ont loué sa grandeur artistique. Mais il est bien davantage que le premier des musiciens. Il est la force la plus héroïque de l'art moderne. Il est le plus grand et le meilleur ami de ceux qui souffrent et qui luttent. Quand nous sommes attristés par les misères du monde, il est celui qui vient auprès de nous, comme il venait s'asseoir au piano d'une mère en deuil, et, sans aucune parole, consolait celle qui pleurait, au chant de sa plainte résignée. Et quand la fatigue nous prend de l'éternel combat inutilement livré contre la médiocrité des vices et des vertus, c'est un bien indicible de se retremper dans cet océan de volonté et de foi. Il se dégage de lui une contagion de vaillance, un bonheur de la lutte, l'ivresse d'une conscience qui sent en elle un Dieu… Quelle conquête vaut celle-ci, quelle bataille de Bonaparte, quel soleil d'Austerlitz atteignent à la gloire de cet effort surhumain, de cette victoire, la plus éclatante qu'ait jamais remportée l'Esprit : un malheureux, pauvre, infirme, solitaire, la douleur faite homme, à qui le monde refuse la joie, crée la Joie lui-même pour la donner au monde. Il la forge*

avec sa misère, comme il l'a dit en une fière parole,
où se résume sa vie, et qui est la devise de toute âme
héroïque : « La Joie par la Souffrance (Durch Leiden
Freude) »[1].

Voilà en quels termes Rolland s'adresse à celui
qu'il n'a pas connu ; puis, à la fin du volume, il laisse
le maître parler lui-même de sa vie ; il ouvre le testament de Heiligenstadt, où Beethoven met tant de
pudeur à confier au monde à venir sa peine la plus
secrète, celle qu'il s'efforça de cacher à ses contemporains ; il révèle la confession de foi de ce sublime
incrédule ; il montre dans ses lettres la bonté que
Beethoven dissimula en vain derrière une feinte
rudesse. Ce petit livre qui invite précisément les
déshérités à cultiver ce qu'il y a de meilleur en
l'homme, l'enthousiasme, ce petit livre opéra des
miracles : jamais auparavant la jeune génération
n'avait ainsi touché du doigt le côté profondément
humain de ce génie ; jamais l'héroïsme de cette existence solitaire n'avait encore enflammé aussi victorieusement d'innombrables âmes.

Et, chose mystérieuse, les frères malheureux dispersés ici et là par le monde semblent avoir compris
le message qui leur est adressé ; ce livre n'a aucun
succès littéraire, les journaux n'en soufflent mot, la
littérature passe indifférente, mais des inconnus, des
étrangers y ont trouvé du bonheur ; ils se le passent
de l'un à l'autre et, pour la première fois, une reconnaissance mystique réunit des fidèles autour du nom
de Rolland. Les malheureux ont l'ouïe fine pour percevoir les consolations et, si un optimisme superficiel
les offense, ils se montrent d'autant plus sensibles à
la bonté passionnée, à la sympathie qui se dégagent

1. *Beethoven*, pp. 76 à 81.

de ce livre. À partir de la publication de son *Beethoven*, Rolland n'a encore aucun succès, mais il a bien davantage : un public, un cortège fidèle qui suivra désormais son œuvre et accompagnera les premiers pas de Jean-Christophe vers la gloire. Cette première réussite est aussi pour les *Cahiers de la Quinzaine* le premier succès ; cette revue ignorée circule tout à coup de main en main ; pour la première fois, on est obligé d'en tirer une seconde édition, et Charles Péguy dépeint d'une façon émouvante comment la parution de ce fascicule, qui consola Bernard Lazare (encore un grand et malheureux inconnu), fut une « révolution morale ». Pour la première fois, des gens étaient gagnés à l'idéalisme de Romain Rolland.

C'est une première victoire remportée sur la solitude ; Rolland sent dans l'ombre la présence de frères invisibles, attentifs à sa voix. Seuls les malheureux désirent qu'on leur parle de la souffrance, mais ils sont légion ! Rolland va donc leur montrer d'autres hommes également grands, aux prises chacun avec une autre douleur et la soumettant de manière différente. Du fond du passé, ces ombres puissantes le regardent avec gravité ; il s'en approche plein de respect et pénètre dans leurs vies.

Plus de trente ans après ce premier hymne de reconnaissance au génie de Beethoven, Rolland vient de se donner pour tâche d'étudier en Beethoven l'homme et le musicien. Nous pouvons nous attendre à une œuvre monumentale, car les deux volumes parus en 1928 décrivent Beethoven de 30 à 40 ans ; sa jeunesse, son ascension suprême et sa mort feront l'objet d'autres volumes. Quand cet ouvrage gigantesque, dont les deux volumes parus trahissent les proportions, sera achevé, le moment sera venu d'en donner une appréciation. (S. Zweig, août 1929.)

Beethoven est pour Rolland le type le plus pur du malheureux vainqueur de sa souffrance. Richement doué par la nature, il semblait destiné à célébrer en musique la beauté de la vie quand le destin lui brisa l'ouïe, *la plus noble partie de moi-même*, disait-il, et l'emprisonna dans la surdité. Mais l'esprit se crée une langue nouvelle ; Beethoven va chercher la lumière au sein même des ténèbres et il invente pour d'autres l'Hymne à la joie que son oreille ne peut percevoir.

Mais la douleur physique, domptée ici par l'héroïsme d'une volonté, n'est qu'une des nombreuses formes de la souffrance, car *la souffrance est infinie, elle prend toutes les formes. Tantôt elle est causée par la tyrannie aveugle des choses : la misère, les maladies, les injustices du sort... Tantôt elle a son foyer dans l'être même. Elle n'est pas alors moins pitoyable, ni moins fatale : car on n'a pas eu le choix de son être, on n'a pas demandé à vivre, ni à être ce qu'on est* [1].

C'est ce qui fait la tragédie de Michel-Ange. Le malheur ne s'est pas abattu sur lui au cours de son existence, il est né avec lui. Dès les premières heures de sa vie, Michel-Ange porte au cœur le ver rongeur de la mélancolie ; il le sent grandir pendant quatre-vingts années jusqu'à ce que ce cœur dévoré cesse de battre. La mélancolie voile de noir tous ses sentiments ; l'appel de la joie ne sort jamais de sa poitrine, tel qu'on le trouve si souvent chez Beethoven, pur comme le son d'une cloche d'or. Mais sa grandeur, c'est de s'être chargé de cette tristesse comme d'une croix ; c'est d'aller chaque jour au travail, son

---

1. Préface de *Michel-Ange*.

Golgotha, comme un nouveau Christ sous le fardeau de son destin, las d'exister, éternellement fatigué de vivre sans être cependant jamais dégoûté de son œuvre, véritable Sisyphe, ne cessant de rouler son rocher, de marteler dans la pierre docile toute sa colère et son amertume sous forme de chefs-d'œuvre. Rolland considère Michel-Ange comme le génie d'un monde disparu et qui eut sa grandeur ; c'est le « chrétien » qui souffre tristement, tandis que Beethoven est le « païen », le grand Pan dans la forêt de la musique. Il y a dans la douleur de Michel-Ange une certaine culpabilité ; il pèche par faiblesse comme ces damnés qui, au premier cercle de l'enfer dantesque, s'adonnent volontiers à la tristesse. Cet homme est digne de pitié au même titre qu'un neurasthénique, car chez lui il y a contradiction *entre un génie héroïque et une volonté qui ne l'était pas.* Si, en Beethoven, l'artiste est un héros, l'homme l'est encore davantage. En Michel-Ange, il n'y a d'héroïque que l'artiste ; l'homme est un vaincu, peu aimé parce que lui-même n'est pas ouvert à l'amour, inapaisé parce qu'il n'aspire pas à la joie ; saturnien de nature, né sous un signe obscur, bien loin de combattre cette tristesse innée, il l'entretient avec volupté et joue avec son chagrin. *La mia allegrezza è la malinconia (La mélancolie fait ma joie)*, dit-il, et il va même jusqu'à reconnaître que *mille joies ne valent pas un seul tourment.* D'un bout à l'autre de sa vie, il taille avec son ciseau, comme à travers les ténèbres d'une mine, une galerie interminable vers la lumière ; et par cette voie, qui fait sa grandeur, il nous conduit tous plus avant dans l'éternité.

Rolland s'est bien rendu compte de tout ce que cette vie de Michel-Ange renferme d'héroïsme, mais aussi qu'elle n'est pas en mesure d'apporter aux malheureux un soulagement immédiat, parce qu'un être imparfait ne peut venir lui-même à bout du destin, il a besoin d'un médiateur par-delà la vie, a besoin de Dieu, *éternel refuge de ceux qui ne réussissent point à vivre ici-bas ! Foi qui n'est bien souvent qu'un manque de foi dans la vie, un manque de foi dans l'avenir, un manque de foi en soi-même, un manque de courage et un manque de joie* [1]. S'il admire ici une œuvre et une mélancolie sublimes, c'est avec une nuance de pitié, pas avec l'ardeur frémissante dont il salua le triomphe de Beethoven. En sa qualité de libre croyant pour lequel la religion n'est qu'une forme d'assistance et d'élévation, Rolland se détourne devant ce renoncement à la vie sur lequel repose le christianisme de l'artiste florentin, renoncement contraire à la nature humaine. Une existence terrestre peut supporter une immense douleur ; Michel-Ange en est la preuve ; mais son âme étouffe sous les tristesses du destin ; il lui manque les clartés qui rétabliraient l'équilibre, la joie, seule capable de rendre à la vie son unité. Celui qui est parvenu à enchaîner une telle souffrance dans une œuvre pareille n'est pourtant qu'un demi-vainqueur ; car il ne suffit pas de supporter la vie, on doit, suprême héroïsme, la *reconnaître telle qu'elle est – et l'aimer.*

TOLSTOÏ

Les biographies de Beethoven et de Michel-Ange, appels à l'héroïsme, hymnes à la force, avaient jailli d'une surabondance de vie. Celle de Tolstoï, écrite bien des années plus tard, est d'une teinte plus sombre ;

1. Préface de *Michel-Ange.*

170

c'est un *requiem*, une nénie, un chant funèbre. Renversé par une automobile, Rolland lui-même a déjà vu la mort de près. Quand il apprend, pendant sa convalescence, la fin de son maître bien-aimé, il saisit toute la portée de cette mort, et y voit une sublime exhortation.

Le livre de Rolland nous montre en Tolstoï une troisième forme de la souffrance. Si la maladie abat Beethoven au milieu de sa carrière, si Michel-Ange est voué au malheur en naissant, Tolstoï, par sa volonté consciente et libre, devient l'artisan de sa propre peine. Toutes les conditions apparentes du bonheur lui assurent une vie de jouissances : bien portant, riche, indépendant, célèbre, il possède maison et domaine, femme et enfants. Mais l'héroïsme de cet homme privé de tout souci, c'est de s'en créer lui-même en se demandant quelle est la manière de vivre justement. Son bourreau, c'est sa conscience ; son démon, c'est une soif terriblement inexorable de la vérité. Il repousse violemment loin de lui l'insouciance, les buts mesquins, le bonheur étriqué des êtres qui manquent de sincérité. Semblable à un fakir, il enfonce dans sa poitrine les épines du doute et, au sein des tourments, il bénit l'incertitude : *Il faut remercier Dieu d'être mécontent de soi... Le désaccord de la vie avec ce qu'elle devrait être est précisément le signe de la vie... la condition du bien. C'est un mal quand l'homme est tranquille et satisfait de soi-même*[1].

Aux yeux de Rolland, pour qui l'homme ne vit véritablement que dans la lutte, cette dualité apparente forme justement la vraie personnalité de Tolstoï. Alors que Michel-Ange croyait discerner, au-dessus de la vie terrestre, une vie divine, Tolstoï en aperçoit

1. Tolstoï, *Correspondance inédite*, pp. 354-355.

une véritable derrière l'accidentelle, et il démolit sa propre quiétude afin d'atteindre à cette vie. L'artiste le plus célèbre de l'Europe rejette l'art, comme un chevalier son épée, pour suivre nu-tête le sentier des pénitents ; il rompt ses liens familiaux ; une introspection fanatique mine ses jours et ses nuits. Jusqu'à sa dernière heure, il se créera des désagréments afin d'avoir la paix avec sa conscience, champion de cet « invisible », dont le sens est plus vaste que celui des mots « bonheur », « joie », « Dieu », champion de cette suprême vérité qu'il ne peut partager avec personne d'autre que lui-même.

Ce combat héroïque, comme celui de Beethoven et de Michel-Ange, Tolstoï le livre dans une solitude effroyable, dans un milieu étouffant. Sa femme, ses enfants, ses amis, ses ennemis, personne ne le comprend ; tous le prennent pour un Don Quichotte parce qu'ils ne voient pas l'adversaire contre lequel il combat et qui n'est autre que lui-même. Aucun qui puisse le consoler, lui venir en aide, et pour mourir en face de soi-même il lui faut fuir par une nuit glacée d'hiver loin de sa riche demeure et expirer au bord de la grand-route, tel un mendiant.

Dans cette région supérieure vers laquelle l'humanité lève des yeux pleins de nostalgie, l'air gelé des solitudes désolées souffle toujours ; car précisément ceux qui créent pour tous se trouvent seuls en face d'eux-mêmes, chacun d'eux comme un Sauveur en croix, souffrant chacun pour une foi différente et cependant pour l'humanité entière.

LES BIOGRAPHIES INACHEVÉES

Sur la couverture de la biographie de Beethoven, déjà, on annonçait toute une série de portraits héroïques : une vie du grand révolutionnaire Mazzini, pour laquelle Rolland avait rassemblé pendant des années des documents avec l'aide de leur amie commune, Malwida von Meysenbug ; une monographie du général Hoche ; une autre de l'audacieux utopiste Thomas Paine. Le plan primitif embrassait un cercle encore plus étendu, étoilé de grandeurs spirituelles ; mainte figure avait déjà pris forme dans l'âme de Rolland, qui désirait avant tout, lorsqu'il aurait plus de maturité, décrire, en la personne de Goethe, le monde profondément paisible qui lui est si cher, puis remercier Shakespeare d'avoir embelli ses jeunes années, et enfin témoigner sa gratitude à la bonne Malwida von Meysenbug (trop peu connue) pour sa précieuse amitié.

Toutes ces *Vies des hommes illustres* sont demeurées à l'état d'ébauches (seuls des ouvrages d'un caractère plus scientifique sur Haendel, Millet, et les petites études sur Hugo Wolf et Berlioz, voient le jour au cours des années suivantes). Ce troisième cycle, si haut tracé, se brise à son tour et, de nouveau, d'un grand travail, il ne reste que des fragments ; seulement, cette fois-ci, ce n'est pas le moment défavorable ou l'indifférence des hommes qui oblige Rolland à abandonner la voie dans laquelle il s'était engagé, mais bien des considérations morales d'un caractère profondément humain. L'historien a reconnu que sa grande force, la vérité, est incompatible avec le désir de créer de l'enthousiasme ; dans un cas unique, celui de Beethoven, il lui a été possible de consoler tout en demeurant vrai, car alors l'âme épurée s'élevait vers la joie par le charme d'une musique sublime. Pour Michel-Ange, il avait déjà dû se faire en quelque sorte violence pour présenter comme un vainqueur du monde cet homme, esclave d'une tristesse innée, devenant lui-même d'une rigidité de marbre parmi les pierres ; et Tolstoï, lui aussi, prêche une vie de vérité plutôt qu'une vie riche en harmonies, frémissante et digne d'être vécue. Mais, en reconstituant la destinée de Mazzini, en sondant avec sympathie l'amertume qui envahit le vieux patriote oublié, Rolland se rend compte qu'il lui faudra ou bien fausser l'histoire afin de pouvoir présenter ce fanatique en modèle, ou bien ôter aux hommes l'idée que c'est un héros. Il reconnaît que, par amour pour l'humanité, on doit lui cacher certaines vérités, et se sent plongé tout à coup dans la même alternative tragique que Tolstoï, dans le *continuel désaccord entre ses yeux impitoyables qui voyaient l'horreur de la réalité, et son cœur passionné qui continuait d'attendre et d'affirmer l'amour. Nous avons tous connu ces tragiques débats. Que de fois nous nous sommes trouvés dans l'alternative de ne pas voir, ou de haïr ! Et que de fois un artiste… se sent-il oppressé d'angoisse au moment d'écrire telle ou telle vérité ! Cette* *vérité saine et virile..., cette vérité vitale comme l'air qu'on respire... Et puis, l'on s'aperçoit que cet air, tant de poumons ne peuvent le supporter, tant d'êtres affaiblis par la civilisation, ou faibles simplement par la bonté de leur cœur ! Faut-il donc n'en tenir aucun compte, et leur jeter implacablement cette vérité qui tue ?... La société se trouve sans cesse en face de ce dilemme : la vérité ou l'amour* [1].*

Telle est la constatation accablante qui arrête Rolland au milieu de son œuvre : il est impossible d'écrire l'histoire des grands hommes à la fois en tant qu'historien selon la vérité, et en qualité d'ami des hommes, comme quelque chose de très élevé et de parfait. Car même ce que nous nommons histoire, est-ce la vérité ? N'est-ce pas aussi dans chaque pays une légende, une convention nationale ? Chaque figure historique n'est-elle pas déjà épurée intentionnellement en vue d'obtenir certains résultats, corrigée ou amoindrie selon une certaine morale ? Pour la première fois, Rolland touche du doigt l'immense relativité de toutes les opinions et l'impossibilité où l'on est de les transmettre à d'autres. *Il est si difficile de décrire une personnalité ! Tout homme est une énigme, non seulement pour les autres, mais pour lui. Il y a une grande présomption à prétendre connaître qui ne se connaît pas tout à fait soi-même, et pourtant l'on ne peut se dispenser de juger, c'est une nécessité pour vivre. Aucun de ceux que nous voyons, aucun de ceux que nous connaissons ou que nous disons connaître, aucun de nos amis, de ceux que nous aimons, n'est tel que nous le voyons. Souvent il ne ressemble en rien à l'image que nous en avons ; nous*

1. *Tolstoï*, pp. 201-202.

175

marchons au milieu des fantômes de notre cœur. Il faut juger pourtant, il faut construire, il faut créer [1].

La justice envers soi-même, l'équité à l'égard de noms qui lui sont chers, le respect de la vérité, la pitié pour les hommes, tout cela retient Rolland à mi-chemin ; il abandonne les *Vies des hommes illustres* et se taira plutôt que de devenir la proie de cet « idéalisme couard » qui embellit pour ne pas désavouer ; il s'arrête au milieu d'un chemin qu'il a reconnu impraticable, mais n'oublie pas que son but, c'est de *défendre la grandeur du monde*. Pour prendre confiance en elle-même, l'humanité a besoin d'un mythe héroïque, de grandes figures humaines, et comme l'histoire ne peut la consoler par de telles images qu'en les embellissant, Rolland cherche ses héros dans une vérité nouvelle, dans l'Art. Il créera désormais des êtres faits de la substance de notre vie présente et montrera, sous cent visages divers, l'héroïsme quotidien de notre époque ; et au milieu de ses luttes, il placera le grand vainqueur de la foi en la vie : son Jean-Christophe, notre Jean-Christophe.

---

1. *Musiciens d'aujourd'hui*, à propos de Vincent d'Indy.

JEAN-CHRISTOPHE

*C'est étonnant comme la matière épique et phi-
losophique se trouve condensée dans cet ouvrage !
Contenue par la forme, elle constitue un ensemble
harmonieux, mais au-dehors, elle touche à l'infini, à
l'art, à la vie. En vérité, on peut dire de ce roman
qu'il n'a d'autres limites que sa forme purement
esthétique ; et là où cette forme cesse, il participe de
l'infini. Je le comparerai à une belle île aux confins
de deux océans.*

SCHILLER à GOETHE, au sujet de
Wilhelm Meister, 19 octobre 1796.

SANCTUS CHRISTOPHORUS

À la dernière page de son grand ouvrage, Romain Rolland raconte la légende de saint Christophe. Elle est connue : au bord d'un fleuve, le passeur est réveillé par un enfant qui demande qu'on le porte sur l'autre rive. Le bon géant se charge en souriant de ce léger fardeau. Mais, tandis qu'il marche à travers le courant, l'enfant devient de plus en plus lourd à ses épaules ; Christophe pense déjà qu'il va couler sous ce poids toujours grandissant, mais, une fois encore, il rassemble toutes ses forces. Et parvenu à l'autre bord, couché sur le sol, à bout de souffle, Christophe, le « porteur du Christ », reconnaît aux lueurs de l'aube qu'il a porté sur ses épaules la pensée du monde.

Rolland l'a connue, cette longue et lourde nuit de peine. Quand il chargea ses épaules du poids de cette destinée qu'est son œuvre, il avait l'intention de raconter une vie ; mais à mesure qu'il avançait ce qui lui avait été facile au début commençait à lui peser. Il transportait tout ce qui fait le destin de notre génération, le sens de notre univers, un message d'amour, le mystère primordial de la création. Nous qui le voyions marcher solitaire à travers la nuit de l'indifférence, sans aide, sans acclamations, sans lumière amie qui lui fasse signe, nous pensions qu'il succomberait. De l'autre bord, les incrédules le poursuivaient de leurs sarcasmes et de leurs rires. Mais pendant dix ans, il continua d'avancer tandis que le torrent de la vie semblait s'enfler autour de lui avec toujours plus de passion ; il luttait pour atteindre le rivage inconnu de l'accomplissement. Il l'a atteint le dos courbé, mais les yeux rayonnants. Ô longue et lourde nuit de peine pendant laquelle il marcha solitaire ! Ô cher fardeau que, de notre bord, il porta aux générations à venir, sur la rive encore mystérieuse du monde nouveau, te voilà sauvé ! Quand le bon passeur leva les yeux, la nuit semblait finie, les ténèbres avaient disparu. Comme le ciel, à l'orient, se teignait d'une rougeur ardente, il se dit joyeusement que c'était l'aube de la nouvelle journée à la rencontre de laquelle il avait porté le symbole du jour écoulé.

Mais ce qu'il voyait poindre à l'horizon, c'était la nuée sanglante de la guerre, la flamme qui incendiait l'Europe et dévorait l'esprit du passé. Il ne restait rien de notre patrimoine sacré, rien que le legs sauvé du rivage d'autrefois et apporté par une énergie croyante dans notre monde une fois de plus bouleversé. L'embrasement a pris fin, et de nouveau c'est la nuit. Mais nous te remercions, passeur, nous te remercions, pieux voyageur, pour le chemin que tu as fait à travers l'obscurité ; merci pour ta peine ; elle a apporté à tout un monde le message d'espérance ; c'est pour nous tous que tu as marché par la nuit noire ; car il faudra bien qu'un jour la flamme de la haine s'éteigne, il faudra bien que les barrières tombent enfin entre les peuples. Elle finira bien par venir, « la nouvelle journée ! ».

ANÉANTISSEMENT ET RÉSURRECTION

Romain Rolland vient d'entrer dans sa quarantième année et sa vie est jonchée de ruines. Les tempêtes de la réalité ont réduit en lambeaux les étendards de sa foi, ses manifestes au peuple français et à l'humanité ; il a suffi d'un soir pour enterrer ses pièces de théâtre ; les figures de héros qui devaient se dresser comme autant de statues d'airain en une théorie ininterrompue d'un bout à l'autre du temps sont abandonnées, trois d'entre elles à l'état de torses isolés, les autres fragmentées en différentes esquisses et détruites prématurément.

Dans son cœur, la flamme sacrée brûle encore. Par une décision héroïque, il jette à nouveau dans cette forge ardente les figures qu'il avait créées, il les refond pour leur donner de nouvelles formes. Puisque l'esprit d'équité l'empêche de choisir parmi les êtres réels le grand consolateur de son époque, il se résout à faire naître, par la toute-puissance créatrice de l'esprit, un génie spirituel qui réunisse en lui les souffrances qu'éprouvèrent les grands hommes de tous les temps, un héros qui appartienne non pas à une, mais à toutes les nations. Et, au lieu de chercher la

181

vérité historique, il essaie de couler dans un moule nouveau une fusion plus harmonieuse de fiction et de réalité : il crée le mythe d'un homme, il invente, de notre temps, la légende d'un génie.

Et, chose merveilleuse, tout ce qu'il croyait perdu reprend vie à la fois : les rêves évanouis de ses années d'école ; l'idée qu'il eut, étant enfant, d'imaginer un grand artiste aux prises avec le monde ; sa vision, sur le Janicule, d'un original à l'âme pure, nouveau Parsifal vivant parmi nous : tout cela monte de son cœur en bouillonnant. Les personnages oubliés de ses drames, Aërt, les Girondins, se relèvent transformés, et les statues de Beethoven, Michel-Ange, Tolstoï abandonnent leur raideur historique pour se mêler à la vie moderne. Les déceptions sont devenues pour Rolland des expériences, et les épreuves une source d'élévation ; et quand tout semble fini, c'est alors qu'il commence vraiment son œuvre maîtresse : *Jean-Christophe*.

ORIGINE DE L'ŒUVRE

Depuis bien longtemps déjà, Jean-Christophe s'avançait à la rencontre de son poète.

Il lui apparaît pour la première fois à l'École normale, dans un rêve fugitif d'adolescent. Le jeune Rolland projette alors d'écrire l'histoire d'un pur artiste qui viendrait se briser contre le monde. Rien d'arrêté encore dans les contours, de conscient dans la volonté ; mais ce héros devra être un artiste, un musicien incompris de son époque. Puis ce projet s'efface avec beaucoup d'autres, ce rêve se dissipe en même temps que beaucoup d'autres rêves de jeunesse.

Mais à Rome, il reparaît, quand le poète entravé si longtemps par la vie d'internat et la discipline scientifique se manifeste chez Rolland avec une force irrésistible. C'est alors que, par des soirs clairs, Malwida von Meysenbug lui conte longuement les combats tragiques qu'eurent à livrer ses grands amis Wagner et Nietzsche ; et Rolland se rend compte qu'il existe toujours de ces natures puissantes vivant à nos côtés, et que le bruit et la poussière de l'heure présente nous empêchent seuls de les distinguer. Sans qu'il le veuille, les circonstances tragiques dans lesquelles vivent ces héros, nos contemporains, s'identifient avec les images de ses rêves; Parsifal, l'insensé au cœur pur éclairé par la pitié, lui apparaît comme le type symbolique de l'artiste qui parcourt le monde, guidé par sa seule et profonde intuition et qui, par l'expérience, apprend à le voir tel qu'il est. Un soir enfin, pendant une promenade sur le Janicule, la vision précise de Jean-Christophe se fait jour en lui, comme un éclair : ce sera un musicien au cœur pur – un Allemand quittant sa patrie pour d'autres pays et trouvant son Dieu dans la vie –, un homme de chair, libre, inébranlable dans sa foi en tout ce qui est grand, et même en l'humanité qui le repousse. Les contours du personnage apparaissent déjà et, aux yeux de l'artiste, l'image s'éclaircit.

Puis, après les années de liberté passées à Rome, voici de nouveau des années de peine durant lesquelles les devoirs du professorat sont autant de rochers qu'il faut remuer chaque jour, et qui écrasent l'image intérieure à peine ébauchée. Rolland vit des heures d'action; il n'a pas de temps pour ses rêves. Mais un nouvel événement vient réveiller les impressions qui sommeillent en lui : à Bonn, dans la maison de Beethoven, dans sa petite chambre basse, il se représente la jeunesse misérable du maître ; il apprend par des livres et des documents la tragédie héroïque de cette existence. Et tout à coup, le personnage de ses rêves prend corps : son héros sera un Beethoven *redivivus*, ressuscité, vivant parmi nous, un Allemand, un solitaire, un lutteur, mais un vainqueur. Là où le jeune garçon ignorant de la vie voyait encore une défaite, car il pensait que l'insuccès était déjà la défaite, l'homme mûr devine l'héroïsme véritable qui consiste *à voir le monde tel qu'il est et à l'aimer*. Dans ce revirement grandiose, un nouvel horizon s'ouvre derrière l'image qu'il chérit depuis si long-temps : c'est l'aurore de la victoire éternelle dans les luttes d'ici-bas. La personnalité intérieure de Jean-Christophe est maintenant achevée.

Rolland connaît donc son héros. Mais il lui faut encore apprendre à dépeindre l'antagoniste, le constant ennemi : la vie, la réalité. Quiconque veut décrire un combat en toute équité doit aussi connaître l'adversaire ; et Rolland apprend à le connaître par ses propres désillusions, par ses propres expériences, dans le monde des lettres, dans les mensonges de la société, dans l'indifférence de la masse : les années vécues à Paris sont autant de purgatoires qu'il lui faut traverser avant de pouvoir commencer à décrire. À vingt ans, il n'eût su parler que de lui et décrire son héroïque désir de pureté ; à trente ans, il sait aussi représenter l'opposition. Tout ce qu'il a vécu, espoirs et déceptions, se précipite maintenant dans le fleuve bruissant de cette nouvelle existence ; les nombreuses petites notes amassées pendant des années, par hasard et sans intention, à la manière d'un Journal, s'ordonnent d'une façon magique dans l'œuvre en formation ; l'amertume clarifiée devient de la com-préhension et le rêve d'un artiste enfant devient un livre de vie.

En 1895, le plan est tracé dans ses grandes lignes, et tout aussitôt Rolland prélude avec quelques scènes de la jeunesse de Jean-Christophe ; les premiers cha-pitres, dans lesquels la musique s'éveille pour ainsi dire d'elle-même, sont écrits autour de 1897, en Suisse, dans un petit hameau retiré. Le plan était si sûrement et si nettement tracé dans son âme que Rolland compose ensuite de nouveau quelques cha-pitres des cinquième et neuvième volumes : procé-dant à la manière d'un musicien, Rolland propose à sa fantaisie quelques thèmes isolés, qu'en artiste averti il tissera ensuite harmonieusement dans la trame de sa grande symphonie. L'ordonnance en est tout intérieure. Rolland ne forme pas ses chapitres de phrases péniblement alignées ; il les écrit selon le hasard apparent de l'inspiration ; souvent, le paysage leur prête une âme musicale ; souvent aussi, ils prennent la nuance d'un événement extérieur (ainsi, la fuite de Jean-Chistophe à travers la forêt, si bien décrite par Seippel, a été influencée par la fuite de Tolstoï à la veille de sa mort).

Chose assez symbolique, cette œuvre européenne a été composée un peu partout en Europe : les premières cadences, dans un village suisse ; *Adolescence* à Zurich et au bord du lac de Zoug ; une grande partie du roman à Paris ; une autre grande partie en Italie ; *Antoinette* à Oxford. Elle fut terminée à Baveno, en juin 1912, après un travail de près de quinze années. Dans les *Cahiers de la Quinzaine* parurent, en février 1902, le premier volume *L'Aube*, et en octobre 1912 le dernier volume *La Nouvelle Journée* ; pour ces dix-sept cahiers, fait unique dans l'histoire du roman, Rolland n'avait pas reçu un centime. C'est seulement lors de la parution du cinquième volume, *La Foire sur la place*, qu'Ollendorff se chargea d'éditer le roman, qui sortit alors d'un silence de plusieurs années et commença sa rapide ascension. Encore avant qu'il fût achevé, les éditions anglaise, espagnole, allemande se succédèrent, puis vint la biographie explicative de Seippel. De sorte que le Grand Prix du roman que lui décerna l'Académie en 1913 ne fit que couronner une gloire déjà établie. À cinquante ans, voici Rolland enfin mis en lumière ; Jean-Christophe, son messager, est devenu le plus vivant des hommes et fait le tour du monde.

L'ŒUVRE SANS FORMULE

Et maintenant, qu'est-ce donc que son *Jean-Christophe* ? Un roman ? Ce livre, vaste comme le monde, véritable *orbis pictus* de notre génération, se dérobe à une appellation unique. Rolland a dit une fois : *Toute œuvre qui peut tenir entière dans une définition est une œuvre morte.* Combien cette parole semble vraie lorsqu'on essaie, comme c'est le cas ici, d'enfermer la vie même dans les cinq lettres du mot « roman » ; *Jean-Christophe* voudrait tout exprimer ; ce n'est pas seulement un récit, mais un livre universel, une encyclopédie dans laquelle tous les problèmes sont ramenés à celui qui est au centre de tout, au problème de l'univers ; il explore l'âme humaine et décrit une époque, il fait le tableau d'une génération en même temps que la biographie imaginaire d'un individu ; selon Grautoff, *c'est une coupe à travers notre société* et la confession religieuse d'un solitaire ; c'est une critique (mais une critique féconde) de la réalité, et l'analyse d'une âme de créateur, une symphonie en paroles et une fresque des idées contemporaines. C'est une ode à la solitude, une « Héroïque » de la grande communauté européenne.

Chacune de ces définitions ne s'applique qu'à une seule partie de l'œuvre et aucune à l'ensemble ; car une action morale, une action sociale ne peut être enfermée dans des bornes littéraires, et la puissance plastique de Rolland va droit à l'homme intérieur ; son idéalisme encourage la foi et la vivifie. Son *Jean-Christophe* doit être un acte de justice : voir le monde tel qu'il est, et un acte de foi : aimer le monde ; et ces deux conditions se trouvent réunies dans cette règle morale, la seule qu'il ait jamais imposée à un être libre : *Voir le monde tel qu'il est et... l'aimer.*

Ce que ce livre voudrait être, Jean-Christophe le dit lui-même lorsqu'il considère l'isolement de son époque, et son art dispersé en mille fragments : *L'Europe d'aujourd'hui n'avait plus un livre commun : pas un poème, pas une prière, pas un acte de foi qui fût le bien de tous. Ô honte qui devrait écraser tous les écrivains, tous les artistes, tous les penseurs d'aujourd'hui ! Pas un n'a écrit, pas un n'a pensé pour tous* [1]. Cette honte, Rolland chercha à l'effacer ; il voulut écrire pour tous, pas seulement pour son pays, mais pour toutes les nations, pas seulement pour les artistes et les littérateurs, mais afin d'offrir à tous ceux qui désirent se renseigner sur la vie en général et leur époque en particulier un tableau de la vie contemporaine. Jean-Christophe exprime l'entière volonté de son créateur : *Aux hommes de tous les jours, montre la vie de tous les jours : elle est plus profonde et plus vaste que la mer. Le moindre d'entre nous porte en lui l'infini... Écris la simple vie d'un de ces hommes simples... écris-la simplement, ainsi qu'elle se déroule. Ne t'inquiète point du verbe, des recherches subtiles où s'énerve la force*

1. *Jean-Christophe, Les Amies.*

des artistes d'aujourd'hui. Tu parles à tous, use du langage de tous... Sois tout entier dans ce que tu fais : pense ce que tu penses, et sens ce que tu sens. Que le rythme de ton cœur emporte tes écrits ! Le style, c'est l'âme [1].

Jean-Christophe devait être non pas un livre d'art, mais un livre de vie, et il l'est devenu ; il ne retranche rien à la nature humaine, car *l'art, c'est la vie domptée.* La question érotique n'en forme pas le centre, comme dans la plupart des œuvres contemporaines ; ni celle-là, ni une autre ; il cherche à projeter du dedans au dehors tous les problèmes qui touchent à l'essence de l'être, à les saisir, ainsi que le dit Grautoff, *dans le spectre d'un individu.* La centralisation s'opère à l'intérieur de l'homme isolé ! « Comment voit-il la vie ? », ou mieux encore : « Comment apprend-il à la voir ? » Tel est le thème fondamental de ce roman. C'est pourquoi on pourrait dire que c'est un roman d'éducation dans le genre de *Wilhelm Meister.* Le roman d'éducation veut montrer comment un jeune homme, pendant ses années de voyages et d'apprentissage, étudie la vie à l'étranger et arrive ainsi à maîtriser la sienne ; comment, grâce à de nombreuses expériences, il transforme en vues personnelles les idées reçues, et à bien des égards erronées, qu'il avait sur toutes choses ; comment il transpose le monde qui, après lui être apparu comme une entité extérieure, devient en lui une réalité vivante ; il était seulement curieux, il devient clairvoyant ; il n'était que passionné, il devient équitable.

Mais ce roman d'éducation est en même temps un roman historique, une comédie humaine, dans le genre de celle de Balzac, une histoire contemporaine

---

1. *Jean-Christophe, Les Amies.*

189

à la façon de celle d'Anatole France, et, comme cette dernière, à certains points de vue, un roman politique ; à ceci près que Rolland retrace d'une manière plus incisive non seulement l'histoire de sa génération, mais encore celle de la civilisation contemporaine, c'est-à-dire toutes les irradiations de la sensibilité moderne sous toutes ses formes : poésie aussi bien que socialisme, art et musique, féminisme et problème des races. Son Jean-Christophe saisit tout ce qu'il y a d'humain dans le monde de l'esprit ; il n'évite aucune question et combat les résistances ; il vit d'une façon universelle, au-delà des frontières nationales, professionnelles et confessionnelles, et c'est pourquoi son regard embrasse l'horizon tout entier.

Mais ce roman historique est également le roman d'un artiste, le roman de la musique, dont le héros n'est pas un voyageur comme ceux de Goethe, Novalis, Stendhal, mais un créateur ; et, de même que Henri le Vert chez Gottfried Keller, le chemin qu'il fait dans la vie est aussi celui qu'il parcourt intérieurement vers l'art, vers la perfection. La naissance de la musique, le développement du génie sont dépeints ici d'une façon entièrement personnelle, et typique cependant ; ces expériences contiennent non seulement une analyse du monde, mais le mystère de la création, le secret primordial de la vie.

Et le récit de cette existence sert de base à une explication de l'univers, de sorte que ce roman revêt un caractère philosophique et religieux. Dans l'idée de Rolland, lutter pour la vie intégrale, c'est aspirer à en connaître le sens et l'origine, c'est chercher un Dieu, notre Dieu particulier, un Dieu personnel. Cette existence poursuit l'harmonie suprême entre son propre rythme et le rythme des êtres ; de ce vase d'argile, l'idée s'écoule frémissante comme un hymne, et retourne à l'infini.

Une telle richesse était sans précédent en littérature ; dans une œuvre seulement, dans *Guerre et Paix* de Tolstoï, Rolland avait trouvé ainsi réunis la reconstitution historique d'une société, la purification intérieure, l'extase religieuse, et ce sentiment passionné de responsabilité à l'égard de la vérité ; il ne fait que modifier son illustre modèle en plaçant sa tragédie loin de la guerre, au milieu de notre monde moderne, et en dotant son héros d'un héroïsme qui ne se manifeste pas sur les champs de bataille, mais dans les combats invisibles de l'art. Ici, comme partout ailleurs, le plus humain de tous les artistes lui sert de modèle, l'artiste pour lequel l'art n'est pas un but en soi, mais seulement un passage pour atteindre à l'effet moral. Son *Jean-Christophe* ne prétend pas être une œuvre littéraire, mais, selon l'idée de Tolstoï, une action. C'est pourquoi cette symphonie héroïque ne se plie en aucune façon à l'interprétation commode d'une formule ; ce livre se trouve être à la fois en dehors de toutes conventions et cependant au milieu de la vie présente, au-delà de la littérature dont il est pourtant la puissante manifestation ; souvent ce n'est plus de l'art, et cela donne de l'art une image très pure. Ce n'est pas un livre, mais un message, ce n'est pas un ouvrage historique, et cependant on y retrouve toute notre époque. C'est plus qu'une œuvre : c'est le miracle quotidien d'un homme qui fait en lui-même l'expérience de la vérité, et, du même coup, de la vie intégrale.

LE SECRET DES PERSONNAGES

Si ce roman est sans précédent en littérature, ses personnages ont des modèles pris dans la réalité. En tant qu'historien, Rolland n'hésite pas à emprunter aux biographies des grands hommes quelques traits particuliers du caractère de ses héros, et parfois aussi à rapprocher ces derniers de leurs contemporains. Selon un processus spécial qu'il a imaginé, il unit les thèmes de son invention et les faits historiques, il combine des qualités particulières pour obtenir une synthèse nouvelle ; pour dessiner des caractères, il amalgame souvent plus qu'il n'invente ; en tant que musicien – et sa manière de créer est au fond celle d'un musicien –, il paraphrase en forme de thèmes, mais sans les reproduire parfaitement, de subtiles résonances. Il arrive souvent, comme dans un roman à clef, qu'à un signe spécial on croie reconnaître une silhouette qui se transforme alors insensiblement pour devenir quelqu'un d'autre ; si bien que chaque figure, composée de cent éléments divers, paraît nouvelle.

Jean-Christophe lui-même semble tout d'abord être Beethoven. Seippel a dit excellemment que l'étude sur Beethoven est « la préface de *Jean-Christophe* ». En effet, les premiers volumes sont modelés tout à fait d'après l'image du grand maître. Mais on ne tarde pas à reconnaître qu'il y a en Jean-Christophe quelque chose de plus : la quintessence de tous les grands musiciens. Toutes les personnalités de l'histoire de la musique ont été additionnées et, de cette somme, on a extrait la racine.

Beethoven, le plus grand d'entre eux, n'a fourni que l'accord fondamental. C'est dans sa patrie, au bord du Rhin, que Jean-Christophe grandit ; ses ancêtres sont aussi de souche flamande, sa mère, paysanne, son père, ivrogne ; il offre en outre plus d'un trait de ressemblance avec Friedemann Bach, le fil de Jean-Sébastien Bach. La lettre que ce nouveau petit Beethoven est forcé d'écrire au prince est la reproduction exacte d'un document historique ; l'épisode du professorat chez Mme de Kerich fait penser à Mme de Breuning ; mais de bonne heure déjà, dans la scène au château par exemple, mainte réminiscence nous reporte à la jeunesse de Mozart, et la petite aventure de Jean-Wolfgang avec Mlle Cannabich a été transposée et attribuée à Jean-Christophe. Plus il grandit, plus il diffère de Beethoven ; extérieurement, il rappelle plutôt Gluck ou Haendel, dont Rolland dépeint ailleurs « l'humeur sauvage dont on sait que tout le monde avait peur » ; ce trait de caractère s'applique mot pour mot à Jean-Christophe. *Il était libre et irritable et ne pouvait s'habituer aux règles de la société. Il appelait crûment les choses par leur nom ; il scandalisait vingt fois par jour ceux qui l'approchaient*[1]. Grande est aussi l'influence exercée par la biographie de Wagner : la fuite à Paris, dans *La*

1. *Musiciens d'autrefois*, p. 226.

Révolte – impulsion venue, comme le dit Nietzsche, « des profondeurs de son instinct » –, les misérables travaux pour de petits éditeurs, les misères de l'existence matérielle, tout cela est emprunté à peu près textuellement à la nouvelle de Wagner : *Un musicien allemand à Paris*, et transporté dans la vie de Jean-Christophe.

Mais la biographie de Hugo Wolf, que vient de publier Ernst Decsey, contribue d'une façon décisive à transformer le personnage de Jean-Christophe, à le détacher presque violemment de l'image de Beethoven. Et cette fois, Rolland ne se borne pas à emprunter quelques motifs isolés : la haine contre Brahms, la visite à Hassler (Wagner), la critique musicale dans *Marsyas (Wiener Salonblatt)*, la farce tragique de la malheureuse *Ouverture de Penthésilée* et cette visite inoubliable chez un admirateur lointain (Professor Schulz – Emil-Kaufmann) – c'est le caractère de Hugo Wolf, la forme musicale de son génie qu'il transfuse dans l'âme de Jean-Christophe. Cette façon de produire, démoniaque et volcanique, qui par de soudaines explosions inonde l'univers de mélodies, jetant à l'éternité quatre lieder par jour, puis s'arrête tout à coup pour de longs mois, le brusque passage de la félicité créatrice à une sombre et songeuse inaction, cette forme tragique du génie, Jean-Christophe la doit à Hugo Wolf. Si sa vie physique demeure emprisonnée dans les formes robustes de Haendel, de Beethoven, de Gluck, intellectuellement, il se rapproche davantage du grand poète du lied, nerveux, convulsé, procédant par bonds ; seulement, dans les heures claires, Jean-Christophe possède en outre la bienheureuse sérénité et la joie enfantine d'un Schubert. Et tout cela lui donne une double résonance : Jean-Christophe réunit en un seul être le type classique du musicien d'autrefois, et le type moderne qui comprend même certains traits de Gustav Mahler et de César Franck. Il n'est pas le musicien représentatif d'une génération, mais la sublimation de la musique.

D'autres éléments qui n'ont rien de musical entrent aussi dans la composition du personnage de Jean-Christophe : ainsi, sa rencontre avec la troupe des comédiens français est prise dans *Poésie et Vérité* de Goethe ; cette fuite dans la forêt (pendant laquelle on entrevoit d'abord comme une ombre et l'espace d'une seconde, sous les traits d'un fou, le visage de Nietzsche) a été inspirée par la mort de Tolstoï. Grazia personnifie «l'immortelle Bien-Aimée» de Beethoven ; Antoinette, réplique harmonieuse d'un être cher, c'est la touchante Henriette, sœur de Renan. Certains traits de la comédienne Françoise Oudon font penser au destin de la Duse, et d'autres à l'art dramatique de Suzanne Després. De nouveau, dans le personnage d'Emmanuel, des manières d'être propres à Charles-Louis Philippe et à Charles Péguy se confondent avec des choses inventées ; et à l'arrière-plan de l'action, nous distinguons les figures de Debussy, de Verhaeren, de Moréas indiquées en touches légères. Et, quand *La Foire sur la place* parut, plus d'un se sentit visé, alors qu'il n'en était rien, dans la description du député Roussin, du critique Lévy-Cœur, du directeur de journal Gamache, de l'éditeur de musique Hecht, tellement ces portraits sont puissamment typiques, empruntés à une réalité inférieure, tout aussi éternelle dans sa répétition continue du médiocre que les figures rares et pures.

Seule la noble figure d'Olivier ne semble pas être empruntée au monde, mais bien imaginée de toutes pièces, et c'est justement le personnage qui nous

195

apparaît le plus vivant, à nous qui le reconnaissons, parce que c'est à beaucoup d'égards un autoportrait, reproduisant la personnalité humaine plutôt que la destinée de Rolland. De même que les peintres d'autrefois, il s'est mis lui-même, inaperçu et légèrement voilé, au milieu du tableau historique ; c'est son propre visage, fin, délicat, émacié et un peu penché en avant, c'est son énergie toute tournée vers le dedans et se dévorant elle-même dans l'idéalisme le plus pur ; c'est son enthousiasme, ce sentiment lucide d'équité qui se résigne pour ce qui le concerne, mais jamais quand il s'agit de la cause qui lui est chère. Il est vrai que dans le roman, ce débonnaire, ce disciple de Tolstoï et de Renan, laisse agir son grand ami et disparaît, symbole d'un monde périmé. Jean-Christophe n'était qu'un rêve, celui d'un débonnaire qui a la nostalgie de la force : et tandis qu'Olivier-Rolland réalisait lui-même ce rêve de sa jeunesse, il effaça sa propre image du tableau de la vie.

SYMPHONIE HÉROÏQUE

Un seul élément met de l'unité dans ce fourmille-
ment de personnages et d'événements, dans cette succession rapide de multiples contrastes : la musique.
Cette musique, qui est la matière même de *Jean-
Christophe*, lui donne aussi sa forme. Ce roman (c'est
pour simplifier que nous employons toujours ce
terme) ne peut être rattaché par aucun endroit à une
tradition narrative, pas plus à celle de Balzac, Flaubert et Zola, qui se proposent d'analyser la société
dans ses éléments comme des chimistes, qu'à celle
de Goethe, Gottfried Keller et Stendhal qui tentent
une cristallisation de l'âme. Rolland n'est pas un
conteur et pas davantage ce qu'on est convenu d'appeler un poète : il est musicien et transforme tout en
harmonies. Après tout, *Jean-Christophe* est une symphonie née de cet esprit de la musique que Nietzsche
voit à l'origine de la tragédie antique, une symphonie qui ne se plie pas aux règles du récit ou de la
conférence, mais obéit au sentiment discipliné. Il est
musicien, non narrateur.

Rolland est aussi tout à fait dépourvu de ce qu'on
appelle un style ; il n'écrit pas un français classique ;

197

la structure de sa phrase n'est pas stable ; aucun rythme précis, pas de mots colorés, de diction qui lui soit propre ; il est impersonnel parce qu'au lieu de donner une forme à la matière il se laisse former par elle ; seulement il possède la faculté géniale de s'adapter au rythme de l'événement, à l'ambiance de la situation, à la *Stimmung* ; il n'est que résonance, vibration prolongée du sentiment. Comme dans un poème, la première ligne donne toujours le ton, puis le rythme entraîne l'action tout entière ; de là ces épisodes brefs et concis, qui souvent ne sont pas autre chose que des lieder, portés chacun par sa propre mélodie et qui se taisent brusquement, laissant la parole à un autre sentiment, à une nouvelle impression. Il y a dans *Jean-Christophe* de petits préludes qui sont de purs lieder, de tendres arabesques, des caprices, îlots d'harmonie au sein d'une mer bruissante ; puis de nouveau des états d'âme sombres comme des ballades, des nocturnes pleins d'une force démoniaque et de tristesse. Quand Rolland crée sous l'inspiration de la musique, il peut être mis au rang des plus grands artistes du verbe ; il est vrai qu'à côté de cela nous avons des passages où c'est de nouveau l'historien, le critique qui parle ; toute splendeur s'éteint alors d'un coup ; on croit entendre les froids récitatifs d'un drame musical ; ils sont nécessaires pour lier l'action, mais notre sentiment ému voudrait pouvoir les en détacher, bien qu'ils incitent à la réflexion. Cette œuvre porte encore les traces du vieil antagonisme entre le musicien et l'historien.

Et cependant, sa structure ne peut s'expliquer que par la musique. Bien que tous les personnages y soient traités plastiquement, ils nous apparaissent seulement comme autant de thèmes mêlés à l'élément mouvant et sonore de la vie : l'essentiel, c'est toujours le rythme qui s'en dégage et qui émane surtout de Jean-Christophe, ce maître de la musique. Et l'on ne comprendra pas l'idée profonde qui présida à l'architecture de cette œuvre si l'on s'en tient à la division de l'original français, en dix volumes, division tout extérieure et purement pratique. Les véritables pauses se trouvent entre ces petits paragraphes, écrits chacun dans une tonalité différente, qu'on y rencontre ici et là. Seul un musicien, et un musicien d'élite connaissant à fond les symphonies des grands maîtres, pourrait démontrer en détail que nous avons ici un poème épique construit tout à fait à la façon d'une symphonie, d'une « Héroïque », et comment la forme de la plus vaste des conceptions musicales a été transposée dans le monde de la parole.

Qu'on se rappelle seulement ce magnifique début en forme de choral : le grondement du Rhin. On devine la présence d'une force élémentaire, fleuve de vie qui gronde d'éternité et éternité. Puis une petite mélodie s'en détache, légère : Jean-Christophe vient de naître. Il est né de la grande musique de l'univers, pour s'y mêler ensuite et bruire avec elle qui est infinie, et dans laquelle, au bout de sa course, toute onde vient se perdre. Les premiers personnages s'avancent, dramatiques, et le choral mystique s'éteint doucement : le drame terrestre d'une enfance a commencé. Peu à peu, l'espace se peuple d'êtres, de mélodies ; d'autres voix répondent à la voix timide de l'enfant, jusqu'à ce que celle de Jean-Christophe, puissante et mâle, et celle plus douce d'Olivier, modes majeur et mineur, dominent la phrase médiane. Et dans les intervalles, toutes les formes de la vie et de la musique se déploient en harmonies et en dissonances : tragiques accès de mélancolie comme en avait Beethoven, fugues géniales sur des thèmes artistiques, scènes de danses villageoises (comme dans *Le Buisson ardent*), hymnes à l'infini, et lieder à la nature, aussi purs que ceux de Schubert. Tout cela s'enchaîne d'une façon merveilleuse, puis ce flot soulevé se calme par miracle. L'agitation dramatique doucement s'apaise ; les dernières dissonances se fondent dans la grande harmonie. Et, au dernier tableau, la mélodie du début reparaît accompagnée de chœurs invisibles : le fleuve grondant retourne à l'océan sans limites.

Ainsi la symphonie héroïque de *Jean-Christophe* se termine par un choral célébrant les puissances illimitées de la vie ; elle rejoint l'élément éternel. C'est cet élément éternel que Rolland voulut revêtir de la forme terrestre la plus proche de l'infini ; il le revêtit de musique, de cet art fait d'éternité, le plus libre de tous, dégagé du temps et qui n'a pas de patrie. La musique est ici fond et forme, « fruit et enveloppe tout à la fois », pour employer les termes que Goethe appliquait à la nature ; et la nature sera toujours, en art, la seule règle véritable.

LE MYSTÈRE DE LA CRÉATION

Jean-Christophe est devenu non pas le roman d'un artiste, mais un livre de vie, parce que Rolland ne sépare pas systématiquement l'homme créateur de celui qui est privé de génie ; au contraire, il voit en l'artiste le plus humain de tous les hommes. Pour lui, la vraie vie est synonyme de « production » comme elle était pour Goethe synonyme d'« activité ». Celui qui se renferme en lui-même, dont l'être n'a aucune expansion, qui ne s'épanche pas, ne se répand pas, ne déborde pas, celui qui ne lance pas, par-dessus le bord de sa personnalité, une partie de sa force vitale à l'avenir et à l'infini, est encore un homme, assurément, mais il n'est pas véritablement vivant. Il existe une mort qui devance la mort corporelle, et une vie qui se prolonge au-delà de l'existence individuelle. En réalité, nous entrons au néant non pas à l'heure de notre mort, mais à l'instant où notre rayonnement s'éteint. Vivre, ce n'est que créer. *Il n'y a de joie que de créer. Il n'y a d'êtres que ceux qui créent. Tous les autres sont des ombres qui flottent sur la terre, étrangers à la vie. Toutes les joies de la vie sont des joies de créer : amour, génie, action – flambées de force sorties de l'unique brasier… Créer dans l'ordre de la chair, ou dans l'ordre de l'esprit, c'est sortir de la prison du corps, c'est se ruer dans l'ouragan de la vie, c'est être Celui qui est. Créer, c'est tuer la mort*[1].

La création donne donc à la vie son sens et son mystère : elle en est le cœur même. C'est pourquoi, en choisissant presque toujours ses héros parmi les artistes, Rolland n'agit pas par orgueil, à la façon des romantiques qui opposaient volontiers le génie mélancolique à la foule stupide, il cherche à serrer de près la question primordiale ; or, dans l'œuvre d'art, l'éternel miracle de la génération, jaillie du néant (ou du grand tout), se manifeste, en dehors du temps et de l'espace, à la fois plus tangible dans le domaine des sens, plus mystérieux dans celui de l'esprit. La création artistique apparaît à Rolland comme le problème par excellence parce que l'artiste véritable est le plus humain de tous les hommes. Et partout, il descend dans l'obscur labyrinthe du créateur pour être là, tout proche, à la seconde unique, à la seconde brûlante de la conception spirituelle, du douloureux accouchement ; il observe Michel-Ange qui comprime sa douleur jusqu'à lui donner la dureté des pierres, Beethoven qui éclate en mélodies, Tolstoï qui prête l'oreille aux palpitations du doute dans sa poitrine oppressée. L'ange de Jacob apparaît à chacun d'eux sous une forme différente, mais l'extase les anime tous également de sa force quand ils s'avancent pour lutter avec Dieu. Goethe cherchait à découvrir la plante primitive, et l'effort méthodique de Rolland, pendant de longues années, tendra à trouver le prototype de l'artiste et l'élément qui est à l'origine de tout acte créateur. Il veut analyser le créateur et la

1. *Jean-Christophe, La Révolte.*

création parce qu'il sait que ce mystère contient déjà le secret de la vie tout entier, de la racine à la fleur.

Historien, il avait décrit la naissance de l'art au sein de l'humanité ; écrivain, il aborde maintenant le même problème sous une forme nouvelle : la naissance de l'art chez un être humain. L'*Histoire de l'opéra avant Lulli* et les *Musiciens d'autrefois* montraient de quelle façon la musique, éternelle floraison à travers les âges, commence à bourgeonner, et à déployer simultanément des formes nouvelles sur les différentes ramifications des peuples et des époques. Mais là aussi, comme dans tout commencement, il y avait déjà quelque chose d'obscur et de caché, et dans chaque homme, qui doit toujours parcourir à nouveau en un abrégé symbolique le chemin suivi par l'humanité, l'éveil de la puissance créatrice est un mystère. Rolland sait que la science ne pourra jamais déchiffrer le secret des origines ; il n'a pas la foi candide des monistes qui, au moyen de gaz simples et de formules, font de l'acte créateur une chose banale, le réduisent à un effort purement mécanique. Il sait que la nature est chaste, qu'elle ne se laisse pas épier aux heures les plus secrètes de la conception, qu'aucune lentille ne pourra surprendre la seconde où le cristal s'ajoute à d'autres cristaux, où la fleur jaillit du bouton. La nature ne cache rien plus jalousement que cette magie profonde de l'éternelle génération, mystère de l'infini.

La création est donc pour Rolland une puissance mystérieuse parce qu'elle est l'essence même de la vie et dépasse de beaucoup la volonté et la conscience humaine. Un étranger vit dans chaque âme à côté de l'être personnel et conscient : ... *il y a une âme cachée, des puissances aveugles, des démons que chacun porte emprisonnés en soi. Tout notre effort, depuis que l'humanité existe, a été d'opposer à cette mer intérieure les digues de notre raison et de nos religions. Mais que vienne une tempête (et les âmes plus riches sont plus sujettes aux tempêtes), que les digues aient cédé, que les démons aient le champ libre, qu'ils se trouvent en présence d'autres âmes que soulèvent des puissances semblables... ils se jettent l'un sur l'autre*[1].

Nous ne sommes pas maîtres des flots brûlants de l'âme ; mus par une volonté supérieure, ils débordent de l'inconscient et nous inondent malgré nous. Ni la clarté ni la raison ne peuvent mettre fin à ce « dualisme de l'âme et de son démon ». Celui qui crée a hérité cela des profondeurs de son sang, de ses parents ou de ses ancêtres. Ces puissances ne pénètrent pas en lui par la porte et les fenêtres de son existence consciente, mais se glissent comme des esprits à travers la substance de son être.

L'artiste est tout à coup en proie à une ivresse spirituelle, victime d'une volonté indépendante de la sienne, d'une puissance démoniaque que Goethe appelait « l'ineffable énigme de l'univers et de la vie ». Ce Dieu pénètre en lui à la façon d'un orage, s'ouvre devant lui comme un gouffre, « dieu abîme », dans lequel il se précipite sans pouvoir réfléchir. D'après l'idée de Rolland, aucun artiste véritable ne possède son art, c'est l'art qui le possède ; l'artiste est traqué par lui, comme un gibier ; il est toujours le bienheureux vaincu de cet éternel vainqueur.

Le créateur existe donc toujours avant la chose créée : le génie est prédestiné. Tandis que les sens dorment encore, cette puissance étrangère prépare déjà, dans les veines de l'enfant, la grande magie.

1. *Jean-Christophe, Le Buisson ardent.*

Voilà ce que Rolland a merveilleusement décrit, en nous montrant l'âme du petit Jean-Christophe déjà remplie de musique, avant qu'il en ait perçu la première note. Le mystérieux démon est enfermé dans cette poitrine d'enfant et n'attend qu'un signe pour se mouvoir, pour reconnaître un frère. Et quand l'enfant est assis à l'église, à côté de son grand-père, et que la musique des orgues l'envahit tout entier, le génie se déploie dans sa poitrine, saluant les œuvres de ses frères lointains ; et l'enfant exulte. Plus tard, quand il roule en voiture, et que les grelots du cheval tintent en mélodies, son cœur se dilate dans un sentiment de fraternité inconsciente en reconnaissant un élément familier. Puis vient l'instant de la rencontre (une des plus belles pages du livre, et peut-être la plus belle qu'on ait écrite sur la musique), où le petit Jean-Christophe grimpe avec peine sur une chaise, s'installe devant la caisse noire du clavier enchanté, où, pour la première fois, ses doigts tâtonnent dans l'enchevêtrement illimité des harmonies et des dissonances, alors que chaque son frappé répond par un oui ou un non aux questions dont il n'a pas conscience, et que pose en lui une voix étrangère. Bientôt il apprend à réveiller lui-même les sons, puis à les assembler ; au début, les mélodies venaient à lui, maintenant, c'est lui qui les cherche. Et son âme assoiffée de musique, après y avoir bu longtemps avec avidité, déborde maintenant de la coupe de son être et, créatrice, se répand dans le monde.

Ce démon, né avec l'artiste, grandit aux côtés de l'enfant, mûrit avec l'adulte, s'affaiblit en même temps que le vieillard ; pareil à un vampire, il se nourrit de tout événement, boit aux joies et aux peines, absorbe peu à peu toute vie, si bien qu'il ne reste plus au créateur que la soif inextinguible et le tourment de créer. Selon Rolland, l'artiste n'aurait aucune envie de créer, il y serait obligé. Pour lui, la production n'est pas une excroissance, une anomalie (ainsi que le pensent d'une façon simpliste Nordau et ses émules), mais au contraire la preuve même d'une vie véritable ; on est malade quand on ne produit pas. Jamais l'angoisse de celui à qui l'inspiration fait défaut n'a été aussi bien décrite que dans *Jean-Christophe* : l'âme est semblable à une terre desséchée, brûlée par le soleil, et sa détresse est pire que la mort. Aucun souffle qui rafraîchisse : tout languit, la joie et la force ; la volonté retombe avec indolence. Et tout à coup, voici l'orage à l'horizon noir du cœur, le tonnerre qui annonce l'approche d'une puissance, l'éclair qui allume l'inspiration. Alors des sources innombrables se mettent à couler à la fois, entraînant l'âme elle-même dans une allégresse divine : l'artiste est devenu le monde entier, Dieu, le créateur des éléments. Tout ce qui lui arrive, en bien ou en mal, il l'emporte avec lui dans ce flot bouillonnant : « Tout lui est un prétexte à cette fécondité intarissable. » Il transforme en art sa vie entière et, comme Jean-Christophe, convertit même en musique les dernières heures de son existence.

Afin de saisir la vie dans sa totalité, Rolland a essayé d'en décrire le secret le mieux caché, celui de la création, de décrire toutes choses dans leur origine, l'art dans un artiste. Il concilie la puissance créatrice et l'existence quotidienne (que les êtres faibles s'efforcent scrupuleusement de séparer) dans la personne de Jean-Christophe, à la fois génie agissant et homme souffrant, souffrant car il crée, et agissant car il souffre. C'est précisément parce qu'il est créateur que ce génie inventé est le plus vivant des hommes.

De toutes les formes que l'art peut prendre, la plus élevée sera toujours celle qui se développe et se manifeste en harmonie intime avec la nature. Le génie véritable apparaît comme un élément, comme une énergie naturelle, aussi vastes que le monde, aussi divers que la nature humaine ; il crée par surabondance et non par faiblesse. C'est pourquoi il aura éternellement pour effet de produire des forces nouvelles, de magnifier la nature et d'élever la vie au-dessus des limites du temps, jusqu'à l'infini.

Dans la pensée de son créateur, Jean-Christophe devait être un de ces génies-là. Son nom est déjà un symbole : il s'appelle Jean-Christophe Krafft (en allemand, *Kraft* signifie *force*) ; mais il est aussi la force incarnée, une force intacte, nourrie des sucs d'une terre paysanne, et que le destin jette dans la vie comme un projectile pour faire éclater toutes les résistances. Cette force de la nature nous semblera continuellement aux prises avec l'existence aussi longtemps que nous considérerons la vie comme une chose établie, immobile, achevée et dûment définie. Mais, pour Rolland, la vie, loin d'être un repos, est au contraire la lutte contre l'immobilité, une création, une action, un combat ininterrompu contre la force d'inertie de «l'éternel hier». Et parmi les artistes, c'est au génie, messager de la nouveauté, qu'il appartient de combattre ; à ses côtés, les autres artistes travaillent plus paisiblement ; ce sont les spectateurs, ceux qui contemplent avec philosophie le nouvel ordre des choses, ceux qui achèvent l'évolution commencée, ceux qui classent en toute tranquillité les résultats obtenus ; pour eux, les héritiers, c'est le calme, pour lui, leur père spirituel, c'est la tempête.

Il lui faut d'abord convertir la vie en œuvre d'art, il ne lui est pas permis d'en jouir comme d'une œuvre d'art ; il lui faut d'abord créer tout à nouveau : sa forme, sa tradition, son idéal, sa vérité, son Dieu. Pour lui, rien n'est préparé, il doit recommencer sans cesse. La vie ne l'accueille pas comme un logis bien chaud dans lequel il pourra s'installer confortablement ; elle lui fournit seulement des matériaux pour un nouvel édifice où d'autres, venus plus tard que lui, habiteront un jour. C'est pourquoi il ne lui est accordé aucun répit : « Marche sans t'arrêter, lui dit son Dieu, on doit combattre sans trêve. » Et fidèle à ce grand commandement, il marche dans cette voie depuis son enfance jusqu'à l'heure de sa mort, combattant sans trêve et brandissant l'épée flamboyante de la volonté. Il lui arrive d'être fatigué ; il s'écrie alors avec Job : « La vie de l'homme sur la terre est une guerre continuelle, et ses jours sont comme les jours d'un mercenaire. » Mais, se relevant bientôt de son abattement, il reconnaît qu'on est véritablement vivant lorsqu'on ne se demande pas pourquoi on vit et qu'on se contente de vivre pour vivre. Il sait que la peine porte déjà en elle sa récompense, et dans une heure merveilleusement illuminée, il prononce cette parole, la plus belle qu'il ait prononcée : *Ce n'est pas la paix que je cherche, c'est la vie* [1].

Mais qui dit combat dit violence et, malgré toute sa bonté native, Jean-Christophe est un violent. Il y a en lui quelque chose de barbare, de primitif, l'impétuosité de l'ouragan, ou du torrent qui se précipite vers les plaines, obéissant non pas à sa propre volonté mais à des lois naturelles dont il n'a pas conscience. Cet instinct combatif se révèle déjà dans l'aspect

---

1. *Jean-Christophe, Le Buisson ardent.*

extérieur de Jean-Christophe ; il est grand, pesant, presque grossièrement taillé, avec de grosses mains et des bras musclés. Un sang riche, que la moindre passion remue, l'entraîne à des explosions de colère. La force pesante des paysans, ses ancêtres maternels, se retrouve dans son pas lourd, lent, mais infatigable, et lui donne de la sûreté dans les crises graves de son existence. *Heureux ceux qu'une race forte soutient dans les éclipses de leur vie ! Les jambes du père et du grand-père portaient le corps du fils tout prêt à s'écrouler ; la poussée des robustes ancêtres soulevait l'âme brisée*[1]. À combattre la dure réalité, on acquiert cette résistance du corps mais aussi quelque chose de plus : la confiance en l'avenir, un optimisme sain, irréductible, la certitude inébranlable de la victoire : *J'ai encore des siècles devant moi !* s'écrie tout à coup Jean-Christophe dans une heure de découragement. *Vive la vie ! Vive la joie !* La race allemande lui a légué cette croyance au succès, qui fut celle de Siegfried : c'est pourquoi il provoque violemment les autres au combat : *Le génie veut l'obstacle, l'obstacle fait le génie.* Mais la violence est toujours égoïste. Tant que sa force n'a pas été purifiée par l'esprit, et domptée par la morale, le jeune Jean-Christophe n'a d'yeux que pour lui-même ; envers les autres, il est injuste, aveugle, et sourd à leurs prétentions ; il lui est indifférent de plaire ou de déplaire. Pareil à un bûcheron, il s'élance à travers la forêt, frappant de sa cognée à droite et à gauche, uniquement afin de se procurer de la lumière et de l'espace. Il médit de l'art allemand sans le comprendre et méprise l'art français sans le connaître. Il possède la merveilleuse audace de la jeunesse qui dit, après

1. *Jean-Christophe, Le Buisson ardent.*

avoir passé son baccalauréat : *Le monde ? Il n'existait pas avant que je l'eusse créé !* Sa force se décharge en humeur batailleuse, car il ne se sent vraiment lui-même que dans le combat ; il y respire la vie qu'il aime éperdument.

Ce combat ne diminue pas d'intensité avec les années, car, si la force de Jean-Christophe est grande, sa maladresse l'est aussi. Il ignore tout de son adversaire, et fait péniblement l'apprentissage de la vie ; et c'est précisément parce qu'il s'empare de la vie avec une telle lenteur, par lambeaux éclaboussés de sang et de larmes de rage, que le roman est si émouvant et si instructif. Rien ne lui paraît facile, il n'a pas la main heureuse. Il est emprunté, comme Parsifal, naïf, confiant, un peu bruyant et provincial. Au lieu de se polir et de perdre ses angles au contact de la société, il s'y meurtrit les os. Génie intuitif mais pas psychologue du tout, il ne devine rien à l'avance et, pour les connaître, doit éprouver toutes choses. *Son regard n'était point comme celui de ces Parisiens et de ces Juifs, qui happe à coups de bec des lambeaux des objets, menus, menus, menus, et les dépèce en un instant. Il s'imprégnait longuement, en silence, des êtres, comme une éponge ; et il les emportait... Ce n'était que longtemps après – des heures, souvent des jours – qu'il s'apercevait qu'il avait tout raflé* [1].

Pour lui, rien de superficiel ; chaque expérience est immédiatement digérée et transformée en sang ; il n'échange pas ses idées et ses opinions comme de simples billets de banque, contre d'autres idées et d'autres opinions ; et, après un long malaise, il vomit ses erreurs, tous les mensonges et toutes les représentations banales que la jeunesse lui a imposés ;

---

1. *Jean-Christophe, La Foire sur la place.*

alors, seulement, il peut prendre de nouveaux aliments. Avant de découvrir le visage de la France, il a dû lui arracher les uns après les autres ses différents masques, et traverse de vulgaires aventures avant de parvenir jusqu'à Grazia, *l'éternelle Aimée* ; et avant de prendre conscience de sa personnalité et de trouver son Dieu, c'est la vie entière qu'il lui faut parcourir ; parvenu sur l'autre bord, Christophe comprend enfin que son fardeau fut un message.

Mais il sait que *souffrir c'est encore vivre* ; il aime ses entraves : *Toute grandeur est bonne, et le comble de la douleur atteint à la délivrance. Ce qui abat, ce qui accable, ce qui détruit irrémédiablement l'âme, c'est la médiocrité de la douleur et de la joie* [1].

Il s'aperçoit peu à peu que son seul ennemi, c'est sa propre violence ; il apprend à devenir équitable, commence à voir clair dans son cœur et à comprendre le monde. Ce passionné s'apaise, il constate que cette hostilité qu'il croyait acharnée contre sa propre personne s'attaque surtout à la puissance d'éternité qui le fait agir ; il se met à aimer ses ennemis parce qu'ils l'ont aidé à se trouver lui-même et s'avancent vers le même but par un autre chemin. Les années d'apprentissage sont terminées ; or, comme le dit si bien Schiller dans une lettre à Goethe : *Les années d'apprentissage renferment une notion de rapport ; elles nécessitent, comme corollaires, des années de maîtrise ; et l'on peut dire que l'idée qui se dégagera de ces années de maîtrise expliquera seule les années d'apprentissage et les mettra en valeur.*

Jean-Christophe vieillissant commence à voir clair ; à travers tant de métamorphoses, il est tout doucement devenu lui-même ; ses préjugés ont disparu.

---

1. *Jean-Christophe, La Foire sur la place.*

Il se trouve libéré de toute croyance, de toute erreur, des préjugés des peuples et des nations, et par conséquent en état d'être un grand croyant qui mettra dans la vie toute sa confiance. Il est libre, et cependant pieux depuis qu'il devine où sa route le mène. Et, « transfiguré par la foi », son optimisme autrefois si naïf et bruyant qui le faisait s'écrier : *Qu'est-ce que la vie ? Une tragédie. Hourra !* s'élève à une sagesse bienveillante qui embrasse toutes choses. *Servir Dieu et l'aimer, c'est aimer et servir la vie,* telle est sa libre profession de foi. Il entend monter derrière lui d'autres générations en qui il salue la vie éternelle, bien que ces jeunes le traitent en ennemi. Il voit sa propre gloire s'arrondir comme un dôme et la sent très lointaine. Après avoir donné l'assaut à plusieurs reprises, sans trop savoir pourquoi, le voilà devenu chef, mais le but de sa destinée ne lui apparaîtra clairement que lorsque la mort bruira autour de lui en ondes sonores, et que la grande musique l'entraînera dans la paix éternelle.

Ce qui fait la grandeur héroïque du combat que soutient Jean-Christophe, c'est qu'il a pour objet le bien suprême, la vie dans son intégrité. Ce lutteur est obligé de reconstruire toutes choses de ses mains : son art, sa liberté, sa foi, son Dieu, sa vérité. Il lui faut se débarrasser de ce qu'on lui a enseigné, de toute solidarité artistique, politique ou religieuse ; sa passion ne s'attache jamais à un seul objet, au succès ou au plaisir. *Il n'y a aucun rapport entre le plaisir et la passion.*

Et ce qui fait le tragique de ce combat, c'est qu'il se poursuit dans la solitude. Jean-Christophe cherche la vérité pour lui seul, parce qu'il sait que chaque être humain a la sienne. Et s'il vient tout de même en aide aux autres, c'est non par des paroles, mais par sa personne qu'une robuste bonté rend étonnamment sympathique. Quiconque a affaire à lui – que ce soit un personnage du livre ou un lecteur – en ressent une élévation morale, car la puissance qui le rend capable de vaincre, c'est précisément cette même vie qui est notre partage à tous. Et en aimant Jean-Christophe, nous aimons l'univers d'un cœur plein de foi.

OLIVIER

Jean-Christophe est une représentation de l'artiste, mais comme toute forme et toute formule qui tente d'expliquer l'art ou l'artiste est nécessairement incomplète, Rolland place au milieu de sa route, *nel mezzo del cammin*, un adversaire, opposant ainsi le Français à l'Allemand, le héros de la pensée à celui de l'action. Les figures d'Olivier et de Jean-Christophe se complètent ; elles tiennent nécessairement l'une à l'autre en vertu de la loi de polarité. *Ils étaient bien différents l'un de l'autre... mais ils s'aimaient parce qu'ils étaient si différents tout en étant les mêmes* [1], de l'espèce la plus noble.

Si Olivier est la quintessence de l'esprit français, Jean-Christophe est un surgeon de la force allemande dans ce qu'elle a de meilleur : deux idéals dont le développement parallèle aboutit à un idéal supérieur ; mêlant leurs tonalités mineure et majeure, l'un plus sévère, l'autre plus tendre, ils brodent des variations merveilleuses sur le thème de l'art et celui de la vie.

Il est vrai qu'extérieurement, déjà au point de vue physique et social, les contrastes entre eux sont très

1. Cette citation et toutes les autres de la fin de ce chapitre sont tirées de *Jean-Christophe, Dans la maison*.

marqués. Délicat, pâle, maladif, Olivier ne sort pas du peuple, comme Jean-Christophe, mais d'une ancienne bourgeoisie fatiguée ; son âme pleine de fougue éprouve cependant une horreur aristocratique pour tout ce qui est vulgaire. Sa vitalité ne procède pas, comme celle de son robuste camarade, d'une surabondance de force, des muscles, du sang, mais des nerfs et du cerveau, de la volonté et de la passion. C'est un être plus réceptif que productif. *Il était lierre, il lui fallait s'attacher... C'était une âme féminine qui avait toujours besoin d'aimer et d'être aimée.* L'art est pour ainsi dire son refuge où il échappe à la réalité, tandis que Jean-Christophe s'y plonge pour y retrouver la vie encore multipliée. Olivier, c'est l'artiste sentimental à la façon de Schiller, en opposition au génie naïf de son frère allemand, c'est la fleur d'une civilisation, le symbole vivant « de la vaste culture et du génie psychologique de la France ». Jean-Christophe, lui, est l'épanouissement magnifique d'une nature. Olivier contemple et tout se reflète en lui ; son ami agit et projette dans le monde le rayon de son génie. « Olivier reporte dans l'amour et dans l'intelligence toutes les forces qu'il a abdiquées dans l'action », il produit des idées ; Christophe de la vitalité. Il ne cherche pas à améliorer le monde, mais à s'améliorer lui-même, et il lui suffit d'avoir reporté au-dedans de lui la lutte éternelle de la responsabilité. L'âme sereine, il assiste au jeu des événements avec le sourire douloureusement sceptique de son maître Renan, ce sourire qui prévoit le retour inévitable de tout mal et le perpétuel triomphe de l'injustice et de la fausseté. C'est pourquoi il n'aime que l'humanité, qui représente une idée, et non les hommes, qui en sont l'insuffisante réalisation.

Au premier regard, il semble faible, craintif, inactif, et c'est ainsi qu'il apparaît d'abord à son ami qui s'en montre presque fâché et l'interroge avec brusquerie : *N'es-tu donc pas capable de haïr ? – Non, répond Olivier en souriant, j'ai la haine de la haine… j'ai le dégoût de lutter avec des gens que je méprise.* Il ne pactise pas avec la réalité ; l'isolement fait sa force. *Je ne suis pas de l'armée de la force. Je suis de l'armée de l'esprit.*

Aucune défaite ne parvient à l'effrayer, aucune victoire à le convaincre. Il sait que la violence gouverne le monde, mais ne daigne pas la reconnaître. Jean-Christophe, avec sa colère germanique et toute païenne, fonce sur les obstacles et les foule aux pieds. Olivier sait que demain la mauvaise herbe piétinée repoussera. Il passe sans colère, suivant la recommandation de Goethe :

Que personne ne se plaigne de ce qui est méprisable,
Car c'est là une puissance, quoi qu'on te dise.

Olivier n'aime pas le combat et l'évite, non par crainte d'une défaite, mais parce qu'il est indifférent à la victoire. Le mépris qu'il éprouve à l'égard de toute injustice ne se laisse pas fléchir par le succès, quel qu'il soit ; il se refuse à César pour l'amour du Christ, car cet homme libre cache au tréfonds de son âme le christianisme le plus pur. *Je risquerais de perdre le calme de l'esprit ; et c'est à quoi je tiens, plus qu'à la victoire. Je ne veux pas haïr. Je veux rendre justice même à mes ennemis. Je veux garder au milieu des passions la lucidité de mon regard, tout comprendre et tout aimer.*

Et bientôt, Jean-Christophe reconnaît en lui son frère spirituel : il pressent que cet héroïsme de la pensée n'est pas inférieur à celui de l'action, que l'anar-

chisme idéaliste d'Olivier n'est pas moins hardi que
sa révolte brutale à lui ; il honore l'âme d'airain
qu'enveloppe cette frêle apparence. Rien qui fasse
plier Olivier, rien qui parvienne à troubler la clarté
de son esprit ; pour lui, la supériorité numérique ne
prouve rien. *Il possédait une indépendance de jugement que rien ne pouvait ébranler. Quand il aimait
quelque chose, c'était au mépris du monde entier.* Le
seul fanatisme de cette âme limpide, c'est la justice,
pôle unique que marque sans défaillance l'aiguille de
sa volonté. Comme le faible Aërt auquel il ressemble,
Olivier a « faim de justice » et la moindre injustice,
eût-elle été commise il y a des siècles, l'afflige
comme une perturbation dans l'ordre universel. C'est
pourquoi il n'est d'aucun parti et demeure l'avocat
infatigable des malheureux et des opprimés, toujours
du côté des vaincus. Son désir n'est pas de fournir à
la masse un appui social, mais de secourir indivi-
duellement les âmes, tandis que Jean-Christophe
voudrait conquérir pour l'humanité entière les paradis de l'art et de la liberté. Olivier, lui, sait qu'il
existe une seule liberté véritable : la liberté intérieure
que chacun est obligé de conquérir soi-même et pour
soi seulement. La folie collective, la lutte perpétuelle
des classes et des nations pour la suprématie lui
sont pénibles et lui demeurent étrangères. Et quand
la guerre menace d'éclater entre l'Allemagne et la
France, que Jean-Christophe lui-même songe au
départ et que tous sentent leur conviction ébranlée, et
chancellent, c'est le seul qui ne perde pas la tête.
J'aime mon pays, dit-il à ce frère venu d'un autre
pays, *j'aime ma patrie comme toi. Mais puis-je tuer
mon âme pour elle ? Puis-je pour elle trahir ma
conscience ? Ce serait la trahir elle-même... Je ne
suis pas de l'armée de la force. Je suis de l'armée de*

l'esprit. Mais la violence se venge brutalement de ce débonnaire qu'elle écrase d'une façon cruelle et stupide, au cours d'un accident banal. Cependant, sa pensée, qui fut son existence véritable, lui survivra, renouvelant par son ardeur croyante l'idéalisme mystique de toute une génération à venir.

Merveilleux avocat de la conscience, l'homme débonnaire donne ici la réplique à l'homme violent, le génie de l'esprit répond à celui de l'action. Profondément unis par leur amour pour l'art, leur passion de la liberté, leur désir de pureté morale, nos deux héros, «pieux et libres» chacun à sa manière, sont frères dans cette sphère supérieure que Rolland nomme si bien « la musique de l'âme », dans la bonté. Mais tandis que la bonté de Jean-Christophe se révèle instinctive, plutôt primesautière et brusquement interrompue par des retours de haine, celle d'Olivier apparaît consciente et sage, illuminée quelquefois par l'éclair d'un scepticisme ironique. Et c'est précisément à cause de ces deux aspects complémentaires d'un sentiment profond et pur qu'ils se sentent fortement attirés l'un vers l'autre. Jean-Christophe, grâce à sa robustesse pleine de foi, rend à Olivier, solitaire, la joie de vivre, et à son tour il apprend d'Olivier à être équitable. L'homme fort relève le sage mais s'épure au contact de sa sérénité.

Cette façon de se rendre réciproquement heureux devrait servir de symbole aux deux peuples voisins; cette amitié intelligente, qu'incarnent deux individus, devrait s'élever jusqu'à devenir l'alliance spirituelle de deux nations sœurs et unir « les deux ailes de l'Occident» afin que, par elles, l'esprit européen se déploie librement au-dessus des débris sanglants du passé.

Jean-Christophe, c'est donc l'action créatrice, Olivier, la pensée créatrice ; une troisième figure vient fermer le cercle, symbole de l'existence, c'est Grazia, la substance créatrice, qui, pour accomplir sa destinée, doit vivre en beauté et en sérénité. Comme nous l'avons déjà dit, le nom de ces personnages a une grande signification. Ainsi Grazia, c'est-à-dire la grâce, la beauté tranquille de la femme, rencontre au couchant de la vie Jean-Christophe Krafft, la force virile ; elle aide cet impatient à réaliser son unité, sa suprême harmonie.

Jusqu'alors, Jean-Christophe, durant sa longue marche vers la paix, n'avait connu que deux sortes de gens : des compagnons de lutte ou des ennemis. En Grazia, il découvre pour la première fois un être humain qui n'est ni tendu, ni excité, ni agité, la claire harmonie qu'il cherche inconsciemment depuis tant d'années dans sa musique. Grazia n'est pas une nature ardente à laquelle il risque de prendre feu : une certaine lassitude de vivre, une douce paresse ont déjà modéré depuis longtemps la flamme intérieure de sa sensualité ; mais en elle aussi vibre « cette musique de l'âme », cette grande bonté qui fait que Jean-Christophe considère les autres hommes avant tout comme des frères.

Les cheveux de Jean-Christophe blanchissent à ses tempes ; il a déjà tant bataillé que Grazia ne cherche pas à l'entraîner plus loin ; elle lui montre seulement le repos, « le sourire du ciel latin » où son inquiétude, qui s'agitait de nouveau, se perd enfin peu à peu, de même qu'un nuage se perd dans le ciel à l'approche du soir. Les accès de tendresse sauvage qui le secouaient tout entier comme des spasmes, ce désir d'amour qui, dans *Le Buisson ardent*, flambait bien haut, menaçant d'anéantir son existence même, tout cela s'apaise dans son mariage mystique avec Grazia, «l'éternelle Aimée»; quelque chose de la splendeur du monde grec dissipe alors les brumes dont sa nature allemande était enveloppée. Au contact d'Olivier, Jean-Christophe avait gagné en clarté; près de Grazia, il s'adoucit. Olivier l'avait réconcilié avec le monde, Grazia le réconcilie avec lui-même. Olivier fut pour lui Virgile le guidant à travers les purgatoires d'ici-bas, mais Grazia, elle, devient sa Béatrice et lui montre les cieux de la grande harmonie. Jamais encore les trois tonalités européennes: morne turbulence allemande, clarté française, douce beauté de l'esprit italien, n'avaient été symbolisées avec plus de noblesse. Et dans cet accord de trois notes, Jean-Christophe voit se résoudre la mélodie de son existence. Il est désormais citoyen du monde, à l'aise dans tous les sentiments, tous les pays, toutes les langues; il est mûr pour entrer dans la mort, unité suprême de toute vie.

Grazia, «*la linda*», est, parmi les figures du livre, une des plus silencieuses: on la sent à peine marcher à travers l'agitation du monde, mais son sourire, son calme sourire à la Mona Lisa, comme une transparente lumière, se répand dans l'espace et l'anime. Sans elle, il manquerait à cette œuvre, et à l'homme, la grande magie de l'éternel féminin, qui est une préparation au plus grand des mystères. Et, tandis qu'elle disparaît, un peu de son rayonnement reste encore, qui remplit d'une mélancolie lyrique, douce et légère, ce livre de bouillonnements et de combat, et le dénoue en beauté, dans la paix.

JEAN-CHRISTOPHE PARMI LES HOMMES

Et cependant, malgré de si profondes amitiés, le chemin de Jean-Christophe, le chemin de l'artiste parmi les autres hommes, n'est au fond que solitude. Il va, ne regardant que lui-même, toujours lui, pénétrant toujours plus avant dans le labyrinthe de son être. Le sang de nombreux ancêtres le pousse à sortir de l'infini d'origines enchevêtrées à la rencontre d'un autre infini : celui de la création. Au reste, les hommes qu'il trouve sur sa route ne sont que des ombres et des signes, pierres milliaires de l'existence, degrés qu'il faut escalader ou dégringoler, épisodes, expériences. Mais qu'est-ce, au fond, que la connaissance ? Pas autre chose qu'une somme d'expériences. Qu'est-ce que la vie ? Une somme de rencontres. Aux yeux de Jean-Christophe, les hommes ne sont pas le destin ; ce sont des matériaux qu'ils métamorphosent en créations, des éléments de cet infini auquel il se sent lié si étroitement ; et comme il veut posséder la vie complète, il lui faut accepter aussi ce qu'elle a d'amertume, c'est-à-dire l'humanité.

Ainsi, tous lui viennent en aide, ses amis beaucoup, et ses ennemis davantage encore car ils contribuent à augmenter sa vitalité, à exciter sa force. Ils lui font produire son œuvre (l'artiste véritable est-il autre chose qu'une œuvre en formation ?) justement quand ils cherchent à l'en empêcher. Dans la grande symphonie de sa passion, les hommes sont autant de voix claires ou sourdes, indissolublement mêlées au rythme frémissant.

Il est des thèmes isolés que, paresseusement, il laisse choir, et d'autres qu'il relève. Voici, au cœur de son enfance, le bon vieux Gottfried, marqué au coin de l'esprit tolstoïen. Il fait de courtes apparitions, toujours pour une nuit seulement, son ballot sur le dos, éternel Juif errant ; mais sa gaieté est bienfaisante ; il ne se révolte ni ne se plaint jamais ; c'est un homme qui marche courbé mais n'en poursuit pas moins avec une noble persévérance son chemin vers Dieu. Il ne fait qu'effleurer la vie de Christophe, et ce contact fugitif suffit déjà à mettre en branle l'esprit créateur.

Ou bien, voici le compositeur Hassler ; il apparaît dans un éclair à Jean-Christophe, au début de sa carrière, mais cette seconde suffit au jeune garçon pour mesurer tout le danger qu'il y aurait à lui ressembler par indolence de cœur ; et il se raidit.

Les hommes sont pour lui autant d'avertissements, d'appels, de signes, de diapasons du sentiment ; chacun d'eux, avec amour ou avec haine, le pousse en avant. Le vieux Schulz, par la compréhension qu'il lui témoigne, le soutient dans un moment de désespoir. Le dédain de Mme de Kerich et la sottise des bourgeois de sa petite ville le jettent dans un nouveau désespoir et dans la fuite qui deviendra le salut. Il y a entre le poison et le remède une ressemblance terrible. Mais rien n'apparaît indifférent au regard d'un créateur, car il imprime à toutes choses le sens qu'elles ont pour lui ; et tout ce qui voudrait mettre un frein à son existence et l'arrêter, il le fait affluer plein de vie dans son œuvre. Pour connaître, il lui faut souffrir. C'est toujours dans le deuil, au sein des émotions les plus profondes, qu'il puise le meilleur de sa force, aussi est-ce intentionnellement que Rolland place les plus belles œuvres imaginaires de Jean-Christophe aux époques où son âme est le plus ébranlée, pendant les jours qui suivent la mort d'Olivier et celle de Grazia. Les obstacles et les chagrins, ennemis de l'homme, sont pour l'artiste des amis, et chacun de ceux qu'il rencontre représente à ses yeux un progrès, un aliment, une notion ; il a précisément besoin des hommes pour peupler son immense solitude créatrice.

Il est vrai que, pendant très longtemps, il ignore cela et commence par se faire des gens une opinion fausse parce qu'il les voit au travers de son tempérament, sans avoir réfléchi. Au début, il les accueille tous avec un enthousiasme débordant, et pense qu'ils sont tous sincères et bon enfant comme lui, Christophe, qui n'use pas de précautions en exprimant sa pensée. Puis, immédiatement après ses premières désillusions, il les juge de nouveau mal parce qu'il est aigri et se retranche dans la méfiance ; mais peu à peu, il atteint le juste milieu, entre le dédain et une estime exagérée. Élevé par Olivier jusqu'à la justice, conduit par Grazia vers la douceur, rendu sage par la pratique de la vie, non seulement il se comprend mieux lui-même, mais il comprend mieux ses ennemis.

Tout à la fin de l'œuvre se trouve une petite scène qui paraît sans grande portée. Jean-Christophe rencontre Lévy-Cœur, son plus vieil ennemi, et, spontanément, lui tend la main. Il y a dans cette réconciliation quelque chose de plus que la pitié d'un instant ;

il y a la signification de cette longue odyssée de Jean-Christophe, la grande vérité – légère variante de cette formule par laquelle il définissait autrefois l'héroïsme véritable – qui deviendra sa suprême vérité : « Il faut voir les hommes tels qu'ils sont et les aimer. »

JEAN-CHRISTOPHE ET LES NATIONS

Notre jeune indompté voit les hommes à travers sa passion et ses préjugés et c'est pourquoi il ne les comprend pas dans leur essence. C'est également à travers sa passion et ses préjugés qu'il regarde tout d'abord les familles humaines, les peuples.

Par une fatalité nécessaire, nous ne connaissons, au début de l'existence – et beaucoup, leur vie durant –, notre propre pays que du dedans, et l'étranger, que du dehors ; c'est seulement lorsque nous connaissons aussi notre pays de l'extérieur, et l'étranger de l'intérieur, dans le cœur de ses enfants, qu'il nous est possible de voir avec des yeux d'Européen, qu'il nous est possible de considérer les différents peuples comme des unités indispensables, vivant côte à côte et se complétant mutuellement. Jean-Christophe s'est constitué le défenseur de la vie intégrale ; c'est pourquoi, homme d'une nation, il devient bientôt citoyen du monde, « âme européenne ».

Son point de départ ne peut être, comme toujours, qu'un préjugé. Il commence par se faire de la France une trop haute idée et, d'après l'opinion courante, se représente les Français cultivant gaiement les arts en toute liberté ; et son Allemagne lui paraît l'étroitesse même. Mais un premier regard jeté sur Paris le déçoit : il n'y trouve que mensonge, vacarme et fraude. Puis il découvre peu à peu que l'âme d'une nation ne ressort pas à sa surface comme les pavés d'un chemin, et qu'on doit creuser, au contraire, dans le cœur des hommes pour la découvrir sous une épaisse couche d'apparences et de mensonges. Il perd bientôt l'habitude de dire « les Français », « les Italiens », « les Juifs », « les Allemands » et de coller leurs qualités respectives comme autant d'étiquettes sur un jugement estampillé d'avance. Chaque peuple possède une aune qui lui est propre, avec laquelle il veut être mesuré, chaque peuple a sa forme, ses mœurs, ses défauts, ses mensonges, de même qu'il a son climat, son histoire, son ciel, sa race, et tout cela ne peut être exprimé en un mot ou une opinion. Un pays, comme toute chose vivante, se construit du dedans ; avec des paroles, on n'édifie que châteaux de cartes. *La vérité est la même chez tous ; mais chaque peuple a son mensonge qu'il nomme son idéalisme... Tout être l'y respire de sa naissance à la mort. C'est devenu pour lui une condition de vie. Il n'y a que quelques génies qui peuvent s'en affranchir, à la suite de crises héroïques où ils se trouvent seuls, dans le libre univers de leur pensée* [1].

Afin de pouvoir juger librement, il faut d'abord se débarrasser de tout préjugé ; il n'existe pas d'autre formule, pas de recette psychologique. Il faut, comme dans toute création, se laisser emporter par le courant de la matière, s'y abandonner avec confiance. Il n'y a qu'une science des peuples, comme des hommes : celle du cœur et celle des livres. Seule une telle

---

1. *Jean-Christophe, La Nouvelle Journée.*

connaissance d'âme à âme constitue un lien entre les peuples. L'éternel malentendu qui les sépare, c'est d'estimer chacun que leur croyance est la seule bonne, leur manière d'être la seule convenable, c'est d'avoir l'arrogance d'être les seuls justes. C'est uniquement le nationalisme, ce sentiment du moi collectif, « la grande peste de l'orgueil européen » que Nietzsche appelait « le mal du siècle », qui éloigne violemment les nations les unes des autres. Elles veulent se dresser, chacune pour soi, comme les troncs isolés des arbres dans la forêt, alors que leurs racines, dans la profondeur, et leurs feuillages, dans la hauteur, se touchent.

Le peuple, c'est-à-dire la couche profonde, le prolétariat, ne se rend pas compte des oppositions qui existent entre les différents pays parce qu'il sent avec toute l'humanité. Ainsi, à propos de Sidonie, la domestique bretonne, Jean-Christophe remarque avec étonnement *combien les honnêtes gens de France et d'Allemagne se ressemblent.*

Et les meilleurs, à leur tour, c'est-à-dire ceux des classes élevées, l'élite, Olivier, Grazia, vivent, eux, depuis longtemps dans cette sphère de pureté dont parle Goethe, *où l'on ressent le sort des autres nations comme le sien propre.* La solidarité est une vérité, la haine, un mensonge des peuples, et la justice forme entre les hommes et entre les nations le seul lien véritable : *Nous sommes tous, nous les peuples, débiteurs les uns des autres. Mettons donc en commun notre doit et notre avoir.*

Jean-Christophe a eu à souffrir de toutes les nations ; toutes lui firent des présents ; il fut par elles désabusé, et béni par elles. Et leur image lui apparaît toujours plus pure. À la fin du voyage, elles ne sont plus, pour ce citoyen du monde, que des patries de l'âme ; et le musicien rêve d'une œuvre sublime, d'une grande symphonie européenne où les voix de tous les peuples se dégageant des dissonances s'élèvent jusqu'à l'harmonie parfaite, l'harmonie suprême de l'humanité.

IMAGE DE LA FRANCE

Si l'image de la France occupe dans cet immense roman une place si importante, c'est que ce pays y est vu sous un double aspect : du dehors, avec le recul que peut avoir un Allemand, et du dedans par les yeux d'un Français ; c'est aussi que les jugements de Jean-Christophe forment non seulement un tableau, mais tout à la fois un tableau et un enseignement.

Le processus de la pensée chez cet Allemand a été conçu intentionnellement, en tout et partout, d'une façon typique. Dans sa petite ville natale, il n'a jamais vu de Français, et le sentiment nourri exclusivement d'idées toutes faites qu'il éprouve à leur endroit, c'est une sympathie joviale et quelque peu condescendante. *Les Français sont de bons garçons, mais sans énergie*, des artistes mous, de mauvais soldats, des politiciens menteurs, des cocottes, mais tous pleins de bon sens, amusants et libres d'esprit : voilà à peu près ce qu'il pense en bon Allemand qu'il est. Quelque chose le pousse obscurément à sortir de l'ordre allemand, de la modération allemande, pour aller au-devant de cette liberté démocratique. Sa rencontre avec Corinne, une comédienne-française qui, par bien des traits, rappelle la Philine de Goethe, semble confirmer d'abord ce jugement superficiel. Mais, lorsqu'il fait la connaissance d'Antoinette, il pressent déjà l'existence d'une autre France. *Vous êtes si sérieuse*, dit-il en regardant avec étonnement cette jeune fille calme et silencieuse, qui peine à donner des leçons à l'étranger, dans des familles de parvenus bouffis d'orgueil. Sa manière d'être ne rime en rien avec le vieux préjugé d'après lequel une Française doit être nécessairement frivole, présomptueuse et de mœurs légères. Maintenant la France présente pour la première fois à Jean-Christophe l'énigme de sa double nature, et ce premier appel des horizons lointains devient une mystérieuse attirance ; il devine l'infinie variété des choses étrangères et, de même que Gluck, Wagner, Meyerbeer, Offenbach, il s'enfuit de l'autre côté, loin de l'étroitesse de la province allemande, dans la patrie idéale de l'art universel véritable, à Paris.

Il y éprouve dès l'arrivée un sentiment de désordre qui ne le quittera plus. Sa première impression, qui sera aussi la dernière, la plus forte, celle contre laquelle l'Allemand qui est en lui se défendra toujours, c'est qu'il se trouve en présence d'une grande force gaspillée par manque de discipline. Son premier guide à travers la foire est Sylvain Kohn, rebaptisé Hamilton, un Juif allemand émigré, un faux *vrai Parisien*, c'est-à-dire de ces gens qui se comportent d'une façon plus parisienne que tous les enfants de Paris ; il réunit dans ses mains tous les fils de l'exploitation des choses de l'art et montre les peintres, les musiciens, les hommes politiques, les journalistes à Jean-Christophe, qui s'en détourne extrêmement déçu. Il ne discerne dans leurs œuvres qu'une désagréable *odor di femina*, une atmosphère lourde, étouffante et parfumée. Il voit la louange ruisseler comme de la pommade sur le front des naïfs ; il n'entend que des cris, des vantardises et du bruit, sans apercevoir une œuvre véritable. Il y a bien, par-ci par-là, quelque chose qui lui semble être de l'art, mais c'est un art délicat, raffiné à l'excès, un art décadent qui procède uniquement du goût, jamais de la force, auquel l'ironie donne quelque chose de fêlé, un art par trop sage et subtil, une littérature et une musique alexandrines, haleine d'un peuple déjà moribond, fleur de serre d'une civilisation en train de se faner. Il ne voit qu'une fin là où il croyait trouver un commencement, et, en bon Allemand, il entend déjà *venir le roulement des canons qui allaient broyer cette civilisation épuisée, cette petite Grèce expirante*[1].

Il apprend à connaître de bonnes et de mauvaises gens, des vaniteux et des sots, des êtres bornés ou pleins d'animation, mais pas un seul Français, dans ces milieux et ces salons de Paris, qui lui donne confiance en la France. Un premier message lui parvient d'une province éloignée : c'est la domestique Sidonie, de famille paysanne, qui le soigne durant sa maladie. Il remarque alors pour la première fois combien le sol français, cet humus dans lequel toutes les plantes étrangères transplantées à Paris puisent la force, est productif et résistant, paisible et stable ; c'est le peuple fortement charpenté, le grave peuple français, qui cultive la terre sans se préoccuper du charivari de la foire, qui de ses colères fit les révolutions, et de son enthousiasme les guerres napoléoniennes. À partir de ce moment, Jean-Christophe sent qu'il doit exister une autre France, la vraie, qu'il ne connaît pas et, une fois, au cours de la conversation, il demande à Sylvain Kohn : *Où est donc la France ?* À quoi Sylvain Kohn répond avec orgueil : *La France, c'est nous !* Jean-Christophe sourit amèrement. Il sait qu'il

1. *Jean-Christophe, La Foire sur la place.*

devra la chercher longtemps, car tous ces gens-là l'ont bien cachée.

Puis vient enfin l'heure de la rencontre qui sera pour lui un revirement du destin et un enrichissement ; il fait la connaissance d'Olivier, le frère d'Antoinette, un vrai Français. Et de même que Dante, instruit par Virgile, parcourut des cercles toujours nouveaux de la connaissance, Jean-Christophe, guidé par « l'intelligence de l'âme », découvre avec étonnement que derrière ce rideau de vacarme, derrière ces façades de criailleries, une élite travaille en silence. Il voit l'œuvre de poètes dont les journaux ne font jamais mention, il voit le peuple, tous ces gens calmes et dignes poursuivant chacun leur besogne à l'écart de la foule. Il prend contact avec le nouvel idéalisme d'une France qui a épuisé dans la défaite une grande force d'âme. Son premier sentiment, à cette découverte, est un mélange d'amertume et de colère. *Je ne vous comprends pas*, crie-t-il au paisible Olivier. *Vous êtes dans le plus beau pays, vous êtes doués de la plus belle intelligence, du sens le plus humain, et vous ne faites rien de tout cela, vous vous laissez dominer, outrager, fouler aux pieds par une poignée de drôles... Levez-vous, unissez-vous... Balayez votre maison* [1].

La première pensée de l'Allemand, celle qui lui vient tout naturellement, c'est qu'il faudrait organiser tout cela et réunir les bons éléments ; la première pensée de l'homme fort est pour le combat. Mais justement, en France, l'élite persiste à s'en abstenir ; d'une part, une mystérieuse sérénité, d'autre part, une résignation facile, et puis cette goutte de pessimisme

1. *Jean-Christophe, Dans la maison.*

mêlée à sa sagesse, dont Renan donne le meilleur exemple, font qu'elle recule devant le combat.

Les Français ne veulent pas agir, et le plus difficile est de les engager à agir en commun ; ils sont prudents et prévoient les revers ; ils n'ont pas l'optimisme des Allemands, et c'est pourquoi ils demeurent tous isolés, les uns par précaution, les autres par fierté : ils ont un peu la mentalité de quelqu'un qui resterait toujours enfermé dans sa chambre. C'est ce que Jean-Christophe est à même d'observer dans la maison qu'il habite où, à chaque étage, demeurent de braves gens qui pourraient s'entendre admirablement entre eux mais restent fermés les uns aux autres. Pendant vingt ans, ils se croisent dans l'escalier sans se connaître ou sans se soucier les uns des autres. Et de même, parmi les artistes, les meilleurs s'ignorent entre eux.

Du coup, Jean-Christophe saisit dans ses avantages et ses dangers l'idée essentielle du peuple français, l'idée de liberté. Chacun veut être libre, personne ne veut se lier. Ils prodiguent des quantités inouïes de force en combattant chacun pour soi tant que dure la bataille, mais ils ne se laisseront pas organiser ni atteler en flèche. Bien que paralysée par la raison, leur force d'agir reste cependant libre en pensée, de sorte qu'ils demeurent capables de pénétrer toutes les choses révolutionnaires avec la ferveur religieuse du solitaire, et conservent la possibilité de renouveler leurs croyances, toujours dans un sens révolutionnaire. Cette logique qui leur est propre est pour eux le salut, car elle les préserve de l'ordre qui leur donne de la raideur et de la mécanisation qui rend tout uniforme.

Jean-Christophe comprend que le bruyant étalage de la foire sur la place n'est là que pour attirer les indifférents et laisser les véritables travailleurs à leur solitude créatrice, que ce vacarme est nécessaire pour exciter au travail le tempérament français, que cette apparente inconséquence dans les pensées est la forme rythmique d'un perpétuel renouvellement. Sa première impression fut celle de beaucoup d'Allemands : *Les Français sont un peuple fini !* Après vingt années, il reconnaît qu'il avait vu juste : les Français sont toujours à bout pour recommencer à nouveau, et dans cet esprit qui semble plein de contradictions règne une secrète ordonnance, différente de celle qui régit l'esprit allemand, et une liberté différente aussi.

Alors, ce citoyen du monde qui ne cherche plus à imposer aux autres pays l'empreinte du sien contemple avec un sourire de bonheur l'infinie diversité des races dont se compose l'humanité splendide et variée, notre éternel bien commun ; ainsi, des sept couleurs combinées du spectre solaire jaillit la lumière du monde.

IMAGE DE L'ALLEMAGNE

L'image de l'Allemagne se présente aussi, dans ce roman, sous un double aspect ; au rebours de la France, elle est vue d'abord du dedans par les yeux d'un Allemand, puis du dehors avec le recul que peut avoir un Français. Et de même qu'en France nous trouvons ici deux mondes invisiblement superposés, l'un silencieux, l'autre bruyant, une culture véritable et une culture trompeuse, l'ancienne Allemagne qui cherchait son héroïsme dans les choses de l'esprit, sa profondeur dans la vérité, et l'Allemagne nouvelle, ivre de sa force, en train de mésuser de la grande raison qui autrefois, sous une forme philosophique, transforma le monde, en la tournant en capacité pratique et commerciale. Non pas que l'idéalisme allemand, cette croyance à un monde plus beau, plus pur et libéré des formes troubles d'ici-bas, soit éteint ; au contraire, il court le danger de s'être trop répandu, d'être devenu superficiel et commun. La grande confiance que le peuple allemand avait en Dieu s'est faite pratique et temporelle, dans des projets d'avenir national ; en art, elle est devenue sentimentale ; elle s'exprime par l'optimisme facile de l'empereur Guillaume. Tandis que l'idéalisme français retrouvait des ailes dans la défaite, l'idéalisme allemand était matérialisé par la victoire. *Quelle lumière l'Allemagne de Sedan a-t-elle apportée au monde ?* se demande une fois Christophe. Et il répond lui-même : *L'éclair des baïonnettes ? Une pensée sans ailes, une action sans générosité, un réalisme brutal... la force et l'intérêt : Mars commis voyageur* [1].

Que l'Allemagne soit corrompue par sa victoire même, Christophe le constate avec une réelle douleur, car on exige davantage de son propre pays que des autres, et ses faiblesses vous font souffrir plus profondément. Révolutionnaire dans l'âme, il déteste cette manifestation bruyante du moi allemand, ce militarisme arrogant, ce brutal esprit de caste. Aussi est-ce la haine de l'homme épris de liberté, la haine de l'artiste pour toute discipline et toute brutalité infligée à la pensée qui éclate sauvagement en lui, quand il se heurte à l'Allemagne militariste lors de sa dispute avec un sous-officier, dans la salle de danse d'une auberge alsacienne. Il doit s'enfuir parce qu'en Allemagne il ne se sent pas assez libre.

Mais, une fois qu'il est en France, la grandeur de

1. *Jean-Christophe, La Nouvelle Journée.*

l'Allemagne lui apparaît de nouveau. *Dans un milieu étranger, il se sentait plus libre* (cette phrase qui s'applique à lui convient à chacun), et c'est justement en voyant le désordre qui règne chez les Français et leur résignation pleine de scepticisme, qu'il commence à apprécier l'énergie allemande et la vitalité de l'optimisme que ce peuple de penseurs oppose au peuple de l'esprit. Assurément, il ne se fait pas d'illusions : ce nouvel optimisme allemand n'est pas toujours de bon aloi et l'idéalisme dégénère en rage d'idéaliser. Curtius rapporte excellemment cette parole admirable de Goethe : *Chez les Allemands, l'intellect tourne tout de suite au sentimental.*

C'est ce que Jean-Christophe a constaté chez son amie de jeunesse, une femme banale, de la province, qui divinise son mari et l'adore comme un surhomme, tandis que lui, de son côté, l'exalte comme un parangon de vertu ; il le constate aussi chez le vieux professeur de musique Peter Schulz, frêle image du passé musical ; il le constate même chez les grands maîtres. Et sa sincérité passionnée, devenue impitoyable au contact de la clarté française, se défend contre cet idéalisme trouble qui établit des compromis entre la vérité et nos désirs, et qui justifie la puissance par la civilisation, la victoire par la force ; à cet idéalisme-là, il oppose fièrement son optimisme à lui qui « voit la vie telle qu'elle est – et l'aime », qui acclame cette tragédie par un « Hourra ! » retentissant.

En France, il sent les défauts de la France, en Allemagne, ceux de l'Allemagne, et il aime les deux pays précisément à cause du contraste qu'ils présentent. Tous deux souffrent d'une mauvaise répartition de leurs valeurs : en France, la liberté est trop générale, trop communément répandue, et crée le chaos, alors que les isolés, l'élite, conservent intact leur idéalisme ; en Allemagne, c'est l'idéalisme qui a pénétré trop largement la masse, s'est édulcoré en sentimentalisme, dilué en optimisme mercantile tandis qu'une toute petite élite seulement a su se réserver dans la solitude une liberté complète. Les deux pays souffrent de l'exagération des contrastes, de l'exaspération de leurs nationalismes qui, comme le dit Nietzsche, « a gâté en France le caractère, en Allemagne l'esprit et le goût ».

Qu'en se rapprochant et en se pénétrant ils arrivent à se comprendre l'un l'autre et, comme Christophe, ils feront alors avec bonheur l'expérience que *plus il était riche de rêves germaniques, plus il avait besoin de la clarté d'esprit et de l'ordre latins.* Olivier et Christophe, unis par l'amitié, rêvent d'éterniser ce sentiment entre les deux peuples qui leur sont chers, et à l'heure sombre du conflit criminel entre les nations, le Français jette à l'Allemand ces paroles qui n'ont pas encore trouvé, aujourd'hui, leur accomplissement : *Voici nos mains ! En dépit des mensonges et des haines, on ne nous séparera point. Nous avons besoin de vous, vous avez besoin de nous pour la grandeur de notre esprit et de nos races. Nous sommes les deux ailes de l'Occident. Qui brise l'une, le vol de l'autre est brisé. Vienne la guerre ! Elle ne rompra point l'étreinte de nos mains et l'essor de nos génies fraternels* [1].

IMAGE DE L'ITALIE

Christophe commence à vieillir et à se sentir las quand il découvre l'Italie, le troisième pays de la

---

1. *Jean-Christophe, La Nouvelle Journée.*

future unité européenne, vers lequel il ne s'était jamais senti attiré. Il en avait été tenu éloigné, comme autrefois de la France, par cet ensemble de formules fatales, faites de préjugés grâce auxquels les nations se rabaissent si volontiers entre elles, afin qu'en voyant les autres diminuées elles éprouvent chacune le sentiment d'être seules à agir justement.

Mais Christophe a passé en Italie une heure à peine que déjà toutes ses idées préconçues se sont envolées dans une ivresse divine. Le feu de cette lumière qu'il ne connaissait pas et qui baigne le paysage italien le fait défaillir, pénètre son corps, le modèle et le rend capable de jouir d'une façon pour ainsi dire « atmosphérique ». Il perçoit soudain un nouveau rythme de vie ; ce n'est plus, comme en Allemagne, une force impétueuse, ni la mobilité nerveuse qu'il ressentait en France, mais cette culture, cette civilisation vieille de plusieurs siècles étourdit ce barbare de sa douceur. Lui qui jusqu'alors ne se détachait du présent que pour plonger ses regards dans l'avenir sent tout à coup le charme immense du passé. Tandis que les Allemands en sont encore à chercher la forme qui leur convient, et que les Français répètent ou renouvellent la leur en un perpétuel changement, il se sent attiré par le peuple italien, qui porte en lui sa tradition claire et déjà formée, et à qui il suffit de rester fidèle à son pays et à son passé pour voir éclore de son être la fleur subtile de la beauté.

Il est vrai qu'en Italie il manque à Christophe l'élément nécessaire à sa vie : le combat. Un léger sommeil, une douce lassitude, qui amollit et peut devenir un danger, y plane sur toute l'existence. *Rome respire la mort, elle a trop de tombeaux* [1]. Le brasier allumé

1. *Jean-Christophe, La Nouvelle Journée.*

236

par Mazzini et Garibaldi, et dans l'ardeur duquel fut forgée l'unité italienne, flambe bien encore dans quelques âmes ; il existe aussi un idéalisme italien, mais très différent de l'idéalisme allemand et de l'idéalisme français, car il n'a pas encore pour objet le monde, tout empêtré qu'il est dans la chose nationale. *L'idéalisme italien ramène tout à soi, à ses désirs, à son orgueil de race qu'il transfigure* [1] et à sa gloire. Dans le calme de cette atmosphère, sa flamme ne s'élance pas assez haut pour éclairer l'Europe ; elle brille pure et belle dans de jeunes âmes prêtes à toute passion, mais qui, pour la faire flamber, n'ont pas encore trouvé l'instant favorable.

Aussi, tout en commençant à aimer l'Italie, Jean-Christophe commence-t-il déjà à redouter cet amour. Il sent que ce pays aussi lui était nécessaire pour calmer, dans sa musique comme aussi dans sa vie, les violences de sa sensualité et l'amener à une pure harmonie. Il comprend à quel point la nature méridionale est indispensable à celles du Nord, et constate que chacune de ces trois voix ne sera mise en valeur que dans un triple accord. On trouve en Italie moins d'illusion qu'ailleurs et plus de réalité, mais cette réalité est trop belle : elle invite à jouir en tuant l'action. Si son propre idéalisme devient pour l'Allemagne un danger parce qu'il est trop répandu, et, dans la classe moyenne, dégénère en mensonge, si une trop grande liberté devient fatale à la France en isolant chaque individu dans son idée de l'indépendance et en le rendant étranger à la communauté, l'Italie, elle, est en péril à cause de sa beauté qui vous rend par trop indolent, par trop souple, par trop satisfait.

1. *Jean-Christophe, La Nouvelle Journée.*

Ce qu'il y a de plus personnel dans chaque nation comme dans chaque homme, ce qui contribue précisément le plus à vivifier les autres et à les faire progresser, est toujours un don du destin ; c'est pourquoi il semble que le salut de toute nation et de tout homme soit d'unir le plus grand nombre de contrastes possible, afin de se rapprocher de l'idéal suprême qui est de devenir le peuple de l'Europe unifiée, ou l'homme universel. Ainsi, de même qu'en Allemagne et en France, Jean-Christophe vieillissant poursuit en Italie le rêve qu'à vingt-deux ans déjà, sur les hauteurs du Janicule, Rolland sentit pour la première fois prendre forme en lui, ce rêve de la symphonie européenne, que seul l'écrivain a accomplie jusqu'à présent dans son œuvre pour toutes les nations, mais que les nations, elles, n'ont pas encore réalisée.

LES SANS-PATRIE

Au sein de ces trois nations si différentes, par lesquelles Christophe se sent tantôt attiré, tantôt repoussé, il rencontre partout un élément cohérent, adapté aux divers pays et cependant distinct : l'élément juif. *Remarques-tu*, dit-il un jour à Olivier, *que nous avons toujours affaire aux Juifs, uniquement aux Juifs ?... On dirait que nous les attirons. Ils sont partout sur notre chemin, ennemis ou alliés*[1]. Et il est vrai qu'il en rencontre partout. Dans sa ville natale, ce sont les riches snobs de la coterie du *Dionysos* qui, à des fins égoïstes, certes, contribuèrent à le lancer ; le petit Sylvain Kohn qui, à Paris, lui sert de mentor ; Lévy-Cœur, son ennemi le plus acharné ; Weill et

1. *Jean-Christophe, Dans la maison.*

Mooch, ses amis secourables. Olivier et Antoinette, de leur côté, rencontrent toujours des Juifs, amis ou ennemis. Ils se tiennent à chaque carrefour, pour indiquer à l'artiste le chemin du bien ou celui du mal.

Le premier mouvement de Christophe est de leur résister. Sans que sa libre nature se laisse brider par n'importe quel sentiment de haine collective, il a cependant hérité de sa pieuse mère une certaine aversion à leur égard, et, en ce qui le concerne, il doute que ces gens par trop détachés de tout aient vraiment pris note de son œuvre et de sa personne ; mais il est sans cesse obligé de constater qu'ils sont les seuls à témoigner de l'intérêt pour son œuvre, ou du moins pour ce qu'elle offre de nouveau.

Olivier, des deux le plus perspicace, lui en donne l'explication ; il lui montre que ces gens privés de traditions préparent inconsciemment la voie à toute chose nouvelle, que ces sans-patrie sont les meilleurs alliés contre le nationalisme : *Les Juifs sont presque les seuls chez nous avec qui un homme libre peut causer des choses neuves, des choses vivantes. Les autres s'immobilisent dans le passé, les choses mortes. Par malheur, ce passé n'existe pas pour les Juifs ou du moins il n'est pas le même que pour nous. Avec eux, nous ne pouvons nous entretenir que d'aujourd'hui, avec ceux de notre race que d'hier... Je ne dis pas que ce qu'ils font me soit toujours sympathique : c'est même odieux souvent. Du moins, ils vivent et ils savent comprendre... Les Juifs sont dans l'Europe d'aujourd'hui les agents les plus vivaces de tout ce qu'il y a de bien et de mal. Ils transportent au hasard le pollen de la pensée. N'as-tu pas eu en eux tes pires ennemis et tes amis de la première heure*[1] ?

---

1. *Jean-Christophe, Dans la maison.*

Et Jean-Christophe lui donne raison : *Cela est vrai ; ils m'ont encouragé, soutenu, adressé les paroles qui raniment celui qui lutte, en lui montrant qu'il est compris. Sans doute, de ces amis-là, bien peu me sont restés fidèles ; leur amitié n'a été qu'un feu de paille. N'importe ! C'est beaucoup que cette lueur passagère dans la nuit. Tu as raison : ne soyons pas ingrats* [1].

Et il les fait figurer dans son tableau des patries. Non pas qu'il méconnaisse les défauts des Juifs ; il voit bien qu'ils ne peuvent être pour la civilisation européenne un élément productif, dans le sens le plus élevé du terme, et que le fond de leur nature n'est qu'analyse et décomposition. Mais justement, il attache une grande importance à ce principe désagrégeant qui mine sourdement les traditions, ennemies héréditaires de toute nouveauté ; et puis, comme ils n'ont pas de patrie, les Juifs jouent le rôle de taons qui font sortir les lourds troupeaux du nationalisme de ses « barrières intellectuelles » ; le principe de décomposition qu'ils portent en eux fait disparaître les choses déjà mortes de « l'éternel hier », *das ewige Gestrige* [2], et facilite la venue de l'esprit nouveau qu'eux-mêmes auraient été incapables de créer. Ils contribuent ainsi dans une large mesure à la formation du « bon Européen » de l'avenir.

Bien des choses en eux éloignent Christophe : leur scepticisme se heurte à sa foi en la vie, leur ironie à sa sérénité ; leur matérialisme ne peut que déplaire à celui qui poursuit des buts invisibles. Mais l'homme fort devine en eux une volonté forte, l'homme vivant les sent vivre véritablement, ferments de l'action,

1. *Jean-Christophe, Dans la maison.*
2. Schiller.

240

levain de la vie. Chassé de sa patrie, c'est par les Juifs que Christophe se sent à beaucoup d'égards le mieux et toujours le plus vite compris ; devenu libre citoyen du monde, il comprend à son tour le profond tragique de leur destinée, ce détachement de tout et de soi-même. S'ils n'offrent pas un but à l'esprit, en tant qu'instruments ils sont précieux. Comme toutes les nations et toutes les races, ils ont besoin d'un contraste qui les unisse ; *ces êtres hypernerveux, agités et incertains, ont besoin d'une loi qui les tienne... Les Juifs sont comme les femmes : excellents quand on les tient en bride ; mais leur domination à celles-ci et à ceux-là est exécrable.* Pour Christophe, l'esprit juif, pas plus que l'esprit allemand ou l'esprit français, n'est appelé à régner sur le monde ; et pourtant il ne désirerait pas les Juifs différents de ce qu'ils sont ; car chaque race, en affirmant ce qu'elle a d'original, contribue à entretenir sur notre globe une riche diversité, et à élever ainsi le niveau de la vie.

En vieillissant, Jean-Christophe, qui fait sa paix avec le monde, voit que dans l'ensemble de l'univers toute chose prend un sens précis, que chaque son accentué a sa valeur dans la grande harmonie. Ce qui est incompatible dans le détail aide à cimenter le tout ; il faut aussi démolir avant de construire un nouvel édifice, l'esprit d'analyse est la condition *sine qua non* de l'esprit de synthèse. Ainsi, Jean-Christophe accueille les sans-patrie qui au sein de patries différentes aident à édifier la nouvelle patrie de tous les hommes, il leur fait place dans ce rêve de fraternité européenne dont le rythme lointain et frémissant fait battre de nostalgie son libre cœur.

LES GÉNÉRATIONS

Ainsi donc, une infinité de barrières entourent le troupeau des humains, et quiconque vit véritablement doit les briser toutes pour devenir libre : barrière de la patrie qui l'isole des autres peuples, barrière du langage qui enserre sa pensée, barrière de la religion qui l'empêche de comprendre d'autres croyances que les siennes, barrière de sa propre personnalité qui, par des préjugés et des opinions erronées, lui ferme le chemin de la réalité. Terrible isolement ! Les peuples entre eux ne se comprennent pas ; les races, les confessions, les individus ne se comprennent pas les uns les autres parce qu'ils sont tous séparés ; chacun n'expérimente qu'une part de vie, une part de vérité, une part de réalité, et chacun s'imagine que son lot est la vérité.

Mais l'homme libre, délivré des préjugés de patrie, de religion et de race, qui pense avoir échappé à toutes les geôles, reste pris, lui aussi, dans un dernier cercle : il est lié à son temps, enchaîné à sa génération, car les générations sont autant de marches que gravit l'humanité. Chaque génération construit la sienne à la suite des précédentes ; il n'est pas question de prendre de l'avance ou de retourner en arrière ; chacune d'elles a ses lois, sa forme, ses mœurs, sa valeur cachée.

Ce qui fait le tragique de cet inéluctable enchaînement, c'est qu'au lieu de succéder paisiblement à la précédente, dont elle ferait valoir les résultats, chaque génération, pareille en cela aux hommes et aux nations, est remplie de préjugés hostiles à l'égard de ses voisines. Ici encore, la lutte et la défiance sont une règle éternelle. La génération montante rejette l'œuvre de la génération actuelle, et c'est seulement la troisième ou la quatrième qui se retrouvera dans celles qui l'ont précédée. Tout développement décrit en effet une spirale, comme le pensait Goethe ; c'est un retour des choses sur un plan supérieur ; elles progressent dans la hauteur, en cercles toujours plus étroits, et repassent toujours aux mêmes points. Voilà pourquoi la lutte entre les diverses générations n'a pas de fin.

Chaque génération est nécessairement injuste envers la précédente. *Les générations qui se suivent ont toujours un sentiment plus vif de ce qui les désunit que de ce qui les unit ; elles ont besoin de s'affirmer leur importance de vivre, fût-ce au prix d'une injustice ou d'un mensonge avec soi-même*[1]. Elles ont, comme les hommes, un âge où il faut oser être injuste pour vivre, elles doivent mettre de la violence à faire vivre ce qu'il y a en elles d'idées, de formes et de culture, et il leur est tout aussi impossible d'user de grands ménagements envers les générations suivantes qu'il le fut aux générations précédentes d'en user envers elles. Ici, tout est soumis à l'éternelle loi

1. Toutes les citations de ce chapitre sont tirées de *Jean-Christophe, La Nouvelle Journée.*

de la nature, comme dans la forêt, où les jeunes arbres privent les vieux du sol nourricier et les déracinent, où les vivants marchent sur les cadavres des morts. Les générations combattent, et chaque individu combat inconsciemment pour son époque, même s'il se sent en complète opposition avec elle.

Le jeune Jean-Christophe, qui pourtant vivait en solitaire, avait été aussi, sans le savoir, le représentant d'un groupe lorsqu'il se révoltait contre son temps ; sa génération s'était servie de lui pour lutter contre la génération qui allait s'éteindre, elle s'était montrée injuste dans son injustice à lui, jeune de sa jeunesse, passionnée dans ses passions. Puis il a vieilli avec elle ; il voit déjà de nouvelles vagues, qu'il ne peut détourner, s'élever au-dessus de sa tête et renverser son œuvre. Tout autour de lui, ceux qui furent autrefois révolutionnaires à ses côtés sont devenus conservateurs et combattent la jeunesse nouvelle, de même qu'ils avaient combattu leurs aînés quand ils étaient, eux, la jeunesse ; les combattants seuls varient, le combat reste le même.

Mais Jean-Christophe sourit et jette sur les nouveaux venus des regards amicaux, car il aime la vie plus que lui-même. Son ami Emmanuel le pousse à se défendre et à condamner au point de vue moral une génération qui tient pour nul tout ce qu'ils reconnurent, eux, être vrai en y sacrifiant une existence entière. *Où est la vérité ?* se demande Jean-Christophe. *Il y a quelque injustice à vouloir commettre la moralité d'une époque à la mesure des idées morales d'une autre génération.* Et quand son interlocuteur lui oppose ce dangereux argument : *À quoi bon chercher une mesure pour la vie s'il ne nous est pas permis de l'ériger en loi ?* Christophe s'en remet généreusement à l'éternel écoulement des choses. *Ils ont profité de nous, ils sont ingrats : c'est dans l'ordre des choses. Mais, riches de nos efforts, ils vont plus loin que nous, ils réalisent ce que nous avons tenté. S'il nous reste encore quelque jeunesse, apprenons à notre tour, et tâchons de nous renouveler. Si nous ne le pouvons pas, si nous sommes trop vieux, réjouissons-nous en eux.*

Les générations, comme les hommes, doivent grandir et s'éteindre ; toute chose terrestre est tributaire de la nature et Christophe, ce grand croyant, cet homme à la fois pieux et libre, se soumet à cette loi. Mais il n'ignore pas (et c'est là, au point de vue de l'histoire des civilisations, une des vues les plus profondes de ce livre) que cet écoulement, ce renversement des valeurs, a son rythme propre, qui varie selon les époques. Autrefois, une époque, un style, une croyance, un système du monde embrassait tout un siècle ; et aujourd'hui, à peine la durée d'une vie d'homme, à peine dix ans. La mêlée est devenue plus ardente, plus impatiente, plus nerveuse, l'humanité fait une plus grande consommation d'idées et les digère plus rapidement. *L'évolution de la pensée européenne allait grand train. On eût dit qu'elle s'accélérait avec les inventions mécaniques et les moteurs nouveaux. La provision de préjugés et d'espoirs, qui suffisait naguère à nourrir vingt ans d'humanité, était brûlée en cinq ans. Les générations d'esprits galopaient les unes derrière les autres, et souvent par-dessus.* Aussi est-ce le rythme de cette métamorphose spirituelle qui donne au roman une allure véritablement épique. Quand, de Paris, Jean-Christophe retourne en Allemagne, il n'y reconnaît presque plus rien, et quand il retrouve Paris à son retour d'Italie, il ne le reconnaît plus ; l'ancienne « foire sur la place » existe bien encore ici et là, mais avec les mêmes clameurs on y négocie d'autres valeurs, d'autres croyances et d'autres idées. Entre Olivier et son fils Georges s'étend un monde spirituel ; ce qui fut pour le père un trésor est pour le fils un objet de mépris. Vingt ans creusent un abîme.

Jean-Christophe sent tout cela, et son poète le sent avec lui. Il faut sans cesse à la vie des formes nouvelles, elle ne se laisse pas endiguer par des pensées, enfermer dans des philosophies et des religions, elle s'obstine à faire toujours éclater l'idée qui l'enserre. Chaque génération ne comprend qu'elle-même, sa parole n'est toujours qu'un testament en faveur d'héritiers inconnus qui, plus tard, l'interpréteront et l'exécuteront à leur idée. La vérité appartient seulement à celui qui l'a conquise pour lui-même, à chaque homme, à chaque génération. *Vérité ! Il n'y a pas de vérité. Il n'y a que des hommes qui peinent pour la chercher. Respectez-vous les uns les autres !*

Leur vie est l'unique enseignement que les hommes puissent laisser à leurs semblables. C'est pourquoi Rolland dédie sa grande image d'une âme libre, testament de sa génération tragique et solitaire, *aux âmes libres – de toutes les nations – qui souffrent, qui luttent et qui vaincront*, avec ces paroles : *J'ai écrit la tragédie d'une génération qui va disparaître. Je n'ai cherché à rien dissimuler de ses vices et de ses vertus, de sa pesante tristesse, de son orgueil chaotique, de ses efforts héroïques et de ses accablements sous l'écrasant fardeau d'une tâche surhumaine : toute une* somme *du monde, une morale, une esthétique, une foi, une humanité nouvelle à refaire. – Voilà ce que nous fûmes.*

Hommes d'aujourd'hui, jeunes hommes, à votre tour ! Faites-vous de nos corps un marchepied et allez de l'avant. Soyez plus grands et plus heureux que nous.

Moi-même, je dis adieu à mon âme passée ; je la rejette derrière moi, comme une enveloppe vide. La vie est une suite de morts et de résurrections. Mourons, Christophe, pour renaître.

LE REGARD SUPRÊME

Jean-Christophe a atteint l'autre bord, il a traversé le fleuve de la vie au milieu du frémissement de la grande musique. Déjà l'héritage de l'humanité qu'il a porté sur ses épaules à travers la tempête et les flots, le sens du monde, la foi en la vie, semble être en lieu sûr.

Une fois encore, il jette un regard sur les hommes restés de l'autre côté, dans le pays qu'il a quitté. Tout y est devenu étranger pour lui ; il ne comprend plus les jeunes qui, là-bas, peinent et se tourmentent, dans une illusion passionnée. Il voit une génération nouvelle, jeune d'une autre façon que la sienne, plus robuste, plus brutale, plus intolérante, animée d'un héroïsme bien différent de celui des générations précédentes. Ces jeunes gens ont fortifié leurs corps en pratiquant les sports, ils ont développé leur audace en volant comme des oiseaux, *ils sont orgueilleux de leurs muscles, de leurs poitrines élargies*, ils sont fiers de leur patrie, de leur religion, de leur culture, de toute chose commune où ils croient se retrouver eux-mêmes, et, de chacun de ces orgueils, ils se forgent une arme, *désireux d'agir plus que de*

248

comprendre[1]. Ils veulent montrer leur force et l'essayer. Le moribond constate avec épouvante que cette génération qui, elle, n'a pas connu la guerre, veut la guerre.

Il regarde autour de lui en frissonnant : *L'incendie qui couvait dans la forêt d'Europe commençait à flamber. On avait beau l'éteindre ici ; plus loin, il se rallumait ; avec des tourbillons de fumée et une pluie d'étincelles, il sautait d'un point à l'autre et brûlait les broussailles sèches. À l'orient, déjà, des combats d'avant-garde préludaient à la grande guerre des nations. L'Europe tout entière, l'Europe hier encore sceptique et apathique, comme un bois mort, était la proie du feu. Le désir du combat possédait toutes les âmes. À tout instant, la guerre était sur le point d'éclater. On l'étouffait, elle renaissait. Le prétexte le plus futile lui était un aliment. Le monde se sentait à la merci d'un hasard, qui déchaînerait la mêlée. Il attendait. Sur les plus pacifiques pesait le sentiment de la nécessité. Et les idéologues, s'abritant sous l'ombre massive du cyclope Proudhon, célébraient dans la guerre le plus beau titre de noblesse de l'homme.*

C'était donc à cela que devait aboutir la résurrection physique et morale des races d'Occident ! C'était à ces boucheries que les précipitaient les courants d'action et de foi passionnées ! Seul un génie napoléonien eût pu fixer à cette course aveugle un but prévu et choisi. Mais de génie d'action, il n'y en avait nulle part en Europe. On eût dit que le monde avait, pour le gouverner, fait choix des plus médiocres. La force de l'esprit humain était ailleurs[2].

1. *Jean-Christophe, La Nouvelle Journée.*
2. *Ibid.*

Et Jean-Christophe se souvient d'une veillée solitaire d'autrefois, où il avait près de lui le visage anxieux d'Olivier. Mais seul un nuage orageux s'était alors montré à l'horizon, tandis que maintenant les nuées couvraient de leurs ombres l'Europe entière. Son appel à l'unité était donc vain, sa marche à travers les ténèbres, inutile. Avec une expression tragique, le voyant jette un regard en arrière dans le temps et distingue, au loin, les cavaliers de l'Apocalypse, messagers de la guerre fratricide.

Cependant, auprès du mourant, l'Enfant, symbole de la vie éternelle, sourit avec divination.

INTERMEZZO SCHERZOSO

Colas Breugnon

— *Breugnon, mauvais garçon, tu ris, n'as-tu pas honte ?*

— *Que veux-tu, mon ami, je suis ce que je suis. Rire ne m'empêche pas de souffrir ; mais souffrir n'empêchera jamais un bon Français de rire. Et qu'il rie ou larmoie, il faut d'abord qu'il voie.*

                              Colas Breugnon.

LA SURPRISE

Voici enfin une halte, la première, dans cette vie agitée. Le grand roman de *Jean-Christophe*, en dix volumes, est achevé ; son œuvre européenne accomplie, Romain Rolland vit véritablement pour la première fois, libre de suivre une nouvelle inspiration, d'accueillir de nouveaux personnages, une œuvre nouvelle. Son disciple Jean-Christophe s'en est allé par le monde – *c'est l'homme le plus vivant que nous ayons connu*, dit de lui Ellen Key ; il rassemble autour de lui des amis, confrérie silencieuse et toujours grandissante, mais les choses qu'il proclame sont déjà du passé pour Rolland qui, lui, cherche un nouveau messager pour porter un nouveau message.

Rolland séjourne de nouveau en Suisse, dans ce pays qu'il aime, entre trois pays qui lui sont également chers, et qui fut favorable à l'éclosion d'un si grand nombre de ses œuvres ; il y avait commencé son œuvre maîtresse, *Jean-Christophe*, qu'il vient d'achever à quelques pas de sa frontière. L'été paisible et clair lui dispense un repos bienfaisant. Maintenant que le principal est fait, sa volonté se détend un peu ; il joue nonchalamment avec différents projets. Déjà les notes s'accumulent pour un nouveau roman, pour un drame éclos dans l'ambiance spirituelle et sociale de *Jean-Christophe*.

Comme cela lui arrive si souvent, sa main hésite entre ces différents projets. Alors soudain, de même que, vingt-cinq ans auparavant sur la terrasse du Janicule, la vision de Jean-Christophe l'avait saisi, maintenant, au cours de quelques nuits d'insomnie, une figure inconnue et pourtant familière lui apparaît à l'improviste, celle d'un de ses compatriotes du temps jadis ; et tous ses plans sont mis en déroute par cette présence envahissante.

Peu auparavant, Rolland était retourné dans sa patrie, à Clamecy, après bien des années d'absence. À la vue de l'antique petite cité, son enfance s'était réveillée ; dès cet instant et à son insu, le sentiment de la patrie commence à agir en lui, et cette patrie demande à son enfant, qui a décrit des choses lointaines, de l'exprimer maintenant, elle aussi. Lui qui a mis toutes ses forces et toute sa passion à s'élever de l'état de Français à celui d'Européen, et l'a confessé devant le monde, éprouve maintenant une véritable envie de redevenir pour lui-même, en une heure créatrice, tout à fait français, tout à fait bourguignon et nivernais. Le musicien qui avait réuni dans sa symphonie toutes les voix et les plus fortes expressions du sentiment rêve d'un rythme entièrement nouveau et n'a qu'un désir : se détendre dans la gaieté. Se mettre à écrire un scherzo, une œuvre légère et libre, lui semble une volupté après les dix années lourdes de responsabilités durant lesquelles il a porté sur son âme l'armure de Jean-Christophe, qui a fini par lui devenir trop étroite ; une œuvre en dehors de la politique, de toute préoccupation morale ou historique, divinement insouciante, une fuite hors du temps.

Cette pensée nouvelle lui vient pendant la nuit. Le lendemain, heureux de s'évader, il a déjà abandonné ses anciens projets ; le rythme pétille en ondes dansantes. Et c'est ainsi que, dans les quelques mois d'été de 1913, Romain Rolland écrit, à son propre et joyeux étonnement, le gai roman de *Colas Breugnon*, intermède français de sa symphonie européenne.

UN FRÈRE DE BOURGOGNE

Rolland croit d'abord avoir été surpris par un compagnon tout à fait inconnu, venu de son pays et de son propre sang, et que ce livre est tombé soudain dans son monde intellectuel du haut du ciel clair de France. En effet, c'est une autre mélodie, un autre rythme, une tonalité et une époque différentes. Mais, si l'on écoute plus attentivement ce qui se passe en Colas Breugnon, ce livre plaisant apparaît finalement non pas comme une déviation, mais seulement comme une variation sur un mode archaïque du leit-motiv de la foi en la vie, cher à Romain Rolland. Le Bourguignon Colas Breugnon, homme de bien, vaillant sculpteur sur bois, buveur, farceur, roi bouffon de l'Épiphanie, se trouve être, malgré ses bottes à revers et sa fraise, par-dessus les siècles, un frère éloigné de Jean-Christophe, de même que le prince Aërt et le roi Louis avaient été de frêles ancêtres et des frères d'Olivier.

Ici encore, le même motif sert de base profonde au roman : montrer comment un homme, un créateur (les autres, au point de vue supérieur, ne comptent pas pour Rolland), vient à bout de la vie, et avant tout de ce qu'il y a de tragique dans sa propre existence. *Colas Breugnon* est le roman d'un artiste, comme *Jean-Christophe*. Seulement, nous trouvons ici un type d'artiste qu'il n'était plus possible de faire figurer dans *Jean-Christophe* parce qu'il a déjà disparu de notre temps.

Colas Breugnon ne représente pas l'artiste possédé par une puissance démoniaque, mais celui qui, à force de fidélité, d'application, d'ardeur soutenue, se dégage peu à peu dans l'exercice journalier d'un métier, d'une profession bourgeoise, et que seuls son humanité, son sérieux, sa scrupuleuse loyauté élèvent jusqu'au grand art. En le peignant, Rolland a pensé à tous les artistes anonymes qui créèrent les figures de pierre des cathédrales de France, les portails, les serrures précieuses, les ornements en fer forgé, à tous les inconnus qui ne gravèrent point dans la pierre, avec leur nom, leur vanité, mais qui mêlèrent à leurs œuvres quelque chose d'autre, devenu rare aujourd'hui : la pure joie de créer.

Une fois déjà dans *Jean-Christophe*, Romain Rolland avait brièvement chanté l'existence bourgeoise des grands maîtres qui se dépensaient tout entiers dans leur art et dans l'exercice d'une paisible profession, et fait une lointaine allusion à l'humble figure de Jean-Sébastien Bach et à la vie étroite qu'il menait avec sa famille. Là déjà, Rolland avait attiré l'attention sur « les humbles vies héroïques », sur les héros sans éclat de l'existence quotidienne qui, anonymes et méconnus, ont vaincu l'immense destin. C'est un homme de cette sorte qu'il désire créer ici, afin que parmi les nombreuses images de l'artiste : Michel-Ange, Beethoven, Tolstoï, Haendel, et tant d'autres, sorties de son imagination, il ne manque pas celle de l'artiste créant dans la joie, qui ne porte pas en lui un démon, mais le génie de la probité et de la sensibilité harmonieuse, ne songe pas à délivrer le monde et à se plonger dans les problèmes du cœur et de l'esprit, mais se contente d'arracher à son métier cette essence de pureté qui est la perfection même, c'est-à-dire quelque chose d'éternel. Il oppose l'artisan guidé par sa sensibilité naturelle à l'artiste moderne ne vivant que par les nerfs, Héphaïstos, le forgeron divin, à Apollon et à Dionysos, inspirateurs de la pythie. Conformément aux lois de la nature, l'horizon d'un artiste ayant ainsi un but précis demeure étroit ; mais le principal, n'est-ce pas toujours qu'un homme remplisse sa sphère ?

Cependant, Colas Breugnon ne serait pas un artiste selon le cœur de Rolland s'il ne se trouvait placé, lui aussi, en plein combat de la vie, s'il n'était là pour prouver, lui aussi, que l'homme véritablement libre est toujours plus fort que son destin. Cet allègre petit-bourgeois a également sa bonne mesure de tragique humain. Sa maison brûle avec toutes les œuvres qu'il a créées par son travail de trente années ; sa femme meurt ; la guerre dévaste le pays ; l'envie et la méchanceté mutilent ses dernières œuvres d'art ; enfin la maladie le relègue encore dans un coin. Il ne lui reste rien, que « les âmes qu'il a créées » : ses enfants, son apprenti et un ami, à opposer à ses bourreaux : l'âge, la pauvreté, la goutte. Mais ce fils de paysan bourguignon déploie contre la destinée une énergie qui n'est pas inférieure à l'optimisme allemand de Jean-Christophe et à la foi spirituelle inébranlable d'Olivier : il a sa franche gaieté. *Rire ne m'empêche pas de souffrir ; mais souffrir n'empêchera jamais un bon Français de rire*, dit-il une fois. Ce héros caché qui, lorsqu'il s'agit de jouir, se montre épicurien, débauché, buveur et paresseux, devient, dans le malheur, un stoïcien, un homme sobre sachant se passer de tout. *Moins j'ai et plus je suis*, dit-il en plaisantant après l'incendie de sa maison. Si cet artisan bourguignon est de plus petite taille que son frère de l'autre côté du Rhin, pourtant il se maintient debout tout aussi ferme que lui sur la terre qu'il aime ; et, tandis que le démon de Christophe se dépense en colères orageuses et en extases, Breugnon oppose au destin sa moquerie gauloise, sa saine lucidité. Sa bonne humeur, son immense gaieté clairvoyante, qui est aussi une forme, et non la moindre, de la liberté intérieure, l'aide à surmonter l'infortune et la mort.

La liberté, c'est toujours elle la raison d'être de tous les héros de Rolland. Il ne veut proposer en exemple que l'homme se défendant contre la destinée, contre Dieu, et ne se laissant abattre par aucune des violences de la vie. Il lui a plu ici de laisser le combat se dérouler non pas dans une ambiance démoniaque et dramatique, mais dans une atmosphère bourgeoise qu'il place, grâce à son sens de l'équité, tout aussi haut que le monde des génies ou des gueux. Et il montre justement la grandeur qu'il peut y avoir dans un petit tableau. La manière dont le vieillard abandonné se défend d'aller habiter chez sa fille, la manière dont il se vante lors de l'incendie de sa maison, feignant l'indifférence pour n'avoir pas à subir la compassion des gens, peuvent paraître comiques. Mais, jusque dans ces scènes de tragi-comédie, nous trouvons la preuve, à peine inférieure à celle que nous offre Jean-Christophe, que l'homme inébranlable dans son âme demeure maître de son destin et, par là, de la vie entière.

En Colas Breugnon, il y a avant tout l'homme libre, puis le Français, ensuite le bourgeois ; il aime son roi, mais seulement tant que celui-ci lui laisse sa liberté ;

il aime sa femme, mais fait pourtant ce qu'il veut ; il rend visite à un curé, et cependant ne va pas à l'église ; il adore ses enfants, mais se défend de toutes les forces de son corps d'aller habiter chez eux. Il est en bons termes avec chacun sans être soumis à personne, plus libre que le roi lui-même, et cela lui donne cet humour auquel parvient seul l'homme libre, maître de la terre entière. Chez tous les peuples et dans tous les temps, il n'y a de vraiment vivant que celui qui domine son destin et nage librement dans le grand courant de la vie à travers le filet des gens et des choses. *Qu'est-ce que la vie ? Une tragédie ! Hourra !* s'écrie Christophe, ce Rhénan plein de sérieux ; et des vignobles de Bourgogne, son frère Colas lui répond : *Il est dur de lutter, mais la lutte est un plaisir.* Par-dessus les siècles et la diversité des langues, tous deux se regardent avec clairvoyance ; et l'on sent que les hommes libres se comprennent entre eux en tous pays et en tous temps.

GAULOISERIE

Rolland avait conçu *Colas Breugnon* comme un intermède, un travail agréable, afin de goûter en une certaine mesure, une fois au moins, le plaisir de créer dans l'insouciance. Mais en art il y a toujours un rapport de cause à effet ; ce qu'on aborda péniblement devient souvent mauvais, et ce qui paraissait des plus facile devient souvent ce qu'il y a de plus beau.

Au point de vue artistique, on peut considérer *Colas Breugnon* comme la plus réussie des œuvres de Rolland, justement parce qu'elle est d'un seul jet, coulée dans un rythme unique, et ne s'attarde à aucun problème. *Jean-Christophe* était un livre de responsabilité et d'équilibre. Chaque aspect d'une époque devait y être discuté, demandait à être vu de tous les côtés dans ses actions et ses réactions, chaque pays faisait valoir ses droits à l'équité. Le caractère encyclopédique de ce tableau du monde, que l'auteur désirait aussi complet que possible, obligeait à y faire entrer violemment bien des choses impropres à être traitées d'une façon musicale.

Mais *Colas Breugnon* s'harmonise dans une seule tonalité et se développe sur un rythme unique ; la première phrase vibre comme un diapason et donne le ton à la gaie mélodie qui se poursuit à travers tout le livre. La forme que le poète a trouvée est particulièrement heureuse : c'est une prose qui est poésie sans prendre la forme du vers, dont les rimes croisées ne se trouvent pas au bout de chaque ligne. Paul Fort en a peut-être fourni l'allure générale, mais ce qui, dans les *Ballades françaises*, prend forme de chansons nettement rimées est rythmé ici tout le long d'un volume et, au point de vue du langage, assaisonné de la façon la plus heureuse de vieux français sur un mode rabelaisien.

Ici, où Rolland veut être français, il atteint directement au cœur de l'esprit français, à la gauloiserie, et lui acquiert, au point de vue musical, cette nuance nouvelle du style qu'on ne peut comparer à aucune des formes existantes. Pour la première fois, un roman entier est raconté dans un langage archaïque comme les *Contes drolatiques* de Balzac, mais ce que le style a d'enroulé et d'onduleux produit une musique qui flotte sur tout le récit. « La Mort de la vieille » et « La Maison brûlée » sont des récits brefs et imagés comme des ballades ; la ferveur du rythme qui les anime efface pour un moment l'impression de gaieté que dégagent les autres tableaux, mais sans la rompre intérieurement : les états d'âme se succèdent aussi légers que des nuages, et même sous les plus sombres de ces nuages, on voit transparaître le clair sourire de cet ancien horizon. Jamais Rolland ne fut plus pur poète que dans cette œuvre où il se montre entièrement français, et ce qui lui parut un jeu, un joyeux caprice, prouve de la façon la plus tangible que la source vivante de sa force, c'est son esprit français dilué dans l'élément éternel de la musique.

VAIN MESSAGE

Jean-Christophe fut l'adieu conscient d'une génération. *Colas Breugnon* est un autre adieu, inconscient
celui-là, celui de l'ancienne France gaie et sans souci.
Ce « Bourguignon salé » voulut montrer comment il
est possible d'assaisonner l'existence du sel de l'ironie, et d'en jouir pourtant dans la gaieté : il a déployé
dans ce livre la richesse, et la plus belle, de son cher
pays : la joie de vivre.

Monde d'autrefois, plein d'insouciance. C'est lui
aussi que le poète désirait évoquer aux yeux d'un
autre monde qui se consumait dans la peine et dans
une funeste inimitié. À travers les siècles, un appel à
la vie devait répondre de France à l'Allemand Jean-
Christophe ; ici aussi deux voix devaient se confondre
dans la grande harmonie beethovénienne, dans
l'hymne à la joie.

En automne 1913, les feuillets du manuscrit s'empi-
laient comme les gerbes dorées d'une moisson ; le livre
fut bientôt imprimé et devait paraître l'été suivant.

Mais l'été de 1914 eut des semailles sanglantes.
Les canons couvrirent de leur tonnerre le cri d'alarme
de Jean-Christophe ; ils anéantirent aussi l'appel à la
joie, le rire de Colas Breugnon.

LA CONSCIENCE DE L'EUROPE

Quiconque se sent dominé par des valeurs qu'il estime être cent fois plus élevées que le bien de la « Patrie », de la société, des parentés de sang et de race – des valeurs situées au-delà des patries et des races, donc « internationales » – serait un hypocrite s'il voulait jouer au patriote. Il s'établit entre les hommes une sorte de nivellement qui devient le soutien des haines nationales (qui fait qu'on les admire et même les glorifie).

NIETZSCHE,
*Matériaux pour des préfaces
(Œuvres posthumes).*

La vocation ne peut être connue et prouvée que par le sacrifice que fait le savant ou l'artiste de son repos, de son bien-être pour suivre sa vocation.

Lettre de Léon TOLSTOÏ
à Romain ROLLAND, 4 octobre 1887.

GARDIEN DE L'HÉRITAGE

Le 2 août 1914, l'Europe se déchire en lambeaux. Et la foi que Jean-Christophe et Olivier, frères par l'esprit, avaient édifiée avec leur vie s'effondre en même temps que le monde. Un grand héritage gît abandonné. Dans tous les pays, les fourriers de la guerre, pleins de haine, enfouissent à coups de bêche furieux, comme un cadavre ajouté à des millions de morts, l'idée autrefois sacrée de la fraternité humaine.

À cette heure-là, Romain Rolland se trouve placé devant une responsabilité sans pareille. Il avait donné à certains problèmes une expression spirituelle, et voilà maintenant que ce qu'il avait imaginé se présente à lui comme une effroyable réalité. La foi en l'Europe qu'il avait mise sous la garde de Jean-Christophe demeure sans défense, sans porte-parole, et jamais il n'a été aussi urgent de déployer son étendard dans la tourmente. Car l'écrivain sait que toute vérité, aussi longtemps qu'elle reste prisonnière du verbe, n'est qu'une demi-vérité. La pensée ne vit véritablement que lorsqu'elle est mise en action, une croyance, quand elle a été confessée publiquement.

Dans *Jean-Christophe*, Romain Rolland avait tout

prédit de cette heure inévitable ; et cependant, afin de prouver la vérité de ses paroles, il doit y ajouter maintenant quelque chose encore : lui-même. Il doit faire ce que fit son Jean-Christophe pour le fils d'Olivier : sauvegarder la flamme sacrée et rendre vivantes par l'action les prophéties de son héros.

La façon dont il l'a fait est demeurée pour nous tous un exemple inoubliable d'héroïsme intellectuel, un événement plus enthousiasmant encore que son œuvre écrite. Nous vîmes le désir de justice qui animait Christophe et Olivier s'incarner en sa personne et y vivre sans partage, nous vîmes cet homme tenir tête à son pays et à l'étranger de tout le poids de son nom, de sa gloire, de sa force d'artiste, les regards levés vers les cieux immuables de la foi.

Rolland n'a jamais méconnu que cette persévérance dans les convictions, qui devrait sembler toute naturelle, était pour une époque égarée la chose la plus difficile. Mais, ainsi qu'il l'écrivait à un ami français en septembre 1914 : *On ne choisit pas son devoir, il s'impose, et le mien, avec l'aide de ceux qui partagent mes idées, c'est de sauver du déluge les derniers débris de l'esprit européen.* Il sait que *l'humanité a besoin que ceux qui l'aiment lui tiennent tête et se révoltent contre elle quand il le faut*[1].

Nous avons assisté pendant cinq ans à l'héroïsme grandissant de ce combat au milieu du combat des peuples, à ce miracle d'un homme de sang-froid dressé contre la folie de millions d'hommes, d'un homme libre contre la servitude de l'opinion publique, d'un homme aimant contre la haine, d'un Européen contre les patries, d'une conscience contre le monde. Et, au cours de cette longue nuit sanglante, alors que

1. Introduction de *Clérambault*.

nous pensions parfois périr de désespoir à cause de l'absurdité de la nature, ce qui nous consola et nous releva fut de constater que les violences les plus terribles pulvérisent les cités et anéantissent les empires, mais demeurent impuissantes en face d'un homme isolé qui possède la volonté et l'intrépidité d'âme d'être libre ; car il y a une chose que ceux qui s'imaginaient être vainqueurs de millions d'hommes ne purent maîtriser : la conscience libre.

C'est pourquoi leur triomphe fut vain ; ils croyaient avoir mis au tombeau la pensée crucifiée de l'Europe. La foi véritable crée toujours des miracles : Jean-Christophe avait fait éclater les planches de son cercueil et ressuscitait dans la personne de son poète.

ROLLAND PROPHÈTE

En établissant que Romain Rolland était préparé intérieurement comme aucun autre écrivain de son temps à la guerre et aux problèmes qu'elle soulève, nous ne diminuons en rien son mérite au point de vue moral, nous excusons peut-être seulement un peu les autres. Si nous jetons aujourd'hui sur son œuvre un regard rétrospectif, nous nous rendons compte avec étonnement qu'elle constitue dès le début une pyramide géante construite pendant de longues années de travail pour aboutir à la pointe unique sur laquelle frappera la foudre : la guerre. Depuis vingt ans, la pensée, la production de cet artiste tournent continuellement autour du problème des contradictions qui existent entre l'esprit et la violence, la liberté et la patrie, la victoire et la défaite ; il a métamorphosé ce thème fondamental en cent variations différentes, drames, récits, dialogues, manifestes, en une multitude de personnages ; la réalité offre à peine un problème que Christophe, Olivier, Aërt ou les Girondins n'aient formulé, ou tout au moins effleuré dans leurs discussions. Au point de vue intellectuel, son œuvre est un véritable champ de manœuvre où évoluent tous les arguments de la guerre. C'est pourquoi Rolland se trouvait déjà préparé intérieurement quand les autres commencèrent à se reconnaître au milieu des événements ; historien, il avait constaté l'éternelle répétition des phénomènes typiques qui accompagnent la guerre ; psychologue, il avait dénoncé la suggestion collective et son effet sur les individus ; homme moral et citoyen du monde, il s'était fait depuis longtemps un *credo* ; ainsi l'organisme intellectuel de Rolland se trouvait en une certaine mesure immunisé contre l'infection de folie collective et la contagion du mensonge.

Mais les problèmes qu'il s'était posés, en tant qu'artiste, n'étaient pas dus au hasard : il n'y a pas pour l'auteur dramatique un choix heureux de la matière, le musicien ne « trouve » pas une pure mélodie, il la porte en lui. Les problèmes engendrent l'artiste, et non l'artiste les problèmes ; l'intuition fait parler le prophète, ce n'est pas lui qui crée l'intuition. Pour l'artiste, le choix est toujours prédestination. Et celui qui avait reconnu à l'avance le problème fondamental de toute une civilisation, d'une époque tragique, devait, selon les lois naturelles, devenir pour elle à l'heure décisive, et bien qu'elle ne s'en soit pas doutée, le personnage essentiel.

Il fut frappant de voir précisément les professeurs de sagesse, les démonstrateurs de systèmes, les philosophes de l'un et l'autre camp, Bergson aussi bien que Eucken et Ostwald, se trouver pris au dépourvu parce que, pendant des dizaines d'années, ils n'avaient appliqué toute leur passion intellectuelle qu'à des vérités abstraites, les « vérités mortes » – alors que Rolland, de beaucoup leur inférieur au point de vue systématique, anticipait avec son « intelligence du cœur » sur la connaissance des « vérités vivantes ».

Les premiers avaient vécu pour la science et, à cause de cela, se montrèrent puérils et inexpérimentés en face des réalités, tandis que Rolland, qui, de tout temps, n'avait pensé qu'à l'humanité vivante, y était préparé. Celui qui avait vu clairement la guerre européenne comme un gouffre béant où aboutirait, malgré les signaux d'alarme, la poursuite sauvage des dix dernières années, pouvait seul retenir puissamment son âme de monter à l'assaut dans la troupe des bacchantes et, enivrée par les chœurs, étourdie par les coups de cymbales, de revêtir la dépouille sanglante du tigre. Lui seul était capable de se tenir debout dans la plus formidable tempête de folie qu'ait enregistrée l'histoire du monde.

Ainsi, ce n'est pas seulement à l'heure de la guerre, mais dès le début de son œuvre, que Rolland se trouve en opposition avec les autres écrivains et les autres artistes de l'époque ; de là aussi la solitude de ses vingt premières années de production. Si cette opposition ne s'est pas manifestée ouvertement et a pris des proportions d'abîme pendant la guerre seulement, cela vient de ce que la profonde distance entre Rolland et les intellectuels, ses contemporains, existait bien moins dans leurs opinions que dans leurs caractères. Avant l'année tragique, presque tous avaient reconnu aussi bien que lui qu'une guerre européenne, guerre fratricide, serait un crime, une honte pour notre civilisation. À très peu d'exceptions près, ils étaient pacifistes, ou plutôt croyaient l'être.

Car le pacifisme exige qu'on soit non seulement ami, mais « facteur » de la paix. *Heureux ceux qui « procurent » la paix*, dit l'Évangile. Ce terme de pacifisme sous-entend activité, volonté agissante pour la paix, et pas seulement penchant au repos et au bien-être ; il comprend également le combat et comme tout combat, à l'heure du danger, le sacrifice et l'héroïsme. Or ces hommes ne connurent qu'un pacifisme sentimental, amour de la paix en temps de paix ; ils furent amis de la paix comme ils l'étaient aussi de l'égalité sociale, de la fraternité humaine, de l'abolition de la peine de mort, croyants dénués d'ardeur qui portaient leur opinion comme un habit flottant, pour l'échanger, ensuite, à l'heure décisive, contre une morale de guerre et endosser l'un des uniformes nationaux de l'opinion. Au fond de leur cœur, ils savaient tout comme Rolland ce qui est juste, mais ils n'eurent pas le courage de leur opinion, confirmant ainsi, d'une manière fatale, cette parole de Goethe à Eckermann : *Le manque de caractère chez les individus qui cherchent et qui écrivent est, pour notre jeune littérature, la source de tous les maux.*

Rolland n'était donc pas le seul à avoir une connaissance approfondie de la situation ; il la partageait avec maint intellectuel et maint homme politique, mais chez lui chaque connaissance nouvelle se métamorphose en ferveur religieuse, chaque croyance devient un acte de foi, chaque pensée une action. Qu'il soit resté fidèle à son idée alors que son époque la reniait, qu'il ait défendu l'esprit européen contre les détachements furieux des intellectuels, jadis européens, maintenant patriotes, c'est là une gloire qui l'isole des autres écrivains. Luttant comme il l'a toujours fait, dès sa jeunesse, contre le monde réel pour défendre l'invisible, à côté de l'héroïsme des tranchées et des charges de cavalerie, il en place un autre qui lui est supérieur : l'héroïsme de l'esprit, à côté de celui de la chair. Grâce à lui, il nous a été donné de voir au milieu de la folie des masses ivres et pourchassées cette chose merveilleuse : un homme libre, humain et vigilant.

L'ASILE

La nouvelle de la déclaration de guerre atteint Rolland à Vevey, petite ville ancienne des bords du Léman. Comme presque chaque année, il passe l'été en Suisse, patrie d'élection de ses œuvres les plus importantes et les plus belles ; c'est là, où les nations s'unissent en un seul État, où son Jean-Christophe entonna pour la première fois un hymne à l'unité européenne, qu'il apprend la nouvelle de la catastrophe mondiale.

Du coup, son existence entière lui paraît un non-sens. Tout a donc été vain : ses avertissements et vingt années d'un travail acharné et ingrat. Ce qu'il redouta dès sa plus tendre enfance, ce qui fut pour lui seul un songe angoissant et prophétique, est devenu tout à coup une vérité pour cent millions d'hommes saisis d'épouvante. C'était là le tourment secret de sa vie, qu'il exprimait déjà par la bouche d'Olivier, son héros d'élection : *J'ai horreur de la guerre et la redoute depuis longtemps ; ce fut le cauchemar qui empoisonna mon enfance.*

Le fait d'avoir prédit le caractère inéluctable de cette heure ne diminue en rien son angoisse. Au contraire. Tandis que les autres s'empressent de s'étourdir avec l'opium du devoir moral et le haschisch de la victoire, il regarde avec un horrible sang-froid dans l'abîme de l'avenir. Toute la vie, comme son passé, lui apparaît dépourvue de sens. Il écrit dans son *Journal* le 3 août 1914 : *Je suis accablé. Je voudrais être mort. Il est horrible de vivre au milieu de cette humanité démente, et d'assister, impuissant, à la faillite de la civilisation. Cette guerre européenne est la plus grande catastrophe de l'histoire depuis des siècles, la ruine de nos espoirs les plus saints en la fraternité humaine.*

Et, quelques jours plus tard, dans un désespoir qui n'a fait qu'augmenter : *Ma souffrance est une somme de souffrances, si compacte et si serrée qu'elle ne me laisse plus l'espace de respirer. C'est l'écrasement de la France, sa ruine définitive. C'est le sort de mes amis, morts peut-être ou blessés. C'est l'horreur de ces souffrances, la communion déchirante avec ces millions de malheureux. C'est l'agonie morale que me cause le spectacle... de cette humanité folle, qui sacrifie ses trésors les plus précieux, ses forces, son génie, ses plus hautes vertus, son ardeur, son dévouement héroïque à l'idole meurtrière et stupide de la guerre... C'est le vide de toute parole divine, de tout rayon du Christ, de tout guide moral qui, par-dessus la mêlée, montre la cité de Dieu. Et c'est, pour achever, l'inutilité de ma vie. Je voudrais, en m'endormant, ne plus rouvrir les yeux* (*Journal*, 22 août 1914).

Parfois, dans son angoisse, il songe à rentrer en France, mais il sait qu'il n'y serait d'aucune utilité. Déjà jeune homme mince et frêle, il n'était pas apte au service militaire ; à cinquante ans, il le serait moins encore. Et puis sa conscience, élevée selon les idées de Tolstoï, s'est affermie dans des convictions claires et personnelles, et répugne à tout ce qui pourrait, même de loin, servir la guerre. Il sait que lui aussi doit défendre la France, mais d'une autre façon que les artilleurs et les intellectuels hurlant de haine. *Un grand peuple*, dira-t-il plus tard, *n'a pas que ses frontières à défendre, mais aussi sa raison qu'il doit préserver de toutes les illusions, injustices et folies que la guerre amène avec soi. À chacun son poste : aux soldats de défendre la terre, aux hommes de pensée, la pensée. L'esprit n'est pas la moindre partie du patrimoine d'un peuple*[1]. En ces premiers jours d'angoisse, il ne voit pas encore clairement s'il lui faudra prendre la parole, et à quelle occasion ; mais il sait déjà qu'il le fera seulement dans le sens de la liberté intellectuelle et de la justice, qui domine les nations.

Mais, pour être équitable, il faut pouvoir regarder tout à son aise. Ce n'était que là où il se trouvait, en pays neutre, que l'historien du temps présent avait la possibilité d'entendre toutes les voix, d'enregistrer toutes les opinions ; de là seulement sa vue s'étendait au-dessus des nuages de poudre, des fumées épaisses du mensonge, des gaz asphyxiants de la haine ; là, il était possible de juger et de s'exprimer librement. Une année auparavant, il avait signalé, dans *Jean-Christophe*, la dangereuse puissance de la suggestion collective sous l'empire de laquelle, dans chaque pays, *les intelligences les plus fermes, les plus sûres de leur foi, la voyaient se dissoudre*[2] ; personne ne connaissait aussi bien que lui *cette épidémie morale, qui propage dans les peuples la puissante folie des pensées collectives*[3]. Voilà précisément pourquoi il

1. *Au-dessus de la mêlée*, Introduction.
2. *Dans la maison*.
3. *La Nouvelle Journée*.

voulait demeurer libre, ne pas se laisser griser par l'ivresse sacrée des masses et ne se laisser guider par personne, que par sa conscience.

Il lui suffisait d'ouvrir ses propres ouvrages pour y lire l'avertissement d'Olivier : *J'aime ma chère France ; mais puis-je tuer mon âme pour elle ? Puis-je, pour elle, trahir ma conscience ? Ce serait la trahir elle-même. Comment pourrais-je haïr sans haine, ou jouer, sans mensonge, la comédie de la haine ?* Et cette autre déclaration inoubliable : *Je ne veux pas haïr, je veux rendre justice même à mes ennemis. Je veux garder au milieu des passions la lucidité de mon regard, tout comprendre et tout aimer* [1]. C'est seulement dans la liberté et l'indépendance intellectuelle que l'artiste sert son peuple ; c'est ainsi seulement qu'il sert son temps et l'humanité. C'est seulement en étant fidèle à la vérité qu'on l'est à la patrie.

Ainsi la volonté consciente vient confirmer ce que voulut le hasard. Romain Rolland reste en Suisse, au cœur de l'Europe, pour y remplir pendant cinq années de guerre son devoir, qui est de dire ce qui est juste et humain. Là où le vent souffle de tous les pays, où la voix elle-même survole librement la frontière, où aucune entrave ne retient la parole, il est au service de son devoir invisible. Tout près, la guerre démente écume autour des petits cantons et à perte de vue, en vagues de sang, en flots de haine ; pourtant l'aiguille magnétique d'une conscience humaine indique sans défaillances, même au sein de la tempête, le pôle éternel de toute vie : l'amour.

1. *Dans la maison.*

AU SERVICE DE L'HUMANITÉ

Rolland sent que le devoir de l'artiste consiste à mettre sa conscience au service de l'humanité entière, et par là de sa patrie, à accepter le combat et à lutter contre la souffrance et ses mille tourments. Lui aussi réprouve qu'on se tienne à l'écart : *Un artiste n'a pas le droit de vivre à l'écart tant qu'il peut encore aider aux autres*. Mais cette aide, cette participation, ne doit pas contribuer à affermir davantage, dans leur haine meurtrière, des millions d'hommes ; elle doit les unir par les liens invisibles que crée entre eux une souffrance sans nom. Et il prend place aussi parmi les travailleurs, non pas l'arme en main, mais fidèle à l'exemple du grand Walt Whitman qui se dévoua, pendant la guerre, au service des malheureux.

À peine les premiers combats ont-ils eu lieu qu'on entend retentir en Suisse des cris d'angoisse venus de tous les pays. Les milliers d'êtres sans nouvelles de leurs époux, de leurs pères, de leurs fils sur les champs de bataille tendent désespérés les bras vers l'espace ; cent, mille, dix mille lettres et télégrammes s'abattent avec un bruit d'ailes dans la petite maison de la Croix-Rouge, à Genève, seul foyer d'union internationale. Les premières demandes d'informations au sujet des disparus y arrivèrent comme un vol d'oiseaux annonciateurs de la tempête, puis ce fut la tempête, une mer de questions. Les messagers arrivaient traînant d'énormes sacs remplis de missives dont chacune était l'appel d'une âme angoissée. Et rien n'était préparé pour faire face à ce débordement de misère humaine. La Croix-Rouge ne possédait ni locaux, ni organisation, ni système, et surtout pas de collaborateurs.

Romain Rolland fut un des premiers alors à offrir son aide. Sans plus s'occuper des événements et de son propre travail, il vint, pendant plus d'un an et demi, s'asseoir six à huit heures par jour derrière le petit abri en planches dressé au milieu du musée Rath, qui avait été rapidement évacué ; parmi une centaine de femmes, de jeunes filles, d'étudiants, aux côtés du directeur, l'admirable docteur Ferrière, dont la bonté secourable a abrégé pour des milliers d'inconnus les angoisses de l'attente, il a classé des lettres, il en a écrit, fait une simple besogne bien insignifiante en apparence. Mais de quelle importance était le moindre mot pour chacun de ceux qui, dans cet immense univers du malheur, ne ressentaient pourtant que leur propre détresse, grain de poussière ! Un grand nombre d'entre eux conservent encore aujourd'hui, sans le savoir, des renseignements au sujet de leur père, de leur frère, de leur mari, de la main du grand écrivain.

Un petit bureau et un siège de bois brut dans une simple baraque construite en planches, à côté du martèlement des machines à écrire, au milieu du va-et-vient de gens qui se pressent, appellent, se hâtent, interrogent, tel fut le poste de combat qu'occupa Romain Rolland pour lutter contre les misères de la guerre. C'est là qu'il tenta de réconcilier, par des soins attentifs, ceux que les autres intellectuels excitaient par des paroles de haine, et d'adoucir, par un réconfort approprié et une consolation humaine, une partie au moins de ce tourment aux mille visages. Il n'a pas occupé ni recherché une place de dirigeant à la Croix-Rouge, mais comme tant d'inconnus y a travaillé chaque jour à assurer la transmission des nouvelles. Son action s'exerça d'une façon obscure ; c'est une raison de plus pour qu'on ne l'oublie pas.

Et quand le prix Nobel lui fut décerné, il n'en garda pas un centime, mais consacra la somme entière au soulagement des malheureux, afin que l'action confirme la parole.

Ecce homo ! Ecce poeta !

LE TRIBUNAL DE L'ESPRIT

Plus que tous, Romain Rolland avait été préparé à la guerre. Les derniers chapitres de *Jean-Christophe* décrivent déjà d'une façon prophétique cette future folie collective. Il ne s'était pas abandonné un instant à l'espoir vainement idéaliste que notre civilisation réelle, ou apparente, notre humanité, notre solidarité ennoblie par vingt siècles de christianisme rendraient plus humaine une guerre à venir. En sa qualité d'historien, il ne savait que trop bien que, dans le premier feu de la passion guerrière, le très mince vernis de culture et de christianisme craquerait de partout, et que la bestialité apparaîtrait toute nue chez l'homme qui, à la vue du sang versé, redevient toujours semblable à une bête. Il ne se dissimulait pas que cette mystérieuse vapeur de sang pourrait aussi étourdir et troubler les âmes les meilleures, les plus délicates, les plus clairvoyantes. L'amitié trahie, l'entente subite devant l'idole de la patrie de deux caractères opposés, l'évanouissement de toute conviction au premier souffle de l'action, tout cela était déjà décrit en lettres de feu dans *Jean-Christophe* comme un *Mane, Thecel, Pharès*.

Et cependant, lui, le plus clairvoyant de tous, s'est fait une idée bien inférieure à la réalité. Dès les premiers jours, Rolland constate avec horreur à quel degré inouï cette guerre, par ses moyens de combat, sa bestialité matérielle et intellectuelle, ses dimensions et les passions qu'elle soulève, dépasse tout ce qui s'est produit jusqu'alors et tout ce qu'on peut imaginer. Et surtout que la haine entre les peuples d'Europe (qui pourtant depuis mille ans font la guerre, sans trêve, ensemble ou entre eux) n'a encore jamais déferlé aussi absurdement, en paroles et en actes, que dans ce XXe siècle de l'ère chrétienne.

Jamais auparavant dans l'histoire de l'humanité les sentiments haineux n'avaient pris une telle extension, jamais ils n'avaient sévi avec tant de bestialité parmi les intellectuels, jamais encore autant d'huile n'avait été versée sur le feu par les tuyaux et les fontaines de l'esprit, par le canal des journaux et les alambics des savants. Tous les mauvais instincts se sont pour ainsi dire exaspérés à la mesure des foules, composées de millions d'êtres ; les libres impulsions, les idées, se militarisent aussi ; l'atroce organisation mécanique des armes meurtrières à longue portée trouve une réplique odieuse dans les organisations nationales des télégraphes qui font rejaillir les mensonges en éclats sur terre et sur mer. Pour la première fois, la science, la poésie, l'art, la philosophie se montrent dociles à la guerre, comme la technique. Du haut des chaires des églises et des universités, dans les salles d'étude et les laboratoires, dans les rédactions et jusque dans le bureau de l'écrivain, on ne produit et ne répand que de la haine, d'après un système unique et caché. La vision apocalyptique du prophète se trouve de beaucoup surpassée.

Un déluge de haine et de sang comme notre vieille

terre d'Europe, pourtant imbibée déjà jusqu'en ses couches les plus profondes, n'en a jamais connu inonde l'un après l'autre les divers pays. Et Romain Rolland pense au récit millénaire de la Genèse ; il sait qu'on ne peut sauver de sa folie un monde perdu, une génération condamnée. L'homme ne peut éteindre de son souffle et de ses mains nues le brasier qui dévore l'univers. Tout au plus est-il possible de chercher à empêcher que d'autres malfaiteurs ne jettent de l'huile dans cette flamme, à les repousser par un mépris cinglant. Et puis, on peut construire une arche, afin d'y sauver du déluge le trésor intellectuel de cette génération en train de se suicider, et de la transmettre à une génération nouvelle aussitôt que les flots de haine se seront apaisés. On peut dresser au-dessus de notre époque, au milieu des pays ensanglantés et les dominant, un signe de ralliement pour les croyants, un temple de l'unité.

Rolland rêve d'établir au sein des horribles organisations des états-majors, de la technique, du mensonge et de la haine, une autre organisation : la communauté des esprits libres d'Europe.

Les poètes et les savants en vue constitueront l'arche au milieu du déluge ; ils seront les détenteurs de l'équité en ces temps d'injustice et d'hypocrisie. Tandis que les masses égarées par des paroles trompeuses se ruent les unes sur les autres dans une fureur aveugle, parce qu'elles ne se connaissent pas, les artistes, les écrivains, les savants d'Allemagne, de France et d'Angleterre, qui collaborent depuis des siècles à des découvertes et à des idées communes, au progrès, pourraient se réunir en un tribunal intellectuel ; avec un sérieux scientifique, ils extirperaient les mensonges entre les hommes, et ils s'entretiendraient dignement au sujet des nations.

Car le secret espoir de Rolland, c'était que les grands artistes et les savants ne se solidariseraient pas avec la guerre criminelle, qu'ils ne se retrancheraient pas avec leur liberté de conscience derrière cette phrase commode : *Right or wrong – my country* : « Qu'elle agisse bien ou mal, c'est ma patrie. » Les intellectuels, à quelques exceptions près, avaient déjà reconnu depuis des siècles le caractère repoussant de la guerre. Pendant les luttes de la Chine contre la domination mongole, il y a presque mille ans, Li Tai Pe s'écriait déjà avec fierté :

« Maudite soit la guerre ! Maudite l'œuvre des armes.

« Le sage n'a rien à faire dans cette folie. »

Le sage n'a rien à faire dans cette folie. Tel est le refrain qu'on retrouve dans toutes les déclarations des intellectuels de l'Europe moderne. Dans des lettres écrites en latin, la langue qui symbolise le caractère idéal de leur communauté, les grands savants humanistes se font mutuellement part de la misère de leur pays et échangent des consolations philosophiques sur la folie criminelle des hommes. C'est Herder qui s'adresse le plus clairement aux Allemands du XVIIIe siècle, lorsqu'il dit : *Les patries dressées les unes contre les autres, dans une lutte sanglante, c'est le comble de la barbarie.* Goethe, Byron, Voltaire, Rousseau se rencontrent dans leur mépris pour ces absurdes boucheries. Rolland pense qu'aujourd'hui les hommes à la tête du mouvement intellectuel, les chercheurs imperturbables, les écrivains aux sentiments les plus humains devraient de même se tenir tous éloignés des erreurs propres à la nation à laquelle ils appartiennent. Il n'ose pas espérer, il est vrai, qu'un grand nombre d'entre eux essaieront de se détacher des passions de l'époque, mais ce n'est pas le nombre qui donne du poids aux choses de l'esprit ; elles ne sont pas soumises à la loi des armées. Ici aussi, ce mot de Goethe prend toute son importance : *Tout ce qui est grand et sage n'existe que dans une minorité ; il ne faut jamais penser que la raison deviendra populaire ; les passions et les sentiments peuvent le devenir, mais la raison n'est jamais le bien que de quelques esprits distingués.*

Mais l'autorité peut faire de cette minorité une puissance spirituelle, et surtout un bastion contre le mensonge. Si les hommes libres qui sont à la tête de leur nation se réunissaient, en Suisse par exemple, pour combattre d'un commun accord la moindre injustice, même celle commise par leur propre pays, la vérité partout également bâillonnée et réduite en esclavage aurait enfin trouvé un libre asile ; l'Europe posséderait enfin un rudiment de patrie, l'humanité, une lueur d'espérance. Tout en parlant, en faisant leurs objections, ces hommes supérieurs s'explique-raient, et ces éclaircissements réciproques entre gens libres de tout préjugé seraient comme une lumière levée sur le monde.

C'est dans cet esprit que Rolland prend la plume une première fois. Il écrit au poète d'Allemagne qu'il estime le plus pour sa bonté et son humanité une lettre ouverte, et une autre en même temps à Émile Verhae-ren, l'ennemi le plus tenace de l'Allemagne. Il étend les deux bras, à droite et à gauche, afin d'unir les anti-podes et de tenter au moins un premier rapproche-ment dans les régions sereines de l'esprit. Pendant ce temps, sur les champs de bataille, les mitrailleuses brûlantes fauchaient d'un même rythme de pétarade la jeunesse de France, d'Allemagne, de Belgique, d'Angleterre, d'Autriche et de Russie.

DIALOGUE AVEC GERHART HAUPTMANN

Romain Rolland n'avait jamais rencontré Gerhart Hauptmann. Il connaissait ses œuvres, aimait l'intérêt passionné qui s'y manifeste pour tout ce qui est humain et la profonde bonté qui, dans chaque personnage, apparaît consciente. Il avait essayé une fois d'aller le voir chez lui à Berlin ; l'écrivain se trouvait justement absent.

Mais Rolland choisit Hauptmann pour lui faire part de ses idées parce que l'auteur des *Tisserands* est le poète qui représente le mieux l'Allemagne, et que dans un article Hauptmann, conscient de sa responsabilité, avait pris position en face de l'Allemagne en armes. Rolland lui écrit le 29 août 1914, le jour où un télégramme de l'agence Wolf, exagérant un fait tragique dans la ridicule intention de terroriser, annonce : *La ville de Louvain, si riche en trésors artistiques, a été complètement rasée.* C'était là assurément un sujet d'indignation, mais Rolland cherche à se maîtriser, et débute ainsi : *Je ne suis pas, Gerhart Hauptmann, de ces Français qui traitent l'Allemagne de barbare. Je connais la grandeur intellectuelle et morale de votre puissante race. Je sais tout ce que je dois aux penseurs de la vieille Allemagne ; et encore à l'heure présente, je me souviens de l'exemple et des paroles de* notre *Goethe* – il est à l'humanité entière – *répudiant toute haine nationale et maintenant son âme calme, à ces hauteurs où l'on ressent le bonheur ou le malheur des autres peuples comme le sien*

286

propre [1]. Et il continue avec l'éloquence de quiconque est sûr de soi, qui résonne pour la première fois dans l'œuvre de cet homme si modeste ; prenant conscience de sa mission, il élève la voix au-dessus de son temps : *J'ai travaillé toute ma vie à rapprocher les esprits de nos deux nations ; et les atrocités de la guerre impie qui les met aux prises, pour la ruine de la civilisation européenne, ne m'amèneront jamais à souiller de haine mon esprit.*

Puis Rolland se montre plus passionné. Il n'accuse pas l'Allemagne d'avoir voulu la guerre : *La guerre est le fruit de la faiblesse des peuples et de leur stupidité* ; il laisse de côté la politique, mais proteste contre la destruction des œuvres d'art. Il apostrophe Hauptmann avec véhémence : *Êtes-vous les petits-fils de Goethe ou ceux d'Attila ?* pour l'adjurer ensuite plus calmement de ne pas justifier de tels actes au point de vue intellectuel. *Au nom de notre Europe, dont vous avez été jusqu'à cette heure un des plus illustres champions – au nom de cette civilisation pour laquelle les plus grands des hommes luttent depuis des siècles –, au nom de l'honneur même de votre race germanique, Gerhart Hauptmann, je vous adjure, je vous somme, vous et l'élite intellectuelle, de protester avec la dernière énergie contre ce crime qui rejaillit sur vous.* Rolland veut que les Allemands, comme lui-même, ne se solidarisent pas avec les faits militaires, *ne regardent pas la guerre comme une fatalité.* Il attend d'eux une protestation, sans savoir, assurément, que personne en Allemagne n'avait alors et ne pouvait avoir aucune idée des événements politiques, et qu'une telle protestation faite publiquement était impossible.

1. Cette citation et les suivantes sont tirées de la lettre de Rolland à Hauptmann publiée dans le *Journal de Genève* du 2 septembre 1914.

Mais Gerhart Hauptmann, dans sa réponse, se montre plus passionné encore. Au lieu, comme Rolland l'en adjurait, de refuser son assentiment à la politique de terreur du militarisme allemand, il s'efforce, plein d'enthousiasme, de la justifier au point de vue moral et accentue cet enthousiasme d'une façon dangereuse. *La guerre est la guerre*, cette maxime a pour lui toute sa valeur, et il défend, un peu prématurément, le droit du vainqueur. *Celui qui se sent réduit à l'impuissance s'arme de l'injure*, dit-il, se refusant ainsi à considérer la destruction de Louvain comme un acte hypocrite ; il admet que des troupes allemandes aient « traversé paisiblement » la Belgique, parce que c'était pour l'Allemagne une question vitale, s'en réfère aux déclarations de l'état-major et, comme autorité suprême en fait de vérité, « à l'empereur lui-même ».

De cette façon, le dialogue engagé sur le terrain intellectuel a glissé vers la politique. Rolland, de son côté, repousse maintenant, plein d'amertume, l'interprétation de Hauptmann qui étaie de son autorité morale les théories agressives de Schlieffen, et lui reproche de se solidariser avec le crime des dirigeants.

Au lieu de les unir, cette discussion ne réussit qu'à les brouiller tout à fait. En réalité, leurs paroles à tous deux passent sans les atteindre, car *le difficile est d'agir sans passion*. L'heure n'est pas encore venue, la passion en eux est encore trop grande, le nerf de l'actualité trop surexcité pour qu'ils puissent se comprendre. Le mensonge est encore puissant dans le monde, une brume trop épaisse couvre encore les frontières. À perte de vue moutonnent toujours les flots de la haine et de l'erreur, et, dans l'obscurité, les frères ne sont pas encore près de se reconnaître.

À peu près en même temps qu'à l'Allemand Gerhart Hauptmann, Rolland s'adresse au Belge Émile Verhaeren, qui, d'Européen enthousiaste qu'il était, est devenu l'ennemi le plus acharné de l'Allemagne. Il ne l'a pas toujours été ; personne sans doute ne peut en témoigner mieux que moi. En temps de paix, Verhaeren n'eut jamais d'autre idéal que la fraternité humaine et l'unité européenne ; il ne détesta rien autant que les haines internationales et, dans la préface qu'il écrivit peu avant la guerre pour l'anthologie des poètes allemands d'Henri Guilbeaux, il parle des peuples qui, malgré ceux qui veulent les pousser à combattre les uns contre les autres, se recherchent et s'aiment. Mais l'intrusion des Allemands dans son pays lui apprend, pour la première fois, ce que c'est que la haine, et sa poésie qui fut jusqu'alors un hymne aux puissances créatrices sera désormais, avec une passion consciente, au service de son inimitié.

Rolland avait envoyé à Verhaeren sa protestation contre la destruction de Louvain et le bombardement de la cathédrale de Reims. Verhaeren l'approuve et lui écrit : *Je suis plein de tristesse et de haine. Ce dernier sentiment, je ne l'éprouvai jamais ; je le connais maintenant. Je ne puis le chasser hors de moi et je crois être pourtant un honnête homme pour qui la haine était jadis un sentiment bas... Combien j'aime à cette heure mon pays ou plutôt le tas de cendres qu'est mon pays !* (24 octobre 1914).

Rolland lui répond sur-le-champ : *Non, ne haïssez pas ! La haine n'est pas faite pour vous, pour nous.*

---

1. Correspondance publiée en mars 1918 par les *Cahiers idéalistes français* d'Édouard Dujardin.

Défendons-nous de la haine plus que de nos enne-
mis. Vous verrez plus tard combien la tragédie était
plus poignante encore qu'on ne pouvait s'en rendre
compte, lorsqu'on s'y trouvait mêlé. Il y a de tous
côtés une sombre grandeur; et sur les troupeaux
d'hommes règne un délire sacré... Le drame de l'Eu-
rope atteint à un tel degré d'horreur qu'il devient
injuste d'en accuser les hommes. Il est une convul-
sion de la nature. Comme ceux qui virent le Déluge,
faisons l'arche et sauvons ce qui reste de l'humanité
(23 novembre 1914).

Mais Verhaeren se dérobe respectueusement à
cette invitation. Il reste sciemment fidèle à sa haine
lors même qu'il ne l'aime pas; dans son regrettable
journal de guerre, où il dit que sa conscience se trouve
diminuée en une certaine mesure par les sentiments
de haine dans lesquels il vit, il met une dédicace
adressée à lui-même, à l'homme qu'il fut, et regrette
de ne plus éprouver ses sentiments de jadis qui
embrassaient le monde entier. C'est en vain que
Rolland s'adresse à lui, une fois encore, dans une
lettre magnifique : *Comme il faut que vous ayez souf-*
fert, mon cher grand et bon, pour haïr !... Mais je
sais, mon ami, que vous ne le pourrez pas longtemps.
Non, vous ne le pourrez pas, les âmes comme la vôtre
mourraient dans cette atmosphère. Il faut que justice
soit faite; mais la justice ne veut pas qu'on rende
tous les hommes d'un peuple responsables des crimes
de quelques centaines d'individus. N'y eût-il qu'un
seul juste dans tout Israël, je dirai que vous n'avez
pas le droit de condamner tout Israël. Et vous ne vous
doutez pas de toutes les âmes opprimées, bâillonnées,
qui se débattent et souffrent, en Allemagne et en
Autriche... Des milliers d'innocents sont partout
sacrifiés aux crimes de la politique. Napoléon n'avait

pas tort quand il disait : «La politique, voilà la moderne fatalité.» Le Destin antique ne fut jamais plus féroce. Ne nous associons pas au Destin, Verhaeren. Soyons avec les opprimés, avec tous *les opprimés. Il y en a* partout. *Je ne connais que deux peuples au monde : ceux qui souffrent et ceux qui font souffrir* (14 juin 1915).

Mais Verhaeren s'endurcit dans sa haine. Il répond : *Si je hais, c'est que ce que j'ai senti, vu et entendu est épouvantable. J'avoue que brûlant de tristesse et de colère, comme je le suis, je ne puis être juste. Je suis non pas à côté de la flamme, mais dans la flamme, et je souffre et je crie. Je ne puis faire autrement* (19 juin 1915).

Il demeure fidèle à la haine, et Romain Rolland aussi, il est vrai, mais à la façon d'Olivier, «à la haine de la haine». Malgré cette contradiction intérieure, leurs rapports seront toujours empreints d'estime, et même quand Verhaeren écrira la préface à un violent pamphlet, Rolland prendra soin de distinguer entre la personne et la chose. Verhaeren se refuse «à marcher aux côtés de son erreur», mais ne renie pas son amitié pour Rolland et l'accentue d'autant plus qu'à ce moment déjà, en France, «il y avait comme plus de danger à l'aimer».

Ici encore, deux grandes passions s'expriment sans se rencontrer, ici encore, l'appel fut inutile. La haine possède le monde jusque dans ses artistes et ses créateurs les plus nobles.

LA CONSCIENCE DE L'EUROPE

Une fois de plus, au cours de sa vie agitée, et de nouveau en vain, ce croyant inébranlable vient de lancer dans le monde un appel à la solidarité. Les écrivains, les savants, les philosophes, les artistes tiennent tous pour leur patrie ; les Allemands parlent au nom de l'Allemagne, les Français, au nom de la France, les Anglais au nom de l'Angleterre, tous pour soi, personne pour tous, *Right or wrong – my country*, telle est la devise unique. Chaque pays, chaque peuple a des orateurs enthousiastes prêts à en justifier aveuglément les actes les plus insensés, à en masquer docilement les erreurs et les crimes derrière des nécessités métaphysiques et morales échafaudées à la hâte ; quant au pays commun, à la mère de toutes les patries, à l'Europe sacrée, elle n'a ni orateur, ni représentant. Une seule idée, celle qui devrait paraître la plus naturelle à un monde chrétien, l'idée par excellence, la notion d'humanité, demeure sans avocat pour la défendre.

Rolland doit s'être alors rendu compte, une fois de plus, du caractère sacré de cette heure de son passé dans laquelle il reçut de Léon Tolstoï une lettre, un message pour toute sa vie. Tolstoï avait été le seul à se lever du milieu de son peuple en guerre, jetant cette exclamation célèbre : « Je ne puis me taire plus longtemps. » Il avait été le seul à défendre les droits de l'homme contre l'humanité et à protester contre un commandement qui ordonnait aux frères de s'entretuer.

Maintenant que sa voix pure s'est éteinte, sa place demeure vide, la conscience humaine reste muette. Et Rolland sent peser le silence, l'effroyable silence de l'esprit libre, plus terrible au milieu de la mêlée des esclaves que le grondement des canons. Ceux qu'il a appelés à l'aide l'ont abandonné. La vérité suprême, celle de la conscience, ne constitue pas un bien commun. Personne ne l'aide à combattre pour la libération de l'esprit européen, pour la vérité au sein du mensonge, pour le genre humain contre cette haine insensée. Il est de nouveau seul avec sa foi, plus seul que pendant les années les plus amères de sa solitude.

Mais, pour Rolland, isolement n'a jamais été synonyme de résignation. Regarder une injustice s'accomplir sans s'y opposer lui paraissait déjà, au début de sa carrière, aussi criminel que de la commettre. *Ceux qui subissent le mal sont aussi criminels que ceux qui le font.* Il lui semble que l'écrivain a plus que tout autre le devoir de faire vivre la pensée en l'exprimant, et la parole en agissant. C'est trop peu que de se borner à enjoliver d'arabesques l'histoire de son temps. Que l'écrivain juge son époque du centre même de sa propre existence, et il se trouvera alors dans l'obligation d'agir pour ce qui est l'idée fondamentale de son être, et de donner la vie à cette idée. *L'élite de l'esprit est une aristocratie, qui prétend succéder à celle du sang ; mais elle oublie que celle-ci commença par payer de son sang ses privilèges.*

Depuis des siècles, l'humanité entend beaucoup de paroles de sagesse ; mais elle voit rarement des sages se sacrifier... Pour que les autres croient, il faut croire soi-même, il faut prouver qu'on croit... Sinon toutes nos pensées ne sont que des jeux de dilettantes [1].

La gloire n'est pas seulement une douce couronne de laurier, c'est aussi un glaive. Foi oblige. Celui qui écrivit *Jean-Christophe*, cet évangile d'une conscience libre, ne peut se renier quand le monde lui a préparé une croix ; il doit accepter l'apostolat et, s'il le fallait, le martyre. Et tandis que dans leur « passion exagérée d'abdiquer », dans leur ardeur à rejeter leurs propres opinions et à se fondre complètement, et sans un sursaut de volonté, dans l'opinion générale, presque tous les artistes de l'époque acclament la violence, la puissance et la victoire, non seulement comme les triomphatrices de l'heure présente, mais aussi comme le sceau de la culture et la force vitale du monde, une conscience incorruptible se dresse, abrupte, contre eux tous.

En ces jours décisifs, Rolland écrit à Jouve : *Toute violence me répugne... Si le monde ne peut pas se passer de violence, mon rôle, du moins, dans le monde, n'est pas de pactiser avec elle, mais de représenter un principe autre et contraire, qui lui soit un contrepoids. À chacun son rôle... Que chacun obéisse à son Dieu* [2]. Il ne se méprend pas un instant sur les proportions de la lutte qu'il accepte, mais ces paroles de sa jeunesse résonnent encore dans son cœur : *Notre premier devoir, c'est d'être grand et de défendre la grandeur du monde.*

1. R. Rolland, *Clérambault*.
2. Lettre à P. J. Jouve, 1er mai 1917.

De nouveau, il se met en route tout seul, comme autrefois quand, par le moyen de ses drames, il cherchait à rendre la foi à son peuple, quand il dressait au-dessus d'une époque mesquine des images de héros, quand pendant dix années silencieuses il exhortait dans son œuvre les nations à l'amour et à l'indépendance. Aucun parti ne l'entoure, il ne dispose d'aucun journal, d'aucune puissance quelconque. Il n'a que son ardeur et ce merveilleux courage que les situations sans issue n'effraient pas, mais au contraire attirent. Il entreprend seul de lutter contre la démence qui s'est emparée de millions d'hommes. Et à cet instant, la conscience de l'Europe, que la haine et l'insulte chassent de tous les pays et de tous les cœurs, ne vit plus que dans sa poitrine.

LES MANIFESTES

Des articles de journaux, telle est la forme que prend ce combat. Afin de lutter contre le mensonge et la phrase écrite par laquelle celui-ci s'exprime publiquement, Rolland doit aller les chercher sur leur propre terrain. Mais l'acuité de ses idées librement exposées et l'autorité de son nom font de ces articles autant de manifestes qui s'envolent au-dessus de l'Europe, y propageant dans les esprits un véritable incendie ; ils poursuivent leur chemin pareils à des étincelles électriques courant au long de fils invisibles, provoquant ici d'effroyables explosions, et là éclairant vivement les profondeurs de consciences libres, mais partout produisant de la chaleur, de l'excitation sous les formes diamétralement opposées de l'enthousiasme et de l'indignation. Jamais peut-être des articles de journaux n'ont eu un effet semblable à celui que produisirent ces deux douzaines d'appels et de manifestes, écrits par un homme libre et clairvoyant à une époque d'asservissement et de troubles : l'effet d'un orage qui embrase l'atmosphère et la purifie.

Il va sans dire que, au point de vue artistique, ces

articles n'ont pas la valeur des autres œuvres de Rolland, composées méthodiquement et limées avec soin. Destinés à un public très étendu, étriqués en prévision de la censure (car il importait surtout à Rolland que les articles qu'il publiait dans le *Journal de Genève* fussent lus aussi dans sa patrie), ils doivent développer les idées tout à la fois avec rapidité et réflexion. Ils contiennent des accents magnifiques et inoubliables, des passages sublimes de révolte et de prière ; mais, jaillis de la passion, ils sont inégaux quant à la langue, et souvent aussi liés à l'événement qui en fut l'occasion. Ils ont une valeur avant tout morale et, envisagés sous cet angle, constituent un ensemble unique et incomparable. Au point de vue artistique, ils n'ajoutent rien à l'œuvre de Rolland, si ce n'est un rythme nouveau, une certaine éloquence de tribun, un langage noblement héroïque fait pour s'adresser à des milliers, des millions d'auditeurs. Car ce n'est pas un seul individu qui parle dans ces articles, mais bien plutôt l'Europe invisible dont Rolland se sent pour la première fois le défenseur public et le témoin.

La génération actuelle, qui lit maintenant ces articles réunis dans les volumes intitulés : *Au-dessus de la mêlée* et *Les Précurseurs*, peut-elle vraiment mesurer encore la portée qu'ils eurent pour notre monde d'alors ? Il est impossible d'évaluer une force sans connaître la résistance qu'elle rencontre, une action sans savoir quel sacrifice elle comporte. Pour pouvoir apprécier la signification morale et le caractère héroïque de ces manifestes, il faut se représenter la démence (à peine encore compréhensible aujourd'hui) des premières années de guerre, l'épidémie intellectuelle qui fit de l'Europe un asile d'aliénés. Il faut se rappeler que des idées qui nous semblent aujourd'hui le comble de la banalité (par exemple, que tous les individus d'une nation ne sont pas responsables d'une déclaration de guerre) étaient considérées comme des crimes politiques dignes de châtiment. Il faut se rappeler qu'un livre comme *Au-dessus de la mêlée*, qui nous paraît aujourd'hui l'évidence même, fut traité d'«abject» par le procureur général de la République, et son auteur publiquement diffamé; les articles de Rolland furent longtemps interdits, alors qu'une théorie de pamphlets qui s'attaquaient à cette libre parole poursuivirent leur chemin sans être inquiétés.

Autour de ces articles, on doit toujours imaginer l'atmosphère, le silence des autres, pour comprendre que, s'ils éveillèrent d'aussi formidables échos, c'est qu'ils étaient prononcés dans un immense vide intellectuel; et si les vérités qu'ils renferment peuvent facilement passer aujourd'hui pour évidentes, qu'on se rappelle cette magnifique parole de Schopenhauer : *La vérité n'est sur la terre qu'une courte fête triomphale entre deux longues périodes durant lesquelles on s'en moque comme d'un paradoxe, ou on la méprise comme une banalité.*

Aujourd'hui, et pour un fugitif instant, nous sommes arrivés au point où beaucoup de ces paroles vont paraître banales parce qu'elles ont été monnayées, dans l'intervalle, par des milliers d'imitateurs. Mais nous, nous les avons connues en un temps où chacune faisait l'effet d'un coup de fouet, et la révolte qu'elles suscitèrent alors prouve leur nécessité au point de vue historique. Seule la rage de ses adversaires (reconnaissable aujourd'hui encore dans un flot de brochures) donne une idée de l'héroïsme de cet homme qui, d'une âme libre, s'élevait pour la première fois «au-dessus de la mêlée». *Dire ce qui est juste et humain* passait alors, ne l'oublions pas, pour le plus grand des crimes. Car l'humanité était si affolée par le premier sang versé qu'*elle aurait de nouveau crucifié Jésus-Christ s'il avait ressuscité*, parce qu'il disait : « Aimez-vous les uns les autres ! »

AU-DESSUS DE LA MÊLÉE

Le 22 septembre 1914 paraît dans le *Journal de Genève* l'article intitulé : « Au-dessus de la mêlée » ; c'est, après les escarmouches d'avant-garde avec Gerhart Hauptmann, la déclaration de guerre à la haine, le coup de pioche décisif qui préside, au sein de la guerre, à la construction de l'Église invisible d'Europe. Le titre en est devenu, depuis lors, un cri de ralliement ou une injure, mais dans cet article la voix claire d'une justice infaillible s'élève pour la première fois au milieu des querelles discordantes des partis, apportant la consolation à des milliers de gens, puis toujours à de nouveaux milliers.

Une remarquable éloquence, tragique et voilée, anime cet article, résonance mystérieuse de l'heure où des hommes sans nombre, et parmi eux des amis très chers, versent leur sang. On y trouve tout ce qu'un violent élan du cœur peut avoir d'ému et d'émouvant, la détermination héroïque de se séparer tout à fait d'un monde envahi par le trouble et la confusion. Il débute par un hymne aux jeunes combattants : *Ô jeunesse héroïque du monde ! Avec quelle joie prodigue elle verse son sang dans la terre affamée !*

Quelles moissons de sacrifices fauchées sous le soleil de ce splendide été ! Vous tous, jeunes hommes de toutes les nations qu'un commun idéal met tragiquement aux prises... combien vous m'êtes chers, vous qui allez mourir. Comme vous nous vengez des années de scepticisme, de veulerie jouisseuse où nous avons grandi... Vainqueurs ou vaincus, vivants ou morts, soyez heureux [1].

Mais, après cet hymne aux hommes de foi qui pensent remplir le devoir suprême, Rolland s'adresse aux guides spirituels de toutes les nations : *Quoi ! vous aviez dans les mains de telles richesses vivantes, ces trésors d'héroïsme ! À quoi les dépensez-vous ? Cette jeunesse avide de se sacrifier, quel but avez-vous offert à son dévouement magnanime ? L'égorgement mutuel de ces jeunes héros, la guerre européenne.* Et il accuse ces chefs de se mettre peureusement, eux et leur responsabilité, à l'abri d'une idole, la Fatalité, et non seulement de n'avoir pas empêché la guerre, mais encore de l'attiser et de l'empoisonner. Spectacle terrifiant ! Tout se précipite dans ce courant ; dans chaque pays, même allégresse pour ce qui les broie. *Ce ne sont pas seulement les passions de races qui lancent aveuglément des millions d'hommes les uns contre les autres... C'est la raison, la foi, la poésie, la science, toutes les forces de l'esprit qui sont enrégimentées et se mettent, dans chaque État, à la suite des armées. Dans l'élite de chaque pays, pas un qui ne proclame et ne soit convaincu que la cause de son peuple est la cause de Dieu, la cause de la liberté et du progrès humains.*

Puis, légèrement railleur, Rolland décrit les gro-

1. Ces citations et les suivantes sont extraites de l'article «Au-dessus de la mêlée», paru dans le supplément au *Journal de Genève* des 22 et 23 septembre 1914.

tesques combats singuliers des philosophes et des savants, l'abdication des deux grandes puissances collectives, du christianisme et du socialisme, pour se détourner ensuite lui-même, résolument, de cette mêlée : *Ainsi l'amour de la patrie ne pourrait fleurir que dans la haine des autres patries et le massacre de ceux qui se livrent à leur défense ? Il y a dans cette proposition une féroce absurdité et je ne sais quel dilettantisme néronien qui me répugnent jusqu'au fond de mon être. Non, l'amour de ma patrie ne veut pas que je haïsse, que je tue les âmes pieuses et fidèles qui aiment les autres patries. Il veut que je les honore et que je cherche à m'unir à elles pour notre bien commun.*

Et il continue : *Entre nos peuples d'Occident, il n'y avait aucune raison de guerre. En dépit de ce que répète une presse envenimée par une minorité qui a son intérêt à entretenir ces haines, frères de France, frères d'Angleterre, frères d'Allemagne, nous ne nous haïssons pas. Je vous connais, je nous connais. Nos peuples ne demandaient que la paix et que la liberté.*

C'est une honte que les intellectuels aient laissé le début de la guerre ternir la pureté de leur pensée ; il est honteux de voir l'esprit libre servir les passions d'une politique de races, absurde et puérile. Car, dans ce conflit, nous ne devrions jamais oublier l'unité de notre patrie commune. *L'humanité est une symphonie de grandes âmes collectives. Qui n'est capable de la comprendre et de l'aimer qu'en détruisant une partie de ses éléments montre qu'il est un barbare... Élite européenne, nous avons deux cités, notre patrie terrestre et l'autre, la cité de Dieu. De l'une, nous sommes les hôtes ; de l'autre, les bâtisseurs... Le devoir est de construire, et plus large et plus haute, dominant l'injustice et les haines des nations, l'en-*

ceinte de la ville où doivent s'assembler les âmes fraternelles et libres du monde entier.

Tel est l'idéal vers lequel sa foi s'élève, planant comme une mouette au-dessus des flots ensanglantés. Assurément, Rolland sait combien faible est l'espoir que ces paroles se fassent entendre plus fort que le fracas de trente millions d'hommes et le cliquetis de leurs armes. *Je sais que de telles pensées ont peu de chances d'être écoutées aujourd'hui... D'ailleurs je ne parle pas afin de convaincre, je parle pour soulager ma conscience... Et je sais qu'en même temps, je soulagerai celle de milliers d'autres qui, dans tous les pays, ne peuvent ou n'osent parler.* Comme toujours, il est du côté des faibles, de la minorité. Et sa voix se fait toujours plus forte parce qu'il a le sentiment de parler au nom de la foule de ceux qui se taisent.

LA LUTTE CONTRE LA HAINE

Au-dessus de la mêlée fut le premier coup de hache dans la forêt exubérante et sauvage de la haine ; un écho frémissant roule de tous côtés comme un tonnerre ; un vent d'indignation agite les feuillages. Mais Rolland est décidé à ne pas s'en tenir là ; il veut pratiquer, dans cette obscurité immense et pleine de périls, une trouée qui permette à quelques rayons du soleil de la raison de pénétrer l'atmosphère suffocante. Par les magnifiques articles qu'il écrit alors, il se propose de faire la lumière, de créer un espace clair, pur et fécond. « Inter arma caritas » (30 octobre 1914), « Les Idoles » (4 décembre 1914), « Notre prochain l'ennemi » (15 mai 1915), « Le Meurtre des élites » (14 juin 1915) ont pour objet de fournir une voix à ceux qui se taisent : *Secourons les victimes ! Certes, nous pouvons bien peu. Dans la lutte éternelle entre le mal et le bien, la partie n'est pas égale ; il faut un siècle pour construire ce qu'un jour suffit à détruire. Mais aussi, la fureur aveugle n'a qu'un jour, et le patient labeur est le pain de tous les jours. Il ne s'interrompt pas, même aux heures où le monde semble sur le point de finir* [1].

Maintenant, l'écrivain voit clairement quel est son devoir. Combattre la guerre serait un non-sens, car la raison demeure impuissante contre les éléments déchaînés, mais combattre dans la guerre ce que les passions humaines ajoutent sciemment à l'inévitable, le poison intellectuel, lui semble une tâche tout indiquée. Ce qui fait précisément l'horreur de cette guerre et la distingue de toutes les précédentes, c'est qu'elle a été transposée sur un plan spirituel, c'est qu'on essaie de faire passer pour héroïque à une « grande époque » un événement que les époques précédentes auraient considéré simplement comme une fatalité naturelle, comme la peste ou une épidémie quelconque ; c'est qu'on tente d'établir une morale de la violence, une éthique de la destruction, et d'exaspérer en même temps la mêlée des peuples jusqu'à la haine en masse des individus. Rolland ne combat donc pas la guerre (comme plusieurs le crurent souvent), mais bien l'idéologie de la guerre, l'ingénieuse déification de l'éternelle bête humaine. Il lutte en particulier contre ceux qui s'abandonnent paresseusement et étourdiment à une morale collective, échafaudée seulement pour la durée de la guerre, contre ceux qui, pour échapper à leur conscience, se réfugient dans le mensonge général, contre ceux dont la liberté intérieure demeure suspendue pour la durée de la guerre.

Sa parole n'est donc pas dirigée contre les masses, contre les peuples, pauvres troupeaux ignorants et trompés, amenés à la haine par des mensonges – *il est si commode de haïr sans comprendre.* La faute

1. « Inter arma caritas », supplément au *Journal de Genève*, 4, 5 et 6 novembre 1914.

incombe tout entière aux meneurs, aux fabricants de fausses nouvelles, aux intellectuels. Ils sont coupables, mille fois coupables parce que, devant connaître la vérité grâce à leur culture et à leur expérience, ils la renient, parce que par faiblesse et bien souvent par calcul, ils ont adopté l'opinion commune, au lieu de la diriger en vertu de l'autorité dont ils jouissaient. Ils ont remplacé leur ancien idéal d'humanité et d'entente entre les peuples par le culte des héros d'Homère ou de Sparte, aussi déplacé à notre époque que des lances et des armures parmi des mitrailleuses.

Et puis surtout, cette haine, qui fut pour les grands hommes de tous les temps une manifestation vile et méprisable de la guerre, que les intellectuels repoussaient avec dégoût et les combattants au nom de la chevalerie, cette haine, non seulement ils l'ont défendue par tous les arguments de la logique, de la science, de la poésie, mais, faisant table rase des paroles de l'Évangile, ils l'ont élevée au rang de devoir moral, déclarant traître à la patrie quiconque se défendait contre cette épidémie de sentiments haineux. C'est contre ces ennemis de l'esprit libre que Rolland élève la voix : *Non seulement ils n'ont rien fait pour diminuer l'incompréhension mutuelle, pour limiter la haine ; mais, à bien peu d'exceptions près, ils ont tout fait pour l'étendre et pour l'envenimer. Cette guerre a été, pour une part, leur guerre. Ils ont empoisonné de leurs idéologies meurtrières des milliers de cerveaux. Sûrs de « leur » vérité, orgueilleux, implacables, ils ont sacrifié au triomphe des fantômes de leur esprit des millions de jeunes vies* [1].

Le seul coupable, c'est celui qui, voyant clair, ou

1. « Pour l'internationale de l'esprit », 15 mars 1918.

ayant la possibilité de s'instruire, se laissa cependant aller au mensonge par paresse d'esprit et de cœur, pour acquérir une gloire factice, ou par lâcheté, ou pour des motifs intéressés, ou par faiblesse.

Car cette haine des intellectuels fut un mensonge. Eût-elle été une vérité ou une passion qu'elle aurait obligé ces bavards à abandonner la parole et à saisir une arme. La haine et l'amour ne peuvent s'appliquer qu'aux hommes, pas aux concepts ni aux idées ; c'est pourquoi la tentative de semer la haine entre des millions d'individus inconnus les uns aux autres, et de l'« éterniser », constituait également un crime contre la chair et contre l'esprit. C'était dénaturer sciemment les faits que de généraliser, en faisant de l'Allemagne l'unique objet de la haine commune et en confondant en un même état d'âme troupeaux et bergers. En réalité, il existait une seule communauté des esprits véridiques, des hommes de conscience, à côté de celle des menteurs et des beaux parleurs. Et, de même que pour montrer la communion de tous les humains il avait séparé, dans *Jean-Christophe*, la France véritable de la fausse, et l'ancienne Allemagne de la nouvelle, Rolland entreprend, en pleine guerre, de clouer au pilori les empoisonneurs des deux camps, en montrant qu'ils se ressemblent d'une façon effrayante, et de célébrer, des deux côtés de la frontière, l'héroïsme solitaire des esprits libres, afin de se conformer au devoir de l'écrivain selon Tolstoï, et d'être « un lien entre les hommes ». Les *cerveaux enchaînés* de sa comédie *Liluli*, en uniformes différents, dansent sur un même rythme guerrier des deux côtés du ravin, excités par le fouet du nègre Patriotisme : dans leurs bonds logiques, les professeurs allemands et ceux de la Sorbonne se ressemblent d'une façon effrayante, et leurs chants de haine offrent un grotesque synchronisme de rythme et de composition.

Mais ces choses communes à l'humanité que Rolland désire nous montrer doivent être aussi une consolation. Certes, les paroles de relèvement sont moins faciles à discerner que les paroles de haine, car la pensée libre est forcée de s'exprimer à travers un bâillon, tandis que le mensonge, par les haut-parleurs des journaux, ébranle le monde. C'est péniblement qu'il faut chercher la vérité et les hommes sincères masqués par l'État, mais l'âme qui suit leurs traces avec persévérance en découvre dans chaque nation. Dans ses articles, Rolland prouve par des exemples vivants et des livres récemment parus, aussi bien allemands que français, que dans les deux camps et même, ou plutôt justement, dans les tranchées un sentiment tout fraternel règne chez des milliers et des milliers d'hommes.

Il publie des lettres de soldats allemands à côté de lettres de soldats français : elles sont écrites dans une langue également humaine. Il parle du secours que les femmes portent à l'ennemi souffrant : et c'est une seule organisation des cœurs au sein de l'organisation cruelle des armes. Il reproduit des poésies venues des deux camps : un même sentiment les inspire. Autrefois, dans ses *Vies des hommes illustres*, il voulait montrer aux souffrants de ce monde qu'ils ne sont pas seuls mais ont pour compagnons les plus grands hommes de tous les temps ; aujourd'hui, il recherche ceux qui, dans ce déchaînement de démence, se considèrent à certaines heures comme de véritables parias parce qu'ils n'éprouvent rien des sentiments haineux dont parlent journaux et professeurs ; il veut leur présenter leurs frères en silence, il s'efforce, une fois encore, de réunir la communauté invisible des âmes libres. Il écrit : *Le bien que nous fait au cœur, en ces jours frissonnants de mars capricieux, la vie des premières fleurs qui pointent de la terre, je le ressens quand je trouve, perçant la croûte glacée de haine dont l'Europe se recouvre, de grêles et vaillantes fleurs de pitié humaine. Elles attestent que la chaleur de vie persiste au fond des peuples et que rien ne l'empêchera bientôt de ressurgir*[1]. Il poursuit inébranlable *l'humble pèlerinage, cherchant à découvrir sous les ruines les rares cœurs restés fidèles à l'ancien idéal de la fraternité humaine. Quelle joie mélancolique j'ai à les recueillir, à leur venir en aide*[2] !

Et à cause de cette consolation et de cette espérance, il prête même un sens nouveau à la guerre, qu'il a redoutée et haïe dès sa plus tendre enfance : *La guerre a même eu l'avantage douloureux de grouper à travers l'univers les esprits qui se refusent à la haine des nations. Elle a trempé leurs forces, elle a soudé en un bloc de fer leurs volontés. Ils se trompent, ceux qui pensent que les idées de libre fraternité humaine sont à présent étouffées !... Mais je n'ai aucune inquiétude pour l'unité future de la société européenne. Elle se réalisera. La guerre d'aujourd'hui est son baptême de sang*[3].

Samaritain des âmes, il cherche à consoler les découragés et les timides en leur offrant l'espérance, ce pain de vie. Peut-être Rolland dépasse-t-il de beaucoup sa propre pensée, la plus intime, lorsqu'il proclame ainsi sa confiance. Il faut avoir connu la faim spirituelle des êtres innombrables enfermés dans la geôle d'une patrie, derrière les grilles de la censure,

1. « Notre prochain l'ennemi », *Journal de Genève*, 15 mars 1915.
2. *Ibid.*
3. Lettre au journal *Svenska Dagbladet* de Stockholm, 10 avril 1915.

pour être capable d'évaluer ce que furent pour ces malheureux ces manifestes de la foi, ces paroles dépourvues de haine qui parvenaient enfin jusqu'à eux, messages de fraternité.

LES ADVERSAIRES

À une époque où les partis triomphent, nul effort ne sera plus ingrat que celui qui vise à l'impartialité ; à cet égard, Rolland ne s'est fait, dès le début, aucune illusion : *Les combattants aux prises sont d'accord pour haïr ceux qui refusent de haïr... Et dans ces temps pressés où la justice ne s'attarde point à étudier les procès, tout suspect est un traître. Qui s'obstine à défendre, au milieu de la guerre, la paix entre les hommes, sait qu'il risque pour sa foi son repos, sa réputation et ses amitiés mêmes* [1]. Rolland sait donc que le poste entre les deux lignes du front est le plus dangereux ; il sait ce qui l'attend, mais la menace du danger contribue à donner à sa conscience la trempe de l'acier. *S'il faut dans la paix préparer la guerre, comme dit la sagesse des nations, il faut aussi dans la guerre préparer la paix. C'est une tâche qui ne me semble pas indigne de ceux d'entre nous qui se trouvent en dehors du combat et qui, par la vie de l'esprit, ont des liens plus étendus avec l'univers – cette petite église laïque qui, mieux que l'autre aujourd'hui, garde sa foi en l'unité de la pensée humaine et croit que tous les hommes sont fils du même père. En tout cas, si une telle foi nous vaut d'être injuriés, ces injures sont un honneur, que nous revendiquons devant l'avenir* [2].

1. « Notre prochain l'ennemi », 15 mars 1915.
2. « Lettre à ceux qui m'accusent », 17 novembre 1914.

On le voit, Rolland sait à l'avance qu'il sera contredit. Mais la violence des attaques dirigées contre lui dépasse toute attente, à un degré effrayant. La première vague vient d'Allemagne. Ce passage de sa lettre à Gerhart Hauptmann : «Êtes-vous les petits-fils de Goethe ou ceux d'Attila ?» et quelques autres éveillèrent des échos de colère. Une douzaine de professeurs et de littérateurs bavards se font aussitôt un devoir de «châtier» l'arrogance française, et, dans la *Deutsche Rundschau*, un pangermaniste au crâne étroit révèle ce grand secret : à savoir que *Jean-Christophe* a été, sous une perfide apparence de neutralité, la plus dangereuse des offensives françaises contre l'esprit allemand !

Mais ces accès de fureur se produisent du côté français avec la même intensité, aussitôt qu'on y a connaissance de l'article «Au-dessus de la mêlée», ou, pour mieux dire, de la nouvelle seulement de sa parution. Car les journaux français (qui arriverait à comprendre aujourd'hui encore une chose pareille ?), les journaux français n'osèrent pas tout d'abord imprimer ce manifeste ; on en connut les premiers fragments grâce aux attaques qui clouaient Rolland au pilori en tant que corrupteur du patriotisme : c'était là une tâche devant laquelle des professeurs de la Sorbonne et des historiens renommés ne reculèrent pas.

De ces quelques attaques isolées sortit bientôt toute une campagne systématique. Au lieu d'articles de journaux, on vit paraître des brochures et même, pour finir, le gros livre d'un héros de l'arrière, avec mille preuves à l'appui, photographies, citations – bref, tout un dossier destiné évidemment à réunir la matière d'un procès. On ne fit pas grâce à Rolland des plus viles calomnies : ainsi il aurait adhéré pendant la guerre à l'association allemande Neues Vaterland ; il collaborerait à des feuilles allemandes ; son éditeur américain serait un agent du Kaiser ; une brochure l'accuse d'avoir sciemment falsifié des dates ; et entre les lignes de ces calomnies franchement exprimées on en devine d'autres plus dangereuses encore. La presse entière, à l'exception de quelques petites feuilles radicales, s'entend pour le boycotter. Aucun journal parisien ne se risque à faire une rectification ; un professeur annonce triomphant : « Cet auteur ne se lit plus en France. » Pris de peur, les camarades de cet homme diffamé battent en retraite. Un de ses plus anciens amis, cet « ami de la première heure », à qui Rolland avait dédié une de ses œuvres, lui fausse compagnie à ce moment décisif et, peureusement, fait mettre au pilon le livre sur Rolland auquel il travaillait depuis longtemps et qui venait d'être imprimé. L'État aussi surveille toujours de plus près cet audacieux, mais c'est en vain qu'il envoie des agents chargés de réunir la matière d'un procès. Dans une série de « procès de défaitistes », Rolland est nettement visé, et le lieutenant Mornet, ce tigre des procès d'accusation, qualifie publiquement son livre d'« abominable ». Seuls l'autorité de son nom, l'intégrité de sa vie étalée au grand jour et l'isolement dans lequel il lutte sans se mêler jamais à aucune association louche réduisent à néant le plan si bien ourdi des dénonciateurs et des poursuivants, qui auraient voulu voir Rolland au banc des accusés en compagnie d'aventuriers et de misérables espions.

De telles insanités n'étaient compréhensibles que dans l'atmosphère surchauffée d'une politique de catastrophe ; aussi éprouve-t-on aujourd'hui une certaine difficulté à tenter de retrouver, au moyen de ces brochures, de ces livres et de ces pamphlets, ce qui, dans la mentalité de ces gens-là, constituait alors

312

le crime de Rolland contre le patriotisme. Et dans ses œuvres, de même, le cerveau le plus follement fantaisiste ne parviendrait plus à entrevoir un « cas Rolland », et à s'expliquer le fanatisme de tous les intellectuels français contre cet homme seul, qui développait ses idées tranquillement, conscient de sa responsabilité.

Mais ce qui constituait déjà, aux yeux de ces patriotes, un premier délit, c'était que Rolland méditât publiquement sur les problèmes moraux posés par la guerre. « On ne discute pas la patrie. » Si l'on ne peut ou ne veut pas hurler avec les loups, on se tait : tel était le premier axiome de cette éthique de guerre. Le devoir, c'est d'enflammer les soldats de passion et de haine, non pas de les inciter à réfléchir. En temps de guerre, un mensonge qui suscite l'enthousiasme est plus utile que la meilleure des vérités. Un doute réfléchi est (tout à fait comme aux yeux de l'Église catholique) un crime contre le dogme infaillible de la patrie. Le seul fait que Rolland voulût réfléchir au sujet des événements contemporains, au lieu d'approuver les thèses de la politique, n'était donc pas une « attitude française » et le classait parmi les « neutres ». Or « neutre » rimait alors avec « traître ».

Le deuxième délit était que Rolland voulût se montrer équitable envers tous les hommes, qu'il ne cessât jamais de considérer les ennemis mêmes comme des êtres humains, qu'il distinguât parmi eux aussi entre innocents et coupables, qu'il témoignât d'une même compassion pour la souffrance des Allemands et celle des Français, et ne refusât jamais aux premiers le nom de frères. Mais le dogme de la patrie exigeait que le sentiment d'humanité fût débrayé, comme un moteur, pendant la durée de la guerre, que la justice, de même que la parole de l'Évangile : « Tu ne tueras point », fût mise de côté jusqu'à la victoire ; et une brochure contre Rolland porte cette épigraphe pathétique : *Pendant une guerre, tout ce qu'on donne d'amour à l'humanité, on le vole à la patrie*, qu'on pourrait tout aussi bien retourner au profit de l'humanité.

Le troisième délit et, de l'avis de ces gens-là, le plus dangereux pour l'État, c'était que Rolland ne voulût pas considérer la victoire militaire comme un élixir merveilleux de morale, d'esprit, de justice, mais qu'une paix librement consentie, pour laquelle on n'aurait pas versé de sang et qui amènerait une réconciliation complète, l'union fraternelle de tous les peuples d'Europe, lui parût plus riche en bénédictions qu'une soumission sanglante qui devait engendrer d'autres semences de haine et de nouvelles guerres. Au sein des partis qui voulaient continuer la guerre jusqu'à l'extermination générale, on avait alors inventé en France le terme injurieux de « défaitiste » (en parallélisme remarquable avec les mots allemands *Flaumacher* et *Schmachfriede*, paix honteuse) pour qualifier quiconque osait parler d'un accommodement raisonnable. Et Rolland, qui avait passé toute une existence spirituelle à opposer à la rude violence une puissance morale supérieure, en fut stigmatisé en tant qu'empoisonneur de la morale de combat et initiateur du défaitisme. Le militarisme, voyant en lui le dernier représentant du « renanisme moribond », le centre d'une puissance morale, chercha à faire violence à ses idées, comme s'il se fût agi d'un Français qui désirait la défaite de la France. Et pourtant Rolland s'en tint toujours fermement à ces paroles : *Je veux que la France soit aimée, je veux qu'elle soit victorieuse, non seulement par la force,*

non seulement par le droit (ce serait encore trop dur),
mais par la supériorité de son grand cœur généreux.
Je veux qu'elle soit assez forte pour combattre sans
haine, et pour voir, même dans ceux qu'elle est for-
cée d'abattre, des frères qui se trompent et dont il
faut avoir pitié, après les avoir mis dans l'incapacité
de nuire [1].

Rolland n'a jamais répondu aux attaques, même
les plus calomnieuses. Il se laisse paisiblement
outrager et diffamer, sachant que la pensée dont il se
sent le messager est intangible et impérissable. Il
n'a jamais lutté contre des hommes, mais contre des
idées, et les créatures de son imagination ont déjà
donné depuis longtemps la réplique aux idées ennemies : le libre Olivier qui ne haïssait que la haine ; le
girondin Faber qui mettait sa conscience plus haut
que les arguments des patriotes ; Adam Lux qui
demande, plein de compassion, à son adversaire fanatique : « N'es-tu pas fatigué de ta haine ? » ; Teulier ;
autant de grandes figures par le moyen desquelles
sa conscience a combattu, il y a déjà vingt ans, le
combat dans lequel notre époque est engagée aujour-
d'hui. Cela ne le trouble pas d'être seul à tenir tête à
la nation presque entière ; il connaît ce mot de Cham-
fort : *Il y a des époques où l'opinion publique est la*
pire de toutes les opinions. Au contraire, la fureur
démesurée, la rage hystérique, hurlante et écumante
de ses adversaires ne fait que renforcer le sentiment
de sécurité qu'il éprouve parce qu'il discerne, dans
cet appel forcené à la violence, combien leurs arguments offrent peu de solidité intérieure. Souriant, il
jette un regard sur leur colère artificiellement surchauffée et demande avec Clérambault : *Votre che-*

---

1. « Lettre à ceux qui m'accusent ».

min est le meilleur, le seul bon, dites-vous ? Suivez-
le donc, et laissez-moi le mien ! Je ne vous oblige
point à le prendre. Qu'est-ce qui vous irrite ? Avez-
vous peur que j'aie raison[1] *?*

LES AMIS

Dès les premiers mots qu'il avait prononcés, le
vide s'était fait autour de cet homme courageux.
Comme Verhaeren le disait si bien, il y avait « danger à l'aimer », et la plupart des gens redoutèrent le
danger. De très anciens amis, qui dès leur jeunesse
connaissaient son caractère et son œuvre, l'abandon-
nèrent ; les plus prudents s'éloignèrent sans bruit ; les
journaux et les éditeurs lui refusèrent l'hospitalité de
leurs colonnes – pas un de ses anciens amis, précisément, ne se risqua à demeurer ouvertement à ses
côtés, de sorte qu'à un moment donné Rolland parut
être seul. Mais, comme il le dit dans *Jean-Christophe*,
une grande âme n'est jamais seule. Même si elle est
abandonnée par tous ses amis, elle finit par s'en
créer elle-même, et projette autour d'elle un rayonnement de cet amour dont elle est pleine.

Le malheur, pierre de touche des consciences, lui
a pris des amis, mais lui en a aussi donné. Certes, on
entend à peine leurs voix dans le vacarme que font
les adversaires, car ceux qui mènent la guerre ont en
main toute la puissance publique ; leur haine rugit
par les amplificateurs des grands quotidiens, alors que
les amis de Rolland ne parviennent qu'avec mille
précautions à disputer à la censure quelques mots
voilés, imprimés dans de misérables petites feuilles.

1. Romain Rolland, *Clérambault*.

316

Les ennemis forment une masse compacte; ils s'abattent comme une trombe (pour se dessécher ensuite tout aussi rapidement dans les marécages de l'oubli). Quant aux amis, ils se cristallisent lentement et en secret autour de sa pensée, mais ils durent, et deviennent à son contact toujours plus compréhensifs. Les ennemis sont une troupe, un régiment qui, à un signe, se précipite aveuglément à l'assaut; les amis sont une communauté agissant en silence et unie seulement par l'amour.

Le sort le plus pénible échoit aux amis de Paris. Ils ne peuvent communiquer avec Rolland qu'en cachette et pour ainsi dire par signaux magiques : la moitié de leurs paroles, à eux comme à lui, se perdent à la frontière. C'est d'une forteresse assiégée qu'ils saluent le sauveur qui exprime librement devant le monde leurs idées prisonnières et interdites; et à leur tour ils ne parviennent à défendre ces idées qu'en le défendant lui-même. Amédée Dunois, Fernand Deprès, Georges Pioch, Renaitour, Rouanet, Jacques Mesnil, Gaston Thiesson, Marcel Martinet, Séverine ont pris courageusement, dans sa patrie, le parti de Rolland calomnié; une vaillante femme, Marcelle Capy, déploya l'étendard et intitula son livre *Une voix de femme dans la mêlée*. Séparés par les flots illimités d'une mer de sang, tous, ils tournaient leurs regards vers Rolland comme vers un phare lointain, sur un rocher solide, et montraient du doigt à leurs frères cette lumière pleine de promesses.

À Genève, cependant, un petit groupe de jeunes écrivains se forma autour de lui; ils étaient ses élèves et devinrent ses amis, puisant de la force dans la sienne. Le premier d'entre eux, Pierre Jean Jouve, le poète de ces pathétiques recueils : *Vous êtes des hommes* et *Danse des morts*, qu'une bonté ardente

poussait à des accès de colère ou à des extases, souffrant de tous ses nerfs à cause de l'injustice du monde,
tel Olivier ressuscité, donne libre essor dans ses
vers à sa haine de la violence. René Arcos qui,
comme lui, avait vu la guerre dans son horreur et la
détestait tout autant, plus clair dans sa façon de saisir
l'instant dramatique, plus réfléchi que Jouve, mais
droit et bienveillant aussi, exalte l'image de l'Europe ;
Charles Baudouin, lui, exalte l'éternelle bonté ; le
graveur belge Frans Masereel taille sur ses planches
la plainte de l'humanité, imagier grandiose de son
temps, plus humain dans ses protestations dessinées
que tous les livres et tous les tableaux ; Guilbeaux,
fanatique de l'essor social, véritable coq de combat
dressé contre toute espèce de puissance, fonde une
revue mensuelle, *Demain*, la seule vraiment européenne, avant qu'elle ne sombre tout à fait dans la
pensée russe ; Jean Debrit, dans sa *Feuille*, lutte
contre la partialité de la presse romande et contre la
guerre ; Claude Le Maguet fonde les *Tablettes* qui,
grâce à de hardis collaborateurs et aux dessins de
Masereel, deviennent le plus vivant des périodiques
paraissant alors en Suisse. Un îlot d'indépendance se
crée, auquel parviennent de temps en temps, de tous
les points de l'horizon, des saluts du monde lointain.
Là seulement on respirait quelque chose de l'atmosphère européenne, au milieu des vapeurs de sang.

   Mais ce qu'il y avait de plus merveilleux dans cette
communauté spirituelle, c'est que, grâce à Rolland,
les frères ennemis n'en étaient pas exclus. Alors que
chacun, envahi par l'hystérie d'une haine générale,
ou redoutant de paraître suspect, évitait comme des
pestiférés, quand il les rencontrait par hasard dans la
rue, en pays neutre, ses amis de la nation ennemie
qu'il considérait autrefois comme des frères ; alors

que des parents ne se risquaient pas à se demander par lettres, les uns aux autres, si des êtres de leur propre sang étaient vivants ou morts, Rolland n'a pas renié un instant ses amis d'Allemagne. Au contraire, jamais il n'a aimé davantage ceux d'entre eux qui lui restèrent fidèles que lorsqu'il était dangereux de les aimer. Il s'est adressé à eux publiquement, leur a tendu la main, leur a écrit ; et les paroles par lesquelles il leur rend témoignage dureront : *Oui, j'ai des amis allemands, comme j'ai des amis français, italiens, anglais, de toute race. C'est ma richesse, j'en suis fier, et je la garde. Quand on a le bonheur de rencontrer dans le monde des âmes loyales avec qui l'on partage ses plus intimes pensées, avec qui l'on a noué des liens fraternels, ces liens sont sacrés, et ce n'est pas à l'heure de l'épreuve qu'on ira les briser. Quel lâche serait-il donc, celui qui cesserait peureusement de les avouer, pour obéir aux sommations insolentes d'une opinion publique qui n'a aucun droit sur notre cœur... Ce que de telles amitiés, en des moments pareils, ont de douloureux parfois jusqu'au tragique, certaines lettres le montreront plus tard. Du moins, nous leur devons d'avoir pu, grâce à elles, nous défendre de la haine, qui est plus meurtrière encore que la guerre, car elle est une infection produite par ses blessures, et elle fait autant de mal à celui qu'elle possède qu'à celui qu'elle poursuit*[1].

Ce que Rolland, par son attitude courageuse et indépendante, a donné à ses amis et à d'innombrables compagnons invisibles est inestimable. Ce fut avant tout un exemple pour tous ceux qui étaient bien du même avis que lui mais se trouvaient dispersés dans quelque recoin d'ombre, et auxquels il fallait d'abord

1. « Lettre à ceux qui m'accusent », novembre 1914.

ce point de cristallisation pour qu'ils façonnent et épurent leur âme. Par sa ferme attitude qui faisait honte à tout homme plus jeune, cette existence modèle constitua un merveilleux encouragement pour ceux précisément qui ne se sentaient pas encore sûrs d'eux-mêmes ; en sa présence, nous étions tous plus forts, plus libres, plus vrais, sans préjugés ; ce qu'il y avait d'humain en nous flambait, purifié par son ardeur, et nous étions unis par quelque chose de plus qu'une même pensée, par un désir passionné d'élévation, de fraternisation poussé parfois jusqu'au fanatisme. Le fait d'être tous assis autour d'une même table en dépit de l'opinion et du code de tous les États, d'échanger simplement nos paroles et notre confiance, ne faisait que rendre encore plus vive une camaraderie exposée à toute suspicion ; et en bien des heures – inoubliables – nous ressentîmes avec une véritable ivresse ce que notre amitié avait d'unique et d'inouï. Une vingtaine en tout, réunis en Suisse, Français, Allemands, Russes, Autrichiens, Italiens, Belges, nous appartenions au groupe infime de ceux qui, parmi cent millions d'hommes, se regardaient dans les yeux, franchement et sans haine, et se communiquaient leurs pensées les plus intimes – nous étions alors l'Europe, notre unité, petite troupe perdue dans son ombre, grain de poussière dans la tourmente universelle, germe peut-être des fraternisations futures. Avec quelle force, avec quel bonheur avons-nous ressenti cela à certaines heures, et surtout avec quelle reconnaissance ! Car sans lui – sans le génie de son amitié, sans le liant de sa nature – qui nous unissait d'une main légère, expérimentée, bienveillante, nous ne serions jamais parvenus à nous libérer, à acquérir une certitude. Chacun de nous l'aimait à sa manière, mais nous l'honorions tous égalementment, les Français comme la pure expression spirituelle de leur patrie, nous comme le merveilleux équivalent de ce que, dans notre pays, nous possédions de meilleur. Dans ce cercle qui l'entourait régnait un sentiment de communion de même que chez les fidèles d'une religion naissante ; l'inimitié entre nos différents pays et la conscience du danger faisaient que nous nous serrions les uns contre les autres dans un élan amical, et l'exemple du plus courageux, du plus libre des hommes, avivait le meilleur de notre humanité. À ses côtés, on se sentait au cœur de la vraie Europe ; quiconque s'approchait de lui et entrait en contact avec sa personnalité en recevait, comme dans la vieille légende, une force nouvelle pour lutter contre Hercule, antique symbole de la puissance brutale.

LES LETTRES DE ROLLAND

Tout ce que, durant ces jours d'adversité, la présence vivante de Rolland donna à ses amis et, par rayonnement, à la communauté européenne, n'était pourtant qu'une partie de lui-même. Son ardeur conciliatrice, expéditive et secourable, se faisait sentir bien au-delà des limites de sa personne. Qu'une question, une angoisse, une détresse, une impulsion s'adressât à lui, elle recevait toujours une réponse. À cette époque, Rolland a diffusé dans des centaines et des centaines de lettres le message de la fraternité, et accompli admirablement le vœu que lui avait arraché vingt-cinq ans auparavant la lettre de Léon Tolstoï qui apportait à son âme le salut. En lui revit non seulement Jean-Christophe le croyant, mais aussi Tolstoï, le grand consolateur.

Durant ces cinq années de guerre, il s'est chargé tout seul d'un immense fardeau dont le monde ne s'est pas douté. Car s'il se trouvait en un coin de l'univers quelqu'un qui se défendît contre l'emprise de l'époque, qui se révoltât contre le mensonge, qui eût besoin d'un conseil dans un cas de conscience ou désirât être secouru, à qui s'adressait-il? Au-devant de qui, en Europe, la confiance pouvait-elle encore s'élancer ainsi ? Les amis inconnus de Jean-Christophe, les frères anonymes d'Olivier, cachés dans quelque retraite de province, sans personne à leur côté à qui oser chuchoter leurs doutes, à qui auraient-ils pu se confier si ce n'est à celui qui, le premier, leur avait apporté un message de bonté ! Ils lui remettent donc leurs requêtes, leurs propositions, la révolte de leur conscience ; les soldats lui écrivent des tranchées, les mères, du foyer. Bien des correspondants n'osent dire leur nom, se contentant de n'être qu'une acclamation et de se déclarer citoyens de cette « république invisible des âmes libres » au milieu des nations en guerre. Et Rolland assuma la tâche immense de rassembler et de guider cette détresse et ces plaintes, d'être le confesseur qui écoutait tous ces aveux, le consolateur de ce monde qui se ravageait lui-même. Aussitôt que le moindre germe d'un mouvement européen et humain se manifestait dans les différentes nations, il cherchait à l'entretenir ; il était le carrefour où aboutissaient toutes ces routes de misère. Mais il restait dans le même temps en relations avec les principaux représentants de la foi européenne de chaque pays, derniers fidèles de l'esprit libre. Il parcourait attentivement toutes les revues et tous les journaux, y cherchant des messages de réconciliation : il ne s'est épargné aucune peine. Un homme, une œuvre se consacraient-ils alors à la réconciliation de l'Europe, l'aide active de Rolland leur était assurée.

Ces centaines, ces milliers de lettres qu'il a écrites durant la guerre ont l'importance d'une œuvre morale comme aucun autre écrivain contemporain n'en a produit. Elles ont porté de la joie à un grand nombre d'isolés, raffermi des incertains, relevé des désespérés ; jamais la mission d'un écrivain ne fut plus noblement remplie.

Mais au point de vue artistique aussi, ces lettres, dont quelques-unes ont été publiées depuis lors, me paraissent être ce que Rolland a créé de plus pur et de plus parfait, car le sens profond de son art étant de consoler, maintenant que dans ces entretiens d'homme à homme il s'abandonne complètement, bien des pages sont empreintes d'une force rythmée, d'un ardent amour de l'humanité qui les égalent aux plus beaux poèmes de tous les temps. La légère timidité d'âme qui, dans la conversation, le retient souvent fait place dans ces pages à un témoignage exprimé ouvertement : c'est toujours l'homme libre intérieurement qui s'adresse aux autres hommes, la bonté y atteint à l'éloquence de la passion. Et ce qui fut ainsi hâtivement dispersé au loin, à l'étranger, c'est le meilleur de son être ; il peut dire comme Colas Breugnon : « Voilà mon plus beau travail, les âmes que j'ai formées. »

LE CONSEILLER

Pendant ces années-là, bien des gens vinrent trouver Rolland, des jeunes gens pour la plupart, le priant de leur donner un conseil dans certains cas de conscience. Étant par conviction opposés à la guerre, ils lui demandaient s'il leur fallait refuser de servir à la façon de Tolstoï et des *conscientious objectors*, ou endurer le mal comme l'ordonne la Bible ; s'ils devaient prendre position ouvertement contre maintes injustices commises par leur patrie ou garder le silence. D'autres, dans le désarroi de leur conscience, venaient chercher des directions spirituelles, mais tous pensaient être en présence d'un homme qui possédait une maxime, une norme fixe sur la conduite à tenir en temps de guerre, un merveilleux élixir moral qu'il leur céderait volontiers.

À toutes ces questions, Rolland répondait invariablement : « Agissez selon votre conscience. Cherchez votre propre vérité et réalisez-la. » Il n'existe pas de vérité absolue, pas de formule rigide qui puisse être transmise de l'un à l'autre : la vérité est quelque chose qui ne peut être créé que par chacun, de soi-même, à sa ressemblance, et toujours seulement pour soi. Il n'existe aucune règle morale de conduite autre que celle-ci : se connaître soi-même et demeurer fidèle à cette nécessité intérieure, serait-ce même contre le monde entier. Quiconque jette les armes et se laisse emprisonner a raison s'il agit ainsi non par vanité ou par esprit d'imitation, mais parce que c'est là le désir de tout son être. Et quiconque prend les armes pour sauver les apparences et trompe ensuite l'État, quiconque réserve sa liberté afin de propager l'idée a raison également, pourvu qu'il agisse de lui-même en sachant pourquoi. Rolland a donné raison à tous ceux qui avaient une foi vivante et personnelle, aussi bien aux patriotes désireux de mourir pour la patrie qu'aux anarchistes en train de se libérer des liens de l'État : chacun doit avoir foi en ses propres convictions. Rolland n'a pas d'autre devise. D'après lui, seul celui-là qui se laisse subjuguer par une idée étrangère et, entraîné par l'ivresse collective, se met en évidence et agit contre sa nature agit à tort et sans sincérité.

Il n'y a qu'une sincérité (c'est ce qu'il répète à tous), cette vérité que chaque homme reconnaît en lui comme son bien ; en dehors de celle-là, toute autre est duperie envers soi-même. Et c'est justement cet égoïsme apparent qui sert l'humanité : *Qui veut être utile aux autres doit d'abord être libre. L'amour même n'a point de prix si c'est celui d'un esclave* [1]. Il ne sert à rien de mourir pour la patrie si celui qui se sacrifie ne croit pas à la patrie comme en un dieu ; déserter est une lâcheté si l'on n'a pas le courage de se déclarer « sans-patrie ». Pas d'idée véritable qui n'ait été vécue d'abord dans les âmes ; pas d'action valeureuse qui n'ait été conçue par une pensée

1. Introduction de *Clérambault*.

326

consciente de toute sa responsabilité. Celui qui veut servir l'humanité ne doit pas se mettre au service d'arguments étrangers. Rien de ce qui a été produit par imitation, ou parce que d'autres vous en ont persuadé, ou, comme presque toutes choses à notre époque, dans l'hypnose d'une démence collective, ne peut compter comme acte moral. Le premier devoir, c'est d'être soi et de le demeurer jusqu'au sacrifice et au don de soi-même.

Certes, Rolland reconnaît combien ces actes libres sont difficiles à accomplir, et rares ; il cite cette parole d'Emerson : *Rien n'est plus rare chez tout homme qu'une action émanant de son propre fonds*. Mais la pensée enchaînée et peu sincère des masses, leur conscience paresseuse ne sont-elles pas précisément la source de tout le mal ? Eût-il été possible qu'une guerre fratricide éclatât en Europe si chaque bourgeois, chaque paysan, chaque artiste s'était demandé, au plus profond de son cœur, quelle valeur il attachait aux mines du Maroc ou aux marais d'Albanie, et si vraiment il détestait ses frères d'Angleterre et d'Italie, comme les journaux et des professionnels de la politique le lui faisaient croire ? Seuls une mentalité de troupeau, la répétition servile d'arguments étrangers, un enthousiasme aveugle pour des sentiments qu'on n'a jamais encore éprouvés purent permettre une telle catastrophe. Et seules l'indépendance d'un grand nombre d'hommes, si elle est possible, et la dissociation des consciences pourront, à l'avenir, épargner à l'humanité le retour d'une telle tragédie. Car ce que chaque individu a reconnu être vrai et bon pour lui l'est aussi pour l'humanité. *De libres âmes, de fermes caractères, c'est ce dont le monde manque le plus aujourd'hui. Par tous les chemins divers : soumission cadavérique des Églises, intolérance étouf-*

fante des patries, unitarisme abêtissant des socialismes, nous retournons à la vie grégaire... L'humanité a besoin que ceux qui l'aiment lui tiennent tête et se révoltent contre elle, quand il le faut [1].

Ainsi Rolland se refuse à jouer auprès de ses semblables le rôle d'une autorité. Il exige de chacun qu'il reconnaisse la seule autorité de sa propre conscience. La vérité ne peut s'enseigner, elle doit être vécue. Quiconque pense clairement et, guidé par cette clarté, agit en toute indépendance fait naître autour de lui la conviction, non par ses paroles mais par sa personnalité. Pour venir en aide à toute une génération, il a suffi à Rolland de montrer en pleine lumière, des hauteurs de son isolement, comment un homme, par sa fidélité à l'idée qu'il a une fois reconnue vraie, peut la rendre vivante en tous temps. Son conseil véritable n'est pas dans des paroles mais dans des actes, dans la pureté, la moralité d'une existence modèle.

1. Introduction de *Clérambault*.

SOLITUDE

Ainsi cette vie, de mille manières agissante, reliée au monde entier, répand une chaleur qui rayonne : et pourtant, quelle solitude que ces cinq années d'un exil volontaire ! À Villeneuve, sur le Léman, Rolland vit dans un isolement tragique. Il habite une petite chambre d'hôtel, et cet étroit espace est devenu en quelque sorte semblable à celui où il habitait autrefois à Paris : ici aussi des livres et des brochures entassés, ici aussi la simple petite table de bois, ici aussi un petit piano aux sons duquel il se repose de son labeur. C'est à cette table de travail qu'il passe la journée et souvent même la nuit ; rarement une promenade, rarement une visite, car il se trouve séparé de ses amis ; quant à ses vieux parents et à sa sœur tendrement aimée, ils ne peuvent franchir la frontière qu'une fois l'an. Et, chose plus terrible encore : cette solitude est celle d'une maison de verre. Le « grand apatride » est épié de tous côtés, des « agents provocateurs » le recherchent comme révolutionnaire et agitateur. Chaque lettre est lue avant de lui parvenir, chacune de ses conversations au téléphone est rapportée, chaque visite surveillée. Prisonnier de puissances invisibles, Romain Rolland habite une prison de verre.

Peut-on croire encore aujourd'hui une chose pareille : pendant les deux dernières années de la guerre, Romain Rolland, dont les paroles sont attendues avec impatience par tout un monde, ne trouve aucun journal, à l'exception de quelques revues occasionnelles, pour y publier ses articles, aucun éditeur pour ses livres. Sa patrie le désavoue ; il est le *fuoruscito* du Moyen Âge, banni de la cité ; à mesure que son indépendance d'esprit s'affirme d'une manière plus radicale, la Suisse même considère sa présence comme quelque chose de moins en moins agréable. Une mystérieuse proscription semble planer au-dessus de lui.

Peu à peu, ces attaques bruyantes font place à une nouvelle forme de la haine plus dangereuse encore : un noir silence se fait autour de son nom et de son œuvre. Le nombre des anciens compagnons qui battent en retraite devient toujours plus grand ; et bien des amitiés nouvelles se relâchent, surtout avec des hommes plus jeunes devenus politiciens, d'idéalistes qu'ils étaient. Le silence augmente, se fait absolu, tandis qu'au-dehors le grondement du monde s'accentue. Pas de femme à ses côtés pour le secourir ; les livres mêmes, ses plus chers compagnons, sont hors de portée de sa main, car il sait que s'il passait seulement une heure en France, c'en serait fait de sa liberté de parole.

La patrie se dresse comme une muraille devant lui, son asile est une maison de verre. Et c'est ainsi qu'il vit, lui, le plus apatride des apatrides, tout à fait « dans les airs », comme disait son cher Beethoven, absorbé dans les idées, dans l'Europe invisible, uni à tous et seul comme pas un. Au lieu d'être aigri par cette pénible épreuve, il n'en est devenu que plus croyant ; rien ne montre mieux la force de sa vivante bonté. Car pour lui, vivre parmi les hommes dans la plus profonde solitude, c'est être vraiment en communion avec l'humanité.

LE JOURNAL DE ROLLAND

Sa conscience seule lui tient compagnie et ils s'entretiennent longuement. Dès le début de la guerre, Rolland écrit chaque jour dans son Journal ses impressions, ses pensées les plus secrètes, les messages qui lui parviennent du dehors ; son silence même est encore une protestation passionnée contre son temps. Pendant ces années-là, les volumes s'ajoutent aux volumes, et il y en a déjà vingt-sept quand à la fin de la guerre il veut quitter la Suisse ; il hésite à transporter ce document le plus important, le plus intime de sa vie, de l'autre côté d'une frontière où les censeurs auraient le droit de lire ses impressions secrètes. De temps à autre, il en montre une page à quelques-uns de ses amis, mais le tout forme un testament destiné aux générations à venir, qui parcourront d'un regard plus serein et avec moins de passion la tragédie de notre siècle.

Nous ne pouvons mesurer aujourd'hui la grandeur de ce legs, mais notre sentiment nous dit que ce sera une histoire de l'âme contemporaine. Car c'est en écrivant que Rolland pense le plus clairement et en toute indépendance. Ses moments de grande inspiration sont tout personnels et, de même que ses lettres dans leur ensemble sont peut-être, au point de vue artistique, supérieures à ses articles, ce document historique de sa vie sera sans doute le plus pur commentaire poétique de la guerre. Seul l'avenir reconnaîtra (comme Rolland lui-même l'a montré d'une manière si attachante par l'exemple de son *Beethoven* et des autres *Vies des hommes illustres*) au prix de quelle désillusion personnelle il paya le message de confiance qu'il apportait au monde entier ; l'avenir comprendra que cet idéalisme qui souleva des milliers d'hommes et que les malins se plurent souvent à railler, le traitant d'idéalisme banal et facile, est sorti des abîmes de la douleur et de la solitude de l'âme, grâce au seul héroïsme d'une conscience qui luttait. Nous ne connaissons que l'action née de sa foi ; mais les volumes de son Journal renferment le prix du sang que coûta cette action, payé jour après jour à la vie sans cesse inexorable.

LES PRÉCURSEURS ET EMPÉDOCLE

Rolland était entré en campagne contre la haine presque au début de la guerre. Pendant plus d'un an, il lutte par la parole contre les cris de rage qui retentissent de partout. C'est en vain. Le flot grossit, alimenté sans cesse par le sang d'innocentes victimes ; il continue ses ravages, toujours plus loin à travers les pays récemment atteints. Et, dans cette mêlée toujours plus bruyante, la voix de Romain Rolland finit par se taire ; il lui faut reprendre son souffle ; chercher à crier plus fort qu'une telle folie serait insensé, il le voit bien.

Après la publication de son livre, *Au-dessus de la mêlée*, il s'est abstenu de toute manifestation publique. Il a dit ce qu'il avait à dire, il a semé le vent et récolté la tempête. Il n'est pas las d'agir, ni résigné, mais il sent qu'il est absurde de parler à un monde qui ne veut pas entendre. Déjà lui fait défaut cette noble illusion, qui l'animait au début, de croire que l'humanité désire la raison et la vérité ; maintenant, il reconnaît clairement que les hommes redoutent, par-dessus tout, la vérité.

Il commence donc à se donner raison dans un

334

grand roman, dans une satire, dans d'autres œuvres poétiques et dans sa correspondance passionnément active. Il se tient déjà tout à fait en dehors de la mêlée.

Cependant, après une année de silence, comme le flot de sang monte toujours et que le mensonge s'exaspère, il sent qu'il est de son devoir de reprendre le combat. Goethe disait à Eckermann : *On doit toujours répéter ce qui est vrai, parce que l'erreur aussi est toujours prêchée à nouveau autour de nous, non par les individus, il est vrai, mais par la masse.* Il y a tant de solitudes dans le monde que le besoin de s'unir de nouveau s'y fait sentir. Les signes d'indignation et de révolte se multiplient dans chaque pays ; le nombre des individus courageux, qui se cabrent contre le destin qu'on leur impose, se multiplie aussi, et Rolland sent le devoir d'assister ces hommes dispersés et de les affermir dans la lutte.

Il explique son silence et sa nouvelle attitude dans « La Route en lacet qui monte », le premier article qu'il écrivit alors : *Si depuis une année je garde le silence, ce n'est pas que soit ébranlée la foi que j'exprimai dans* Au-dessus de la mêlée *(elle est beaucoup plus ferme encore) ; mais je me suis convaincu de l'inutilité de parler à qui ne veut pas entendre. Seuls les faits parleront, avec une tragique évidence ; seuls ils sauront percer le mur épais d'entêtement, d'orgueil et de mensonge, dont les esprits s'entourent pour ne pas voir la lumière. Mais nous nous devons entre frères de toutes les nations, entre hommes qui ont su défendre leur liberté morale, leur raison et leur foi en la solidarité humaine, entre âmes qui continuent d'espérer, dans le silence, l'oppression, la douleur – nous nous devons d'échanger, au terme de cette année, des paroles de tendresse et de consolation ; nous nous devons de nous montrer que dans la nuit sanglante la lumière brille encore, qu'elle ne fut jamais éteinte, qu'elle ne le sera jamais. Dans l'abîme de misères où l'Europe s'enfonce, ceux qui tiennent une plume devraient se faire scrupule de jamais apporter une souffrance de plus à l'amas des souffrances, ou de nouvelles raisons de haïr au fleuve brûlant de haine. Deux tâches restent possibles pour les rares esprits libres... l'une, d'essayer d'ouvrir les yeux à leur propre peuple sur ses erreurs. Cette tâche n'est point celle que je me suis assignée. Ma tâche est de rappeler aux frères ennemis d'Europe non ce qu'ils ont de pire, mais ce qu'ils ont de meilleur – les motifs d'espérer en une humanité plus sage et plus aimante* [1].

Dans de nouveaux articles que Rolland publie alors, pour la plupart dans de petites revues, car les grands quotidiens lui sont fermés depuis longtemps, et qui seront rassemblés plus tard dans *Les Précurseurs*, le ton change, la colère se mue en grande pitié. Le premier élan de passion fanatique se brise chez Rolland comme chez les soldats de toutes les armées au cours de cette troisième année de guerre ; il fait place à un sentiment du devoir plus tranquille, mais plus persévérant encore. Rolland se montre peut-être plus véhément, plus radical dans ses vues, mais ses propos se revêtent d'humaine douceur. Ce qu'il écrit ne vise plus directement la guerre, mais pour ainsi dire au-delà. Il montre l'horizon lointain, survole les siècles pour y découvrir des points de comparaison et, afin de consoler, cherche un sens à ce qui paraît n'en pas avoir. Pour lui, comme pour Goethe, l'humanité forme une spirale éternellement ascendante, où chaque heure se reproduit au même point sur un

---

1. *Le Carmel*, Genève, décembre 1916.

plan toujours plus élevé, développement incessant, rechutes continuelles. Il essaie ainsi de montrer que même cette heure tragique en présage peut-être une plus belle.

Ces articles des *Précurseurs* ne luttent plus contre des opinions et contre la guerre, ils se contentent de mettre en lumière ceux qui, dans tous les pays, combattent pour l'autre idéal, « les pionniers de l'âme européenne » ; c'est ainsi que Nietzsche appelait les annonciateurs de l'unité spirituelle. Il est trop tard pour mettre son espérance dans les masses. Dans son appel « Aux peuples assassinés », Rolland n'exprime que de la pitié pour les millions d'hommes qui, par apathie, servent à des fins qui leur sont étrangères, et dont la pieuse immolation n'a pas d'autre sens que la beauté d'un sacrifice héroïque. Son espoir se tourne uniquement vers les élites, vers les rares hommes libres qui délivrent le monde entier ; il brosse de grands tableaux de l'âme où toute la vérité apparaît réfléchie ; ces tableaux restèrent sans effet sur l'époque, mais ils dureront, témoins de cette vérité omniprésente en tous temps. Il y ajoute le portrait de ces hommes courageux et ces analyses magistrales sont encore complétées par des silhouettes du passé, celle de Tolstoï, l'ancêtre de l'indépendance de l'individu en temps de guerre, et celle du sage ionien Empédocle, pour qui Rolland eut un faible dès sa jeunesse.

Ce grand philosophe grec, dont il fit, à vingt ans, le sujet de son premier drame, le console maintenant dans son âge mûr. Rolland montre qu'il y a trois mille ans déjà, à une époque ruisselante de sang, un poète a reconnu que le monde vit dans un perpétuel mouvement de la haine vers l'amour, et de l'amour vers la haine, qu'à toute une période de haine et de combats succède toujours, selon le rythme invariable des saisons, un nouvel essor vers des temps plus sereins. En une magnifique envolée, il démontre que, du chantre des *Muses siciliennes* jusqu'à nos jours, les philosophes eurent toujours connaissance de la vérité humaine, et pourtant demeurèrent impuissants contre l'erreur universelle, mais que la vérité passe ainsi de main en main, formant une chaîne indestructible.

Au-dessus de la sombre résignation de cette existence, une douce lueur d'espoir brille donc encore, visible seulement pour les élus qui savent élever leurs regards des choses temporelles vers l'infini.

Pendant ces cinq années, le moraliste, le philan-
thrope, l'Européen avaient parlé aux peuples ; quant
au poète, il semblait devenu muet. Bien des personnes
durent trouver étonnant que la première œuvre poétique de Rolland, achevée avant même la fin de la
guerre, fût une comédie sarcastique, pétillante d'esprit : *Liluli*. Mais cette gaieté jaillit des profondeurs
de la souffrance. Au moyen de l'ironie, Rolland a
cherché à « refouler », pour employer un terme de
psychanalyse, la douleur impuissante qu'il éprouve à
demeurer désarmé en face du monde en folie, et le
désespoir de son âme exténuée. Du pôle d'une révolte
contenue, l'étincelle vole à l'autre pôle, dans un éclat
de rire. On reconnaît ici, comme dans toutes les
œuvres de Rolland, la volonté de se libérer d'une
impression. La douleur éclate de rire, le rire, à son
tour, devient amertume, en manière de contrepoint,
afin de maintenir le moi en équilibre malgré le siècle
qui s'appesantit sur lui. Là où la colère est impuissante, la raillerie demeure efficace ; elle vole comme
un dard enflammé au-dessus du sombre univers.

Liluli est la farce satirique tirée d'une tragédie qui

ne fut jamais écrite, ou plutôt d'une tragédie que Rolland n'avait pas besoin d'écrire parce que le monde la vivait. Il semble qu'elle soit devenue, au cours de la composition, plus amère, plus sarcastique, plus cynique même que la fantaisie de l'idée première ne le prévoyait, et que l'ambiance l'ait rendue plus âpre, plus brûlante, plus impitoyable que le poète ne l'avait imaginé. La scène (écrite d'abord l'été 1917) des deux amis qui, séduits par l'espiègle déesse de l'Illusion, s'entre-tuent contre leur gré en formait le centre. On retrouvait en ces deux princes des contes de fées l'ancien symbole d'Olivier et de Jean-Christophe, et un lyrisme poignant jaillissait de leurs paroles fraternelles : la France et l'Allemagne se trouvaient là face à face, se précipitant, aveuglées, derrière une illusion, deux peuples au bord de l'abîme au-dessus duquel ils avaient tendu depuis longtemps le pont de la réconciliation.

Mais l'époque ne permit pas ce pur accord de douleur lyrique ; la comédie se construisit toujours plus tranchante, toujours plus acérée, toujours plus grotesque. Tous ceux que Rolland avait sous les yeux : diplomates, intellectuels, écrivains de guerre (entrant en scène sous l'aspect ridicule de derviches danseurs), « bellipacistes », idoles de la Liberté et de la Fraternité, voire même Dieu le Père, lui apparaissent à travers les larmes, décomposés en grimaces et en caricatures ; et il dessine en couleurs vivement placardées, avec de furieux traits de colère, cet univers dément. Tout cela est dilué, altéré dans la lessive amère de la satire, mais cette raillerie même, le rire libre, n'échappe pas au terrible coup de battoir final. Car Polichinelle, le raisonneur de la pièce, ce raisonnable costumé en fou, est par trop raisonnable ; son rire peureux sert à masquer ses actions. Quand Polichinelle rencontre la Vérité – la seule figure de la pièce qui demeure sérieuse et émouvante dans sa tragique beauté –, il n'ose pas rester aux côtés de cette pauvre créature ligotée, qu'il aime. Ainsi, le seul être clairvoyant de ce monde pitoyable est un lâche et c'est contre lui, contre l'homme averti qui n'en témoigne rien, que se tourne, à l'endroit le plus fort de la comédie, l'indignation de Rolland : *Tu sais rire et railler*, lui crie la Vérité, *mais derrière ta main, comme un écolier. Ainsi que tes grands-parents, les grands Polichinelles, les maîtres de la libre ironie et du rire, comme Érasme et Voltaire, tu es prudent, prudent, ta grande bouche est fermée sur ton ricanement... Riez donc, rieurs ! Le châtiment sera que vous saurez bien rire du mensonge pris en vos rets ; mais vous ne prendrez jamais, jamais la Vérité... Vous serez seuls, rieurs, seuls avec votre rire, sous la voûte du vide. Et vous m'appellerez alors. Je ne répondrai plus, je serai bâillonnée... Ah ! Quand viendra... le grand Rire vainqueur, qui me ressuscitera de son rugissement !*

De ce grand rire vainqueur et communicatif, Rolland ne pouvait rien mettre dans cette comédie née d'une trop grande amertume. Elle ne dégage qu'une ironie tragique dont Rolland se sert comme d'une arme défensive contre sa propre émotion. Bien que le rythme de *Colas Breugnon*, aux rimes librement balancées, soit maintenu dans *Liluli* et que la raillerie s'y essaie, comme l'œuvre des temps bénis de la « douce France » résonne autrement que cette tragicomédie du chaos ! Autrefois, la gaieté jaillissait de la plénitude du cœur : elle vient maintenant d'un cœur lourd et oppressé ; autrefois, elle était bon enfant, joviale dans un large éclat de rire : maintenant, elle s'est faite ironique avec l'amertume d'un sentiment blessé, avec une puissante irrévérence contre tout ce qui existe. Un monde détruit, vaincu, anéanti, un monde jadis peuplé de nobles rêves et de visions de bonté s'étend pétrifié entre la vieille France de *Colas Breugnon* et la France nouvelle de *Liluli*. C'est en vain que la farce se déroule en cabrioles toujours plus extravagantes, c'est en vain que les plaisanteries s'élancent et rebondissent : le sentiment retombe de tout son poids douloureux sur le sol ensanglanté. Et dans aucune des œuvres que Rolland composa à cette époque, appel pathétique ou adjuration tragique, je ne sens ce qu'il dut souffrir pendant ces années-là avec autant de force que dans cette farce où il se contraint amèrement à l'ironie, au rire aigu et fêlé.

Mais, chez Rolland, le musicien ne laisse jamais une impression prendre fin sur une dissonance ; le plus vif sentiment d'aigreur, il le résout en douce harmonie. C'est ainsi que, un an plus tard, il oppose à *Liluli*, à cette farce amèrement courroucée, une tendre idylle amoureuse, aux délicates nuances d'aquarelle, sa charmante nouvelle de *Pierre et Luce*. Si dans *Liluli* il a montré l'Illusion troublant le monde, il nous présente ici une illusion nouvelle, plus noble que l'autre, subjuguant le monde et la réalité. Deux êtres, presque encore des enfants, jouent insouciants au-dessus de l'abîme du siècle. Le grondement des canons, la chute des bombes, la détresse de la patrie… ces deux rêveurs amoureux, perdus dans leur félicité, n'y prêtent pas attention. Le temps et l'espace n'existent pas pour leur ivresse. L'amour voit dans un autre être son univers et ne soupçonne pas l'existence d'un monde de haine et d'erreur. La mort même, pour eux, est un songe.

C'est auprès de Pierre et de Luce, ces deux bienheureux, que le poète se réfugie, et nulle part il ne se manifeste d'une façon aussi pure que dans cette nouvelle. Le sarcasme, l'amertume se sont effacés de ses lèvres ; il illumine d'un doux sourire ce monde juvénile. Cette œuvre constitue une halte dans son poème de combat. La pureté de son être intérieur s'y révèle entièrement et sa douleur s'y assoupit en un beau rêve.

CLÉRAMBAULT

La tragi-comédie *Liluli* était un cri, un gémisse-
ment, une raillerie douloureuse ; l'idylle *Pierre et
Luce*, un rêve d'une tendresse sereine au-delà du jour
présent ; l'un et l'autre de ces ouvrages n'étaient que
sentiment épisodique, déclarations et mise en forme
occasionnelles. Mais son roman *Clérambault*, « histoire d'une conscience libre », est la confrontation
grave, tranquille et durable avec son temps que
l'écrivain a lentement, en quatre années de travail,
menée à son accomplissement. Ce *Clérambault* n'est
pas une autobiographie, mais une transcription des
idées de l'auteur et, comme *Jean-Christophe*, tout à
la fois une biographie imaginaire et un vaste tableau
de l'époque. Ici se trouvait rassemblé et réuni tout ce
qui était auparavant dispersé dans les lettres et les
manifestes, les nombreuses formes sous lesquelles
s'exerçait son action, reliées souterrainement par l'art.
Pendant quatre ans, toujours entravé par ses activités
publiques et les circonstances extérieures de sa vie,
Rolland a ici élevé son œuvre des abîmes de la douleur aux sommets de la consolation : c'est seulement

après la guerre, à Paris, dans l'été 1920, que le livre fut terminé.

Clérambault correspond tout aussi peu que *Jean-Christophe* à ce qu'on appelle un roman ; ce livre lui aussi est à la fois moins et infiniment plus. *Clérambault* est le roman du développement non d'un être humain, mais d'une idée : le même processus artistique que dans *Jean-Christophe* présente à nos yeux une conception du monde comme une chose qui n'est pas déjà achevée, close, donnée. Degré par degré, nous montons avec un homme de l'erreur et de la faiblesse vers la clarté. C'est en un certain sens un livre religieux, l'histoire d'une conversion, une illumination, la légende dorée moderne d'un bourgeois très simple, ou au fond, comme le titre le dit, l'histoire d'une conscience. Ici encore, le but suprême, c'est la liberté, l'introspection, mais poussée cette fois jusqu'à l'héroïsme, puisque la connaissance acquise se transforme aussitôt en actes. Et puis, la tragédie y est tout intérieur ; elle se déroule dans la partie la plus inaccessible de l'être, là où l'homme se trouve seul avec la vérité. C'est pourquoi, dans ce roman, il n'y a personne pour donner la réplique, comme Olivier dans *Jean-Christophe* : le véritable adversaire, la vie extérieure même, y fait défaut. L'adversaire de Clérambault, son ennemi, c'est lui-même, l'ancien et faible Clérambault d'autrefois que le nouveau Clérambault clairvoyant et sincère doit d'abord réduire à l'impuissance : son héroïsme ne s'exerce pas, comme celui de Jean-Christophe, contre le monde visible, mais dans le domaine secret de la pensée.

Voilà pourquoi Rolland avait d'abord baptisé son livre « roman-méditation » et l'avait intitulé *L'Un contre tous*, retournant ainsi le titre d'un discours de La Boétie, *Le Contr'un* ; mais il abandonna ce titre par crainte des malentendus qu'il aurait pu susciter. Par sa spiritualité, cette œuvre devait rappeler une tradition oubliée depuis longtemps, les méditations des vieux moralistes français, des stoïciens du XVIe siècle qui, en pleine folie guerrière, dans Paris assiégé, cherchaient à atteindre à une plus grande sérénité d'âme au moyen de dialogues platoniciens.

Cependant le thème principal de *Clérambault* n'était pas la guerre elle-même – l'esprit a trop de noblesse pour se mesurer avec les éléments –, mais les phénomènes spirituels qui accompagnent cette guerre, et que Rolland ressent d'une façon aussi tragique que la perte de millions d'hommes, c'est-à-dire le naufrage de la libre âme individuelle dans la cataracte de l'âme collective. Il voulut montrer quelle énergie il faut à une conscience libre pour franchir les barrières que dresse autour d'elle l'instinct du troupeau ; il voulut décrire l'effroyable asservissement qu'impose à l'individu la mentalité vindicative et jalousement dominatrice de la masse ; il voulut dire au prix de quels terribles et mortels efforts on évite d'être absorbé par le mensonge de la collectivité. Car ce qui est le plus difficile, en ces temps de solidarité exacerbée, c'est précisément ce qui semble la simplicité même : rester ce qu'on est véritablement, et ne pas devenir un de ceux que le monde, la patrie ou toute autre communauté artificielle cherche à niveler.

C'est intentionnellement que Romain Rolland n'a pas donné à son héros des proportions héroïques comme il l'avait fait en une certaine mesure pour Jean-Christophe. Agénor Clérambault est un brave homme, paisible, effacé, un brave et tranquille écrivain dont l'œuvre complaisante pourra bien réjouir encore un public contemporain plein de gratitude,

mais ne sera plus d'aucune importance pour la postérité. Il a l'idéalisme confus des âmes moyennes, il
célèbre la paix éternelle et la réconciliation des
humains ; dans sa tiède bonté, il croit que la nature est
bonne, veut du bien à l'humanité et la conduit d'une
main affectueuse vers un plus bel avenir. La vie ne le
tourmente pas de questions, c'est pourquoi il la glorifie ; dans la douceur paisible d'une existence bourgeoise, tendrement entouré de sa femme, bonne et
simple, de son fils et de sa fille, il chante, Théocrite
décoré de la Légion d'honneur, le joyeux présent et
l'avenir, plus beau encore, de notre vieille planète.

Voilà que la nouvelle de la guerre tombe comme
la foudre sur cette paisible maison de banlieue. Clérambault se rend à Paris ; et à peine la vague brûlante
de l'enthousiasme l'a-t-elle touché que tous ses
idéaux d'amour entre les peuples et de paix éternelle
s'en vont déjà en fumée. Quand il rentre chez lui, il
est devenu fanatique, ardent de haine, bouillonnant
d'éloquence : dans l'immense tempête, sa lyre se met
à résonner ; Pindare remplace Théocrite ; Clérambault devient poète de guerre.

Rolland décrit alors admirablement (avec quelle
intensité n'avons-nous pas vécu ces heures-là)
comment cette catastrophe paraît à Clérambault, et
du même coup à toutes les natures moyennes, au fond
de lui-même et sans qu'il se l'avoue, un bienfait ; il
est vibrant, il est rajeuni ; l'enthousiasme des foules
fait jaillir de sa poitrine son propre enthousiasme
depuis longtemps retombé. Il se sent soulevé par la
vague nationale, transporté, gonflé du souffle de son
siècle. Et, de même que tous les esprits moyens, il
célèbre durant ces jours ses plus grands triomphes
littéraires. Ses chants de guerre, précisément parce
qu'ils expriment avec tant de force le sentiment com-

mun, deviennent propriété nationale. Le murmure de la gloire et les applaudissements montent vers cet homme tranquille, et, à cette époque où des millions d'êtres périssent, il se sent intérieurement plus vrai, plus vivant, mieux que jamais.

Cette impression de vitalité s'intensifie, son orgueil grandit encore quand son fils Maxime s'en va combattre plein d'enthousiasme ; aussi, la première chose qu'il fait lorsque ce fils revient du front au bout de plusieurs mois, c'est de lui lire ses extases guerrières. Mais, chose étrange, Maxime, dont les yeux sont remplis de visions brûlantes, se détourne de lui ; il ne désapprouve pas ces hymnes belliqueux, pour ne pas blesser son père, mais il se tait. Et durant de longs jours ce silence les sépare. Le père cherche en vain à en percer l'énigme. Il ne dit rien, sentant bien que son fils lui cache quelque chose, mais la pudeur les retient tous deux. Le dernier jour de permission, Maxime rassemble son courage et demande : « Père, es-tu bien sûr… » Mais la question lui reste dans la gorge ; silencieux, il retourne à la réalité de la guerre.

Une nouvelle offensive se déclenche quelques jours plus tard. Maxime est porté « disparu », et bientôt son père apprend qu'il est mort. Dans un éclair, il devine ses dernières paroles derrière le voile du silence ; ce qui n'a pas été prononcé commence à le tourmenter. Il s'enferme dans sa chambre et, pour la première fois, s'y trouve seul avec sa conscience. Il commence par se demander où est la vérité ; pendant toute la nuit, il chemine avec sa conscience sur la longue route de Damas. Il se débarrasse, lambeau par lambeau, du mensonge qui l'enveloppait, dont il s'était ceint les reins, jusqu'à ce qu'il se voie nu. Les préjugés de la patrie et de la collectivité se sont implantés solidement dans son épiderme : il se fait saigner en les arrachant… jusqu'à ce qu'il reconnaisse qu'une seule chose est vraie, une seule sacrée : la vie. Une fièvre de recherche le consume, c'est le vieil homme tout entier qui se consume en lui : à l'aube, il se trouve transformé. Il est guéri.

Commence alors la tragédie véritable, ce combat que Rolland lui-même a toujours considéré comme le seul essentiel dans la vie, plus important que la vie même : la lutte que soutient un être pour conquérir sa vérité personnelle, celle qui lui appartient en propre. Clérambault libère son âme de tout ce qui y pénétra par violence sous l'énorme pression des événements ; mais cette science de vérité n'est que le premier pas, car celui qui, connaissant la vérité, reste muet est plus coupable que l'inconscient plongé dans son erreur. Toute conviction n'acquiert de la valeur que lorsqu'elle a été transformée en témoignage ; il ne suffit pas de dominer l'erreur universelle d'un regard clairvoyant mais froid, à la manière du Bouddha aux lèvres silencieuses et aux yeux fixes. Au cours de sa méditation, Clérambault se rappelle cet autre saint hindou qui jurait de ne se retirer à l'écart qu'après avoir délivré de leurs souffrances le monde et les hommes. Et dès qu'il commence à vouloir aider les hommes, Clérambault entre en lutte avec eux.

Il devient donc tout à coup « l'un contre tous », et un homme héroïque, un caractère, se développe dans cet être frêle et irrésolu. Il est solitaire, comme Jean-Christophe, davantage même, car la musique frémit autour de Jean-Christophe, et dans les extases de la création sa force et sa volonté atteignent au génie. Le peu génial Clérambault n'a que lui-même : ses amis l'abandonnent, sa famille a honte de lui, l'opinion publique s'abat sur lui, et toute la foule des humains se précipite sur cet original qui veut se détacher d'elle et se préserver de son délire. Il défend sa conviction, œuvre invisible. Plus il avance, plus la solitude se fait glacée, plus la haine le serre de près, jusqu'à ce qu'il ait payé de sa vie ses croyances, martyr de la vérité.

Cette *Histoire d'une conscience libre* paraît être, à première vue, un roman tiré de l'actualité, un règlement de compte avec la guerre ; mais, comme *Jean-Christophe*, cette tranche de vie est bien davantage encore : une lutte non pas pour acquérir tel avantage ou éviter tel inconvénient de l'existence, mais pour parvenir à la vie intégrale ; un règlement de compte avec l'univers tel qu'aucun artiste n'en a établi de plus complet. Seulement, une partie de la crédulité naïve et impétueuse de *Jean-Christophe* s'en est allée, l'enthousiasme enflammé du créateur qui sait les choses et les comprend. Jean-Christophe s'écriait : « La vie est une tragédie. Hourra ! » Ce « Hourra ! » bruyant et bondissant manque ici. La connaissance du monde est devenue plus passionnée, mais plus pure, plus claire, plus logique aussi ; elle s'est spiritualisée et rassérénée.

Car c'est précisément pendant la guerre que la foi de Rolland dans l'humanité en tant que masse a été ébranlée d'une façon tragique. Sa foi en la vie subsiste, ferme, mais elle n'est plus croyance en l'humanité. Il a constaté que l'humanité veut être trompée, qu'elle feint seulement d'aspirer à la liberté, mais qu'elle est heureuse, au fond, de se délier de toute responsabilité d'ordre spirituel et de se réfugier dans l'agréable chaleur d'une illusion collective. Il a reconnu qu'un mensonge qui la remplit d'enthousiasme lui est plus cher qu'une vérité qui la dégrise ; et Clérambault exprime entièrement ce sentiment de résignation quand il dit : *On ne peut pas aider aux hommes, on ne peut que les aimer.* La confiance qu'il avait mise en des masses facilement entraînées fait place à une profonde compassion pour l'humanité ; et de nouveau, après tant d'autres fois, toute l'ardeur de l'éternel croyant se tourne vers les grands solitaires, vers les héros au-delà des âges et au-delà des peuples. Rolland met en évidence dans la personne de son Clérambault, sous une des plus belles formes tragiques, ce qu'il avait montré autrefois chez Beethoven, Michel-Ange et, plus tard, Jean-Christophe : que celui qui agit pour tous, selon la profonde vérité de sa nature, sera nécessairement « l'un contre tous ». Mais nous avons besoin de l'image de l'homme sincère pour aimer l'humanité, nous avons besoin du héros afin qu'il nous soit possible de croire que la lutte pour la vie comporte un sens et une beauté ; voilà pourquoi cette œuvre, résignée en apparence, a servi avec plus de pureté qu'aucune autre l'éternel idéalisme de son créateur.

Ainsi, aux figures de ses lutteurs terrestres, Rolland en ajoute une plus sublime encore, à la fois terrestre et religieuse : celle de l'homme martyr de sa conviction. Cette tragédie se déroule dans le monde bourgeois, parmi les conditions d'une existence moyenne, et c'est de là précisément que vient la merveilleuse grandeur morale de ce livre douloureux : il nous donne cette consolation que chacun, même l'homme le plus simple, et non le seul génie, est appelé à se montrer plus fort que le monde contraire, pourvu qu'il maintienne fermement sa volonté d'être libre à l'égard de tous, et vrai envers soi-même. Liberté et équité, ces deux forces primordiales qui permirent à Rolland d'exercer une action sur son époque, il les porte, dans la personne de Clérambault, au maximum d'intensité, il leur donne la vie d'un acte moral que ni le monde ni la mort ne peuvent détruire.

UN DERNIER AVERTISSEMENT

Romain Rolland avait lutté pendant cinq ans contre la folie de ses contemporains. Enfin la chaîne de feu qui entourait le corps torturé de l'Europe se rompt. La guerre prend fin, l'armistice est conclu. Les hommes ne s'égorgent plus les uns les autres, mais la haine, cette passion tragique, continue ses ravages. Les paroles prophétiques de Rolland remportent un morne triomphe : la méfiance à l'égard des vainqueurs, qu'il ne s'est pas lassé de proclamer dans ses livres et ses articles, est encore dépassée par une réalité vindicative : *Rien qui résiste plus difficilement au triomphe des armes qu'un idéal humain impersonnel, rien n'est plus ardu que de triompher noblement.* Ces paroles adressées à son temps reçoivent une confirmation terrible. Cette belle expression de « Victoire de la liberté et du droit » est oubliée, la conférence de Versailles prépare une nouvelle violation et une nouvelle humiliation. Là où un idéalisme simpliste voit la fin de toutes guerres, l'idéalisme véritable, qui plus haut que les hommes contemple les idées, découvre la semence d'une haine nouvelle et de nouvelles violences.

Une fois encore, à la dernière heure, Rolland s'adresse à l'homme dans lequel ceux qui avaient alors quelque espérance voyaient le dernier représentant de l'idéalisme, l'avocat d'une équité absolue : Woodrow Wilson, qui vient de débarquer en Europe au milieu de l'allégresse de millions d'hommes dans l'attente. En tant qu'historien, Rolland sait que l'histoire universelle n'est, au fond, qu'une suite de faits qui prouvent à tout instant que le vainqueur se montre arrogant et sème ainsi le germe de nouvelles guerres. Il sent que jamais autant qu'après cette catastrophe mondiale il n'a été nécessaire de remplacer la politique militaire dévastatrice par une politique morale reconstructrice, et le citoyen du monde qui avait déjà cherché à épargner à la guerre les stigmates de la haine combat maintenant en faveur d'une paix morale. L'Européen adresse à l'Américain un appel vibrant : *Vous seul, monsieur le Président, parmi tous ceux qui sont chargés à présent du redoutable honneur de diriger la politique des nations, vous jouissez d'une autorité morale universelle. Tous vous font confiance. Répondez à l'appel de ces espoirs pathétiques ! Prenez ces mains qui se tendent, aidez-les à se rejoindre... Que cet intermédiaire vienne à manquer, et les masses humaines disjointes, sans contrepoids, sont presque fatalement entraînées aux excès : les peuples à l'anarchie sanglante, et les partis de l'ordre ancien à la sanglante réaction... Héritier de Washington et d'Abraham Lincoln, prenez en main la cause, non d'un parti, d'un peuple, mais de tous ! Convoquez au congrès de l'Humanité les représentants des peuples ! Présidez-le de toute l'autorité que vous assurent votre haute conscience morale et l'avenir puissant de l'immense Amérique. Parlez, parlez à tous ! Le monde a faim d'une voix qui franchisse les*

*frontières des nations et des classes... Que l'avenir
puisse vous saluer du nom de « Réconciliateur ».*

Appel prophétique étouffé de nouveau par des cris
de vengeance. Le « bismarckisme » triomphe, la tragique prédiction de Rolland s'accomplit à la lettre ;
la paix se fait inhumaine, comme le fut la guerre.
L'humanité ne peut élire domicile parmi les hommes.
Là où un renouvellement spirituel de l'Europe aurait
pu prendre naissance sévit le vieil esprit de fatalité,
de sorte qu'il n'y a pas de vainqueurs, il n'y a que
des vaincus.

LA *DÉCLARATION D'INDÉPENDANCE DE L'ESPRIT*

Après tant de déceptions d'ordre temporel, Rolland, inébranlable, fait encore appel en dernière instance à l'esprit de solidarité. Le jour de la signature de la paix, il publie un manifeste dans *L'Humanité*. Il l'a rédigé lui-même, et des amis de tous pays qui partagent ses idées y ont apposé leur nom : ce sera la première pierre pour la construction du temple invisible qui, au milieu d'un monde croulant, servira de refuge à tous les désenchantés. Dans un puissant raccourci, Rolland embrasse le passé et le présente à l'avenir en signe d'avertissement ; sa parole s'élève nette et claire :

Travailleurs de l'esprit, compagnons, dispersés à travers le monde, séparés depuis cinq ans par les armées, la censure et la haine des nations en guerre, nous vous adressons, à cette heure où les barrières tombent et les frontières se rouvrent, un Appel pour reformer notre union fraternelle – mais une union nouvelle, plus solide et plus ferme que celle qui existait avant.

La guerre a jeté le désarroi dans nos rangs. La plupart des intellectuels ont mis leur science, leur art, leur raison au service des gouvernements. Nous ne voulons accuser personne, adresser aucun reproche. Nous savons la faiblesse des âmes individuelles et la force élémentaire des grands courants collectifs : ceux-ci ont balayé celles-là, en un instant, car rien n'avait été prévu afin d'y résister. Que l'expérience au moins nous serve, pour l'avenir !

Et d'abord, constatons les désastres auxquels a conduit l'abdication presque totale de l'intelligence du monde et son asservissement volontaire aux forces déchaînées. Les penseurs, les artistes ont ajouté au fléau qui ronge l'Europe dans sa chair et dans son esprit une somme incalculable de haine empoisonnée ; ils ont cherché dans l'arsenal de leur savoir, de leur mémoire, de leur imagination, des raisons anciennes et nouvelles, des raisons historiques, scientifiques, logiques, poétiques, de haïr ; ils ont travaillé à détruire la compréhension et l'amour mutuels entre les hommes. Et, ce faisant, ils ont enlaidi, avili, abaissé, dégradé la Pensée, dont ils étaient les représentants. Ils en ont fait l'instrument des passions et (sans le savoir peut-être) des intérêts égoïstes d'un clan politique ou social, d'un État, d'une patrie ou d'une classe. Et à présent, de cette mêlée sauvage, d'où toutes les nations aux prises, victorieuses et vaincues, sortent meurtries, appauvries et, dans le fond de leur cœur (bien qu'elles ne l'avouent pas), honteuses et humiliées de leur crise de folie, la Pensée, compromise dans leurs luttes, sort, avec elles, abaissée.

Debout ! Dégageons l'esprit de ces compromissions, de ces alliances humiliantes, de ces servitudes cachées ! L'esprit n'est le serviteur de rien. C'est *nous qui sommes les serviteurs de l'Esprit. Nous n'avons pas d'autre maître. Nous sommes faits pour porter, pour défendre sa lumière, pour rallier autour d'elle tous les hommes égarés. Notre rôle, notre devoir, est de maintenir un point fixe, de montrer l'étoile polaire au milieu du tourbillon des passions dans la nuit. Parmi ces passions d'orgueil et de destruction mutuelle, nous ne faisons pas un choix ; nous les rejetons toutes. Nous prenons l'engagement de ne servir jamais que la Vérité libre, sans frontières, sans limites, sans préjugés de races ou de castes. Certes, nous ne nous désintéressons pas de l'Humanité! Pour elle, nous travaillons, mais pour elle tout entière. Nous ne connaissons pas les peuples. Nous connaissons le Peuple – unique, universel –, le peuple qui souffre, qui lutte, qui tombe et se relève, et qui avance toujours sur le rude chemin, trempé de sa sueur et de son sang – le Peuple de tous les hommes, tous également nos frères. Et c'est afin qu'ils prennent, comme nous, conscience de cette fraternité, que nous élevons au-dessus de leurs combats aveugles l'Arche d'Alliance – l'Esprit libre, un et multiple, éternel* [1].*

Ces paroles, des centaines et des centaines de personnes les ont faites leurs depuis qu'elles ont été écrites, l'élite de tous les pays s'est ralliée à ce message. La république européenne de l'esprit est érigée, invisible, au sein des peuples et des nations ; c'est la patrie commune dont les frontières sont ouvertes à quiconque désire y habiter. Elle est régie par la seule loi de fraternité et n'a pas d'autres ennemis que la haine et l'orgueil des nations. Celui qui choisit pour

1. *Déclaration d'indépendance de l'esprit*, Villeneuve, mars 1919.

patrie son domaine invisible est devenu citoyen du monde, héritier non d'un seul peuple, mais de tous ; il se sent chez lui dans tous les pays, dans toutes les langues, dans tout le passé et tout l'avenir.

CONCLUSION

Onde mystérieusement agitée que cette vie, sans cesse se soulevant contre son siècle dans une vague de passion, puis se précipitant dans l'abîme des désillusions, pour s'élancer avec une ardeur nouvelle vers un redoublement de foi. De nouveau, voilà Romain Rolland vaincu par le monde extérieur – et combien de fois ne l'a-t-il pas été ! Aucune de ses idées, aucun de ses désirs, de ses rêves ne s'est réalisé : la violence a eu raison une fois de plus contre l'esprit, les hommes, contre l'humanité.

Mais jamais la lutte n'avait encore pris de telles proportions, jamais son existence ne fut plus nécessaire que pendant ces années de guerre, car son apostolat a sauvé non seulement l'évangile de l'Europe crucifiée, mais encore cette croyance que l'écrivain est un guide spirituel, l'avocat moral de sa nation et de toutes les nations. Sans lui, aucune voix ne se serait élevée de nos jours contre la folie haineuse et meurtrière : il nous a épargné cette honte indélébile. Si la lumière sacrée de la fraternité ne s'est pas éteinte durant la tempête la plus terrible de l'histoire, c'est à lui que nous le devons. Le domaine de l'esprit ne connaît pas la fallacieuse notion de nombre ; dans le mystère de ces proportions, un l'emporte sur tous, l'unité sur la pluralité. Une idée ne luit dans sa pureté que lorsqu'elle est représentée par un témoin solitaire. L'exemple de Romain Rolland nous a prouvé une fois de plus, dans les heures sombres, qu'un seul grand homme qui reste humain sauve toujours, et pour tous, la foi en l'humanité.

(1920)

DE 1919 À 1925

Il ne peut rien arriver de plus réjouissant au biographe d'une personnalité contemporaine que de voir cette personnalité dépasser, au cours d'une métamorphose et d'un développement nouveaux, le livre qui lui fut consacré. Car n'est-il pas préférable qu'un portrait vieillisse et se fige, plutôt qu'un créateur ? Ainsi, cette biographie devrait être considérée aujourd'hui, six ans après sa publication, comme en retard sur plus d'un point, et je serais fortement tenté de profiter d'une réimpression pour la remanier et la prolonger. Si je résiste à cette tentation, ce n'est pas par paresse, mais parce que je crois qu'il serait encore prématuré, maintenant, de la compléter. Chaque existence a une structure intérieure que toute biographie équitable doit reproduire à une échelle réduite : mais le centre de gravité doit en être découvert toujours à nouveau, car cette structure cachée qui se développe continuellement ne nous est révélée qu'à des tournants déterminés et à une certaine distance. Qu'une vie d'artiste aille se développant en cercles concentriques d'une vaste portée, comme c'est précisément le cas pour celle de Rolland (c'est ce que j'ai essayé de montrer dans ce livre), il semble alors indiqué d'attendre avec prudence que ces cycles soient complets et aient imprimé à leur univers spirituel sa forme définitive.

Romain Rolland se trouve justement à un de ces instants de la vie où sa production se surpasse elle-même et prend une grande extension ; et vouloir juger de ses projets actuels, dont une partie seulement sont connus du public, ce serait les trahir par une trop grande précipitation ; c'est comme si l'on avait essayé, en son temps, de mesurer d'après les trois ou quatre premiers volumes de *Jean-Christophe* l'étendue et la portée de cet ouvrage universel. C'est parce que les fondations de l'édifice viennent d'être consolidées et se montrent à ciel ouvert qu'il convient d'attendre, selon la vieille coutume des constructeurs, que le toit soit achevé pour y fixer au faîte une guirlande aux longs rubans flottants.

Voilà pourquoi je me contente d'indiquer ici en quelques mots, dans l'ordre chronologique, ce que Rolland a encore ajouté à son œuvre depuis que j'ai achevé cette biographie, comment les années imprimèrent à ses anciens projets une direction nouvelle insoupçonnée, et comment notre époque, à son tour, prit à travers ses écrits une signification nouvelle.

Pour Rolland comme pour tout homme qui, à la suite de Hegel, ou inconsciemment, croit à une raison agissant sur les événements de l'histoire, la guerre s'était terminée par une cruelle désillusion. L'Amérique, dans la personne de Wilson, et l'Europe, dans les silhouettes falotes de ses politiciens et de ses intellectuels, avaient toutes deux failli complètement à leur mission. La révolution russe qui avait brillé au loin, pour un instant, comme l'aurore d'une meilleure volonté parmi les hommes, était devenue un ouragan de feu, et l'Europe foulée aux pieds n'abritait plus qu'une génération fatiguée.

Mais j'ai déjà dit que Rolland eut toujours le secret de créer ou de faire surgir de ses déceptions mêmes de nouveaux personnages qui, par leur nom, leurs actes, leurs œuvres, communiquent aux hommes un surcroît de volonté, un redoublement d'espoir. Ainsi, autrefois, durant la crise la plus pénible de sa vie privée, il évoqua la figure de Beethoven, le divin patient qui créa de sa souffrance une œuvre divine. Plus tard, à l'époque des dissensions politiques, il envoya au monde des frères de nationalités différentes, Jean-Christophe et Olivier ; et maintenant, dans la désillusion morale, la lassitude physique, l'abattement spirituel du monde d'après-guerre, il ajoute un nom nouveau à ceux de ses héros de jadis, le nom d'un contemporain, bien vivant, chargé d'apporter à ses frères des consolations : le Mahatma Gandhi.

Ce nom, personne en Europe ne l'avait prononcé avant lui, personne ne connaissait cet avocat hindou, frêle et de petite taille, luttant seul et plus courageusement que tous les généraux de la guerre mondiale pour une cause d'une portée universelle. Nos écrivains et nos hommes politiques d'Europe ont toujours la vue aussi courte ; ils tiennent les regards fixés sur les frontières les plus proches et confondent, dans leur vanité, le sort particulier de leur nation avec celui de l'Europe, voire du monde entier. À Rolland revient l'honneur d'avoir, le premier, relevé toute l'importance de l'action morale de Gandhi, d'y avoir vu un problème capital non seulement pour l'Inde, mais aussi pour notre monde à nous. Il y trouve enfin, transposé dans la réalité d'une façon grandiose, exemplaire, ce qu'il rêvait depuis des années devoir être l'état supérieur de l'humanité : le combat sans violence. On a si souvent qualifié Rolland de « pacifiste », voulant dire par là qu'il était d'une débonnaireté bouddhique, d'une molle complaisance, d'une parfaite indifférence à l'égard de la pression et de la poussée qu'exercent sur le monde les puissances actives et impulsives ! Rien de plus faux, de plus imprécis, de plus opposé à la vérité. Au contraire, il ne met rien au-dessus de l'esprit d'initiative et de la combativité quand il s'agit de défendre une idée vitale, reconnue essentielle et vraie. Seulement la guerre des masses, la brutalité uniformisée, la mobilisation au commandement, un idéal et une action privés de personnalité lui apparaissent comme le crime le plus terrible contre la liberté. Il voit dans le Mahatma Gandhi et ses trois cents millions d'adeptes – un an seulement après le carnage européen de vingt millions d'hommes – une nouvelle forme de la résistance tout aussi efficace, tout aussi solidaire, mais infiniment plus pure au point de vue moral, infiniment plus dangereuse au point de vue personnel, que les canonnades de l'Occident.

La guerre inaugurée par le Mahatma Gandhi se passe de tous les éléments qui ont si fort contribué à avilir la guerre aux yeux de notre époque : c'est un combat dans lequel il n'y a pas de sang versé, un combat sans violence, et surtout sans mensonge. La seule arme employée est la « non-résistance », la « passivité héroïque » (recommandée par Tolstoï) et la « non-coopération » (prêchée par Thoreau) pour les affaires de l'État et quand il s'agit de faire cause commune avec l'Angleterre. Avec cette différence cependant que Tolstoï, fidèle au christianisme primitif (donc sans résultat pratique), laisse chaque individu isolé subir son sort et le pousse au martyre (le plus souvent sans utilité), tandis que Gandhi soude la passivité de trois cents millions d'êtres en une action unique, en une résistance comme aucune nation n'en a encore rencontré sur la route de sa politique.

Mais, comme toujours, les difficultés s'accroissent pour le chef d'un mouvement quand il s'agit de mettre son idée en pratique ; aussi le livre de Rolland est-il l'épopée du héros qui ne livre pas bataille ; ce héros doit tenir en bride, dans les rangs des fidèles, la troupe impure de ces maraudeurs qui s'immiscent dans toutes les guerres, même les plus nobles ; il doit être véhément sans haine, opposant sans violence, politique sans mensonge ; puis on l'emprisonne, le premier, martyr de ses idées. Grâce à la narration poétique de Rolland, l'action de Gandhi est devenue la plus belle histoire de guerre de notre temps, un exemple vivant, jeté à la face de la civilisation européenne, de la manière dont on peut aussi effectuer pratiquement une révolution par les seuls moyens moraux, sans l'appareil meurtrier de la guerre, sans canons, sans presse mensongère, sans agitateurs aux instincts bestiaux ; avec Rolland, c'est la première fois qu'un représentant de notre culture s'est incliné devant une idée venue d'Asie, devant un chef étranger inconnu, comme devant un supérieur. Ce geste comptera dans l'histoire.

C'est pourquoi, de toutes les vies d'hommes illustres que Rolland a écrites, cette dernière produisit l'effet le plus immédiat. Les autres n'étaient qu'un exemple proposé à l'individu, à l'artiste, mais l'action de Gandhi peut servir de modèle aux nations et aux diverses civilisations. Dans *Jean-Christophe*, Rolland s'était contenté de prêcher l'union indispensable des États d'Europe. Son *Gandhi* dépasse de beaucoup la sphère de l'Occident, et au lieu de faire d'obscures théories sur l'entente entre les peuples, il nous montre une fois de plus que seul un génie, et un génie croyant, peut modeler l'histoire.

L'esprit, dans sa manifestation suprême, devient toujours religion, et l'homme, dans sa forme la plus complète, se mue toujours en héros. Et pour prouver que cette faculté de la nature humaine n'est pas encore éteinte, Rolland fait surgir des voiles de l'Orient ce témoin vivant, capable de nous rendre l'espoir. Ainsi, le présent devient matière à poésie, et une légende héroïque se transforme pour nous en réalité.

> L'intérêt que Romain Rolland a pour l'Inde est loin d'avoir été épuisé par cette étude sur le grand réformateur de l'Orient ; cette année encore, il fera paraître un grand ouvrage, en deux volumes, sur les autres chefs spirituels et religieux de ce monde oriental *(Note de l'auteur, août 1929)*.

L'ancienne série, interrompue depuis si longtemps, des *Vies des hommes illustres* se trouve ainsi prolongée d'une façon inattendue. Et c'est d'une façon tout aussi inattendue, dans la plénitude également d'une force redoublée, que Rolland, parvenu sur la hauteur d'où il embrasse un plus vaste horizon, reprend son vieux projet des drames de la Révolution, cette décalogie du *Théâtre de la Révolution* commencée dans l'ardeur de la jeunesse, et que l'homme mûr, déçu par l'indifférence de ses contemporains, avait interrompue dans un accès de découragement.

Ici encore, l'actualité lui donna l'impulsion nécessaire. Pendant vingt ans, ses drames avaient été, pour ainsi dire, ensevelis. La scène française les ignorait.

Quelques théâtres étrangers tentèrent d'en représenter quelques-uns, en partie par orgueil littéraire, pour avoir la gloire d'introduire à la scène l'auteur de *Jean-Christophe*, et parce que *Danton* offrait au régisseur des possibilités inattendues. Cependant, l'essence même de leur idéalisme devait nécessairement demeurer incomprise en temps de paix. Une argumentation morale comme celle des *Loups*, pour savoir s'il faut préférer la vérité à la patrie, des discussions sur la vie et la mort, comme celle de Danton avec Robespierre, ne trouvaient aucun emploi, aucune application dans le monde de 1913, exclusivement tourné vers les questions artistiques et économiques. Ce n'étaient à ses yeux que des pièces historiques, des jeux de dialecticien, et il en fut ainsi jusqu'à l'heure où ces œuvres apparurent dans leur réalité, comme la plus brûlante des actualités, voire comme une prophétie. Il avait suffi que le temps ait ramené sur le tapis les discussions morales qui opposaient la nation à l'individu pour que chaque parole, chaque personnage de ces drames prît une grande signification ; s'ils n'avaient pas été imprimés depuis si longtemps déjà, on aurait pu les prendre pour autant de paraphrases de la réalité, reproduisant d'une façon piquante les propos qui couraient alors les rues et les places de Berlin, Vienne, Moscou, partout où fermentait la révolte. Car, bien qu'ils roulent toujours vers des buts différents sous des formes extérieures renouvelées, toutes les révolutions, tous les bouleversements suivent pourtant un même cours. Ils se soulèvent d'abord lourds de rancune et, grâce à la démence de la foule, font sortir d'eux-mêmes les hommes qui croient les diriger, puis créent de l'antagonisme entre l'idée pure et la réalité profane. Mais le rythme élémentaire qui les régit est toujours le même parce qu'il est universellement humain et en quelque sorte cosmique par sa haine sourde, son élan dévastateur et enfin l'extinction brusque d'une flamme trop sauvage.

En renouvelant de cette façon la portée de ces drames oubliés, les événements contemporains ramenèrent l'écrivain au plan qu'il avait enterré à l'état de torse. Dans une ancienne préface, Rolland avait comparé la Révolution à une force élémentaire, une tempête, un orage. Depuis lors, il a vu un de ces orages se former à l'improviste, à l'orient, puis éclater avec la puissance d'un élément, bouleversant jusqu'à notre monde spirituel; le sang coula à flots, inondant son œuvre, le présent lui fournit des analogies à mettre en valeur dans des situations poétiques et des figures historiques; et c'est ainsi que, tout étonné lui-même, il se mit à terminer son esquisse, éclairée d'une lumière nouvelle par le reflet de toutes ces flammes.

Le Jeu de l'Amour et de la Mort, la première œuvre de cette nouvelle période, fait partie, au point de vue dramatique et artistique, de ce que Rolland a produit jusqu'ici de plus parfait. En un seul acte, où l'action croît rapidement, se pressent les unes contre les autres, en une émotion contenue, des destinées dans lesquelles un regard averti discerne des éléments historiques, mêlés d'une façon judicieuse à des choses librement inventées. Jérôme de Courvoisier a des traits du génial chimiste Lavoisier et partage la grandeur d'âme de Condorcet, autre grande victime de la Révolution. Sa femme rappelle tout à la fois celle de Condorcet et l'héroïque amante de Louvet. Le personnage de Carnot est, par contre, d'une vérité strictement historique, de même que le récit du girondin fugitif. Mais ce qui, là-dedans, est plus réel que toute vérité, ce qu'on ne peut analyser, c'est l'atmosphère spirituelle, l'horreur qu'éprouvent les intellectuels, les gens moraux, devant le sang que leurs propres idées ont fait couler, l'horreur des instincts les plus bas, les plus vils de la bête humaine dont toute révolution a besoin pour monter à l'assaut, mais qui, ensuite, dans l'ivresse du carnage, égorge tout idéal. On y trouve aussi le frisson du sentiment innombrable, l'éternel, l'immortel frisson de la jeune vie prise de peur, tout l'insupportable d'un état où l'âme ne dispose pas de la parole, et l'individu plus même de son corps, mais où corps et âme sont au pouvoir de sombres puissances occultes – tout ce que, par millions, nous avons ressenti en Europe, pendant sept ans, jusqu'à l'ébranlement, jusqu'à la plus complète défaillance de l'âme. Au-dessus de ces choses d'une époque se déroule d'une façon magistrale un conflit qui est de tous les temps, entre l'amour et le devoir, les obligations du service et une réalité d'ordre supérieur ; de nouveau, comme dans *Les Loups* ou *Danton*, comme dans les récits d'Homère, les idées planent au-dessus du combat vulgaire et meurtrier, puissances invisibles qui enflamment ou retiennent les humains.

Jamais encore Rolland ne s'était montré dramaturge d'une telle précision, d'une telle intensité. Tout est réduit ici aux formules les plus sobres, les plus condensées ; c'est un épisode longuement préparé, compliqué en apparence, resserré dans le déroulement ininterrompu d'une heure héroïque : on pense à une ballade, à cause de la concision poétique, du rythme pur de cette tragique mélodie.

Le Jeu de l'Amour et de la Mort eut à la scène un succès immédiat. Nous espérons que cela donnera à Rolland une plus grande envie de terminer cette fresque immense dont il a déjà achevé la moitié. Depuis un quart de siècle, les esquisses sont là, toutes prêtes, à portée de sa main. Et puisque les temps nouveaux colorent d'une façon inespérée ce cycle, le plus hardi et le plus vaste que Rolland ait conçu, nous pouvons nous attendre à en voir, dans quelques années, la courbe parfaite à notre horizon.

En 1927 a paru l'épilogue du *Théâtre de la Révolution* : *Les Léonides*.

Voilà donc, remis sur le chantier et renouvelés, dans l'œuvre de Rolland, deux séries interrompues depuis des années, deux projets abandonnés. Mais cet infatigable, qui ne se repose qu'en entreprenant un autre travail, a commencé en même temps un nouveau cycle de romans, *L'Âme enchantée,* sorte de pendant à *Jean-Christophe,* afin d'y montrer directement, sans décor et sans toile de fond, les formes et le sens du temps où nous vivons. Car, pour parler en historien, le musicien allemand Jean-Christophe est mort avant la guerre, et tout ce qui gît dix ans derrière nous est, dans ses caractères, déjà du passé, en regard de la faculté inouïe que possèdent notre époque et la génération actuelle de se métamorphoser sans cesse.

En qualité de « biologiste de son époque » (comme il se nomme de préférence), Rolland se sent appelé à exercer une action sur son temps. Pour cela, sa nouvelle œuvre doit se rapprocher de nous, par le fond et la forme, qui procèdent non pas de la génération de nos pères, mais de la nôtre. Et Rolland donne à ce nouveau cycle un nouvel attrait en y traitant d'intérêts d'un ordre autre que dans *Jean-Christophe* où les hommes, Jean-Christophe et Olivier, combattaient, tandis que les femmes ne faisaient que souffrir, aider, troubler, apaiser. Cette fois, Rolland a envie de représenter, sous l'apparence d'une femme victorieuse, l'être libre qui maintient, inébranlable, son moi, sa personnalité, malgré le temps et les hommes. Mais, pour conquérir la liberté, l'homme et la femme luttent nécessairement d'une façon bien différente. L'homme a son œuvre à défendre, ou sa foi, ou ses convictions, ou son idée ; la femme défend sa personne, sa vie, son âme, ses sentiments et peut-être encore sa seconde vie, son enfant, contre les puissances matérielles et spirituelles, la sensualité, les mœurs, la loi, mais aussi, d'un autre côté, contre l'anarchie et toutes les limites invisibles que la civilisation, le monde chrétien et moral opposent au libre développement de l'âme féminine. Le problème ainsi transformé renferme à son tour des possibilités insoupçonnées de métamorphose, d'un ordre plus intime, il est vrai, mais pas moins puissantes et magnifiques. Et Rolland a concentré ici toute l'ardeur de son âme, afin que le combat soutenu par une simple femme pour maintenir sa personnalité ne paraisse pas inférieur à celui que mena Jean-Christophe, nouveau Beethoven, pour défendre son œuvre et ses convictions.

Annette et Sylvie, le premier volume de l'œuvre projetée, n'en est que le prélude lyrique, un andante caressant qu'interrompt parfois un léger scherzo ; mais déjà, dans les dernières scènes de cette symphonie largement tracée (cette œuvre, comme toutes celles de Rolland, est aussi construite selon des lois musicales), éclate une agitation passionnée.

Annette, la jeune fille pure et de bonne bourgeoisie, apprend, à la mort de son père, qu'il a une fille illégitime, Sylvie, vivant dans des conditions plus que modestes. Mue surtout par l'instinct de curiosité,

373

mais aussi déjà par une passion innée de la justice, Annette se décide à aller trouver sa demi-sœur. Elle franchit alors une première barrière, se débarrasse d'une première convention. Elle, si bien gardée, apprend, avec Sylvie, à connaître l'idée d'indépendance ; non sous sa forme la plus noble, mais l'indépendance pourtant, selon la nature et sans façon, celle des classes inférieures où la femme dispose librement d'elle-même et, sans aucune entrave sociale, sans aucun remords, se donne à son amant. Aussi, quand un jeune homme qu'elle aime lui demande de contracter un mariage bourgeois, cet instinct d'indépendance, qui s'est beaucoup développé en elle, l'empêche-t-il d'accepter, avec cette union, une forme déjà rigide de l'existence, et d'abdiquer complètement sa volonté. *Je n'arrive peut-être pas à exprimer parfaitement le désir suprême, la volonté intérieure de ma vie*, lui dit-elle, *parce qu'il n'est pas tout à fait précis et bien trop immense.* Elle voudrait qu'une part au moins de son existence ne soit pas soumise à son mari et ne se fonde pas entièrement dans la communion du mariage. Cette prière fait penser involontairement au mot admirable de Goethe, dans une de ses lettres : *Mon cœur est une ville ouverte que chacun peut parcourir, mais il s'y trouve quelque part une citadelle fermée où personne n'est autorisé à pénétrer.* C'est cette citadelle, ce dernier recoin, qu'elle voudrait réserver dans son âme afin de rester ouverte à l'amour dans son sens le plus élevé. Mais le fiancé, tout empêtré dans l'existence bourgeoise, comprend mal ce désir et pense qu'elle ne l'aime pas. Les fiançailles sont donc rompues. Annette montre alors d'une façon héroïque que, si elle peut abandonner complètement son âme à un homme qu'elle aime, il n'en est pas de même de son corps. Elle se donne à lui, puis le quitte, le laissant indécis, car le tragique des médiocres, c'est de ne pas comprendre un acte noble, héroïque, unique. En agissant avec une telle hardiesse, Annette a quitté le monde bourgeois qui l'enveloppait de quiétude et de sécurité ; elle doit maintenant poursuivre seule son chemin à travers la vie, ou, pour mieux dire, plus que seule, avec un enfant illégitime qu'elle aura à ses côtés dans le combat.

Le volume suivant, *L'Été*, montre le côté tragique de ce combat. Annette se voit repoussée par la société, elle a perdu sa fortune ; il lui faut rassembler toutes ses forces pour une lutte misérable et épuisante, seulement afin de se conserver son enfant et ce qu'avec lui elle a de plus précieux : sa fierté, sa liberté. Cette femme indépendante passe par toutes les formes de l'épreuve et de la tentation. À peine son âme s'est-elle tragiquement dégagée de la lutte avec l'homme qu'elle sent déjà croître un nouveau souci : celui de conserver la confiance de son enfant, et de protéger ce fils qui grandit rapidement, guidé par le même instinct de liberté.

Ce second volume n'indique pas encore avec netteté où aboutira la ligne de cette existence. Cet *Été* est encore le prélude de la tragédie grandissante ; mais à la fin du volume la guerre qui éclate laisse déjà entrevoir quels enfers, quelles géhennes cette âme devra traverser avant de parvenir au suprême degré de son ascension, de sa purification. Ce n'est qu'une fois l'œuvre achevée qu'il nous sera possible de la comparer, pour l'étendue, la forme, le contenu, avec l'autre cycle épique de *Jean-Christophe*.

Les deux volumes suivants, *Mère et Fils*, ont paru en 1927.

Si l'on considère la vie de Rolland de plus près, et souvent, on s'étonne toujours à nouveau d'une telle plénitude, à peine concevable. Je me suis contenté, dans ces quelques lignes, d'attirer l'attention sur les œuvres que cet écrivain infatigable a fait paraître pendant les six dernières années ; mais n'oublions pas qu'à côté de cela Rolland se sacrifie lui-même pour aller au secours de ses semblables avec le plus grand dévouement, qu'il se prodigue sans compter dans sa correspondance, dans des manifestes et des articles, et trouve encore le temps de s'enrichir spirituellement par l'étude, la lecture, en faisant des voyages et de la musique, en prenant part à la vie des autres. Et les œuvres déjà publiées, énumérées ici (et son Journal qu'il continue d'écrire régulièrement), sont encore loin de contenir toute son activité artistique. Tandis qu'il se disperse ainsi en des créations imaginaires, il recueille pour lui seul le fruit de ses méditations, dans un livre qu'il a appelé *Le Voyage intérieur*, sorte de confession intellectuelle qui, pour le moment, n'est pas destinée au public.

La pensée de Rolland est toujours plus grande par l'action qu'elle exerce que par la forme dont elle est revêtue. On a beau chercher à pénétrer le secret de sa production, on n'arrive pas à comprendre ce qui fait de cette force agissante quelque chose d'unique. Aujourd'hui où il entre dans la soixantaine, nous le voyons qui crée, infatigable, avec plus d'ardeur que les jeunes gens, joyeux à l'ouvrage, ouvert à toute nouveauté, au courant de tout ce qui se passe dans le monde. Là aussi il y a un enseignement et un exemple, comme dans bien d'autres aspects de cette vie si magnifiquement vécue. Il affronte sans défaillance la tâche qui lui est assignée, guide dans le domaine de l'esprit, poète des choses du cœur, avocat de toute cause passionnée. Et de toute notre âme reconnaissante nous formons ce vœu, à l'occasion de son soixantième anniversaire : que cette force héroïquement combative et toujours victorieuse nous soit conservée intacte pour l'édification de la jeunesse, la consolation des hommes – et pour qu'il puisse atteindre à sa complète réalisation.

(1926)

Table

Composition réalisée par INTERLIGNE

IMPRIMÉ EN ESPAGNE PAR LIBERDUPLEX
Barcelone
Dépôt légal Édit. : 39012-11/2003
Édition 01
LIBRAIRIE GÉNÉRALE FRANÇAISE - 43, quai de Grenelle - 75015 Paris.
ISBN : 2-253-15591-8

31/5591/8